Nouvelle Collection illustrée L'ouvrag[e]

H.-G. WELLS

TRADUIT DE L'ANGLAIS PAR HENRY-D. DAVRAY

Les Premiers Hommes dans la Lune

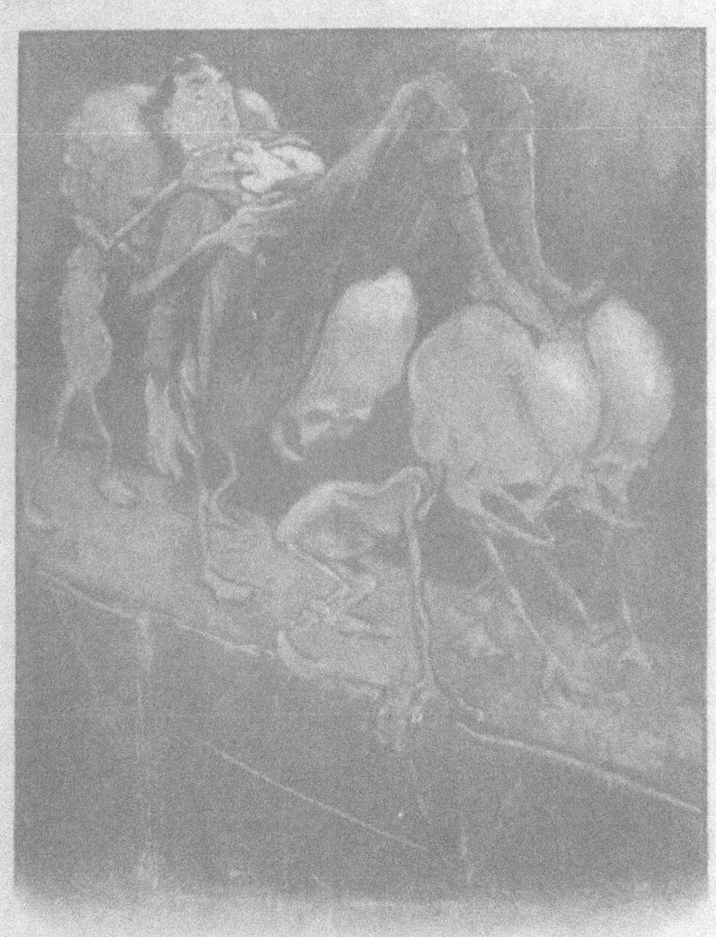

Calmann-Lévy, Éditeurs

Les Premiers Hommes dans la Lune

H.-G. WELLS

TRADUIT DE L'ANGLAIS PAR HENRY-D. DAVRAY

Les Premiers Hommes dans la Lune

ILLUSTRATIONS
DE
CLAUDE SHEPPERSON

PARIS
CALMANN-LÉVY, ÉDITEURS
3, RUE AUBER, 3

I

M. BEDFORD RENCONTRE M. CAVOR
A LYMPNE

En m'asseyant ici pour écrire, à l'ombre des bosquets de vigne, sous le ciel bleu de l'Italie méridionale, il me vient à l'esprit, avec une sorte de naïf étonnement, que ma participation aux stupéfiantes aventures de M. Cavor fut, en somme, le résultat du plus simple accident. La chose eût pu advenir à n'importe quel autre individu. Je tombai au milieu de tout cela à une époque où je me croyais à l'abri des plus infimes possibilités d'expériences troublantes. J'étais venu à Lympne parce que je m'étais imaginé que Lympne devait être le plus paisible endroit du monde.

— Ici, au moins, m'étais-je dit, je trouverai le calme si nécessaire pour travailler.

Je puis, peut-être, dire ici que je venais alors de perdre de grosses sommes dans certaines entreprises malheureuses. Entouré maintenant de tout le confort de la richesse, j'éprouve un certain plaisir à faire cet aveu.

En ce temps-là j'étais jeune — je le suis encore, quant aux années — mais tout ce qui m'est arrivé depuis a effacé de mon esprit ce qu'il y restait de trop juvénile. Que j'en aie acquis quelque sagesse est une question plus douteuse...

Il n'est pas nécessaire d'entrer dans le détail des spéculations qui me débarquèrent à Lympne, dans le comté de Kent. De nos jours, les transactions commerciales comportent une certaine dose d'aventure; j'en acceptai les risques, et comme il y a invariablement dans ces matières une certaine quantité de *prendre* et de *donner*, le rôle m'échut finalement de *donner* — avec assez de répugnance. Quand je me crus tiré de ce mauvais pas, un créancier désobligeant trouva bon de se montrer intraitable. Il me parut, en dernier lieu que la seule chose à faire pour en sortir était d'écrire un drame, si je ne voulais me résigner à gagner péniblement ma vie en acceptant un emploi mal rétribué. En dehors des transactions et des combinaisons d'affaires, nul autre travail qu'une pièce destinée au théâtre n'offre d'aussi opulentes ressources. A vrai dire, j'avais dès longtemps pris l'habitude de considérer ce drame non encore écrit comme une réserve commode pour les jours de besoin, et ces jours-là étaient venus.

Je m'aperçus bientôt qu'écrire une pièce est un travail beaucoup plus long que je ne le supposais. D'abord, je m'étais donné dix jours pour la faire, et, afin d'avoir un pied-à-terre convenable pendant qu'elle serait en cours d'achèvement, je vins à Lympne. Je m'estimai heureux d'avoir découvert une sorte de petit pavillon ayant toutes ses pièces de plain-pied, et je le louai avec un bail de trois ans. J'y disposai quelques rudiments de mobilier, et, pendant la confection de mon drame je devais préparer aussi ma propre cuisine, et les mets que je composai auraient, à coup sûr, fait hurler un cordon bleu. J'avais une cafetière, un plat à œufs, une casserole à pommes de terre et une poêle pour les saucisses et le lard. Tel était le simple appareil de mon bien-être. Pour le reste, je fis venir à crédit un baril de bière, et un boulanger confiant m'apporta mon pain quotidien. Ce n'était pas là, sans doute, l'extrême raffinement du sybaritisme, mais j'ai connu des temps plus durs.

Certes, si quelqu'un cherche la solitude, il la trouvera à Lympne. Cette localité se trouve dans la partie argileuse du Kent et mon pavillon était situé sur le bord d'une falaise, autrefois baignée par la Manche, d'où la vue s'étendait par-dessus les marais de Romney jusqu'à la mer. Par un temps pluvieux, le village est presque inaccessible et l'on m'a dit que parfois le facteur faisait les plus succulentes parties de sa route avec des bouts de planches aux pieds. Je ne l'ai jamais vu se livrer à cet exercice, mais je me l'imagine parfaitement.

A la porte des quelques cottages et maisons qui constituent le village actuel, on dispose de gros fagots de bouleau sur lesquels on essuie la glaise de ses semelles, détail qui peut donner quelque idée de la contexture géologique du district.

Je pris l'habitude d'aller flâner sur la colline en songeant à tout cela.

Ce coup d'œil sur les marais était, à vrai dire, l'une des plus belles vues que j'aie jamais contemplées. Dungeness se trouvait, je crois, à environ vingt-cinq kilomètres, posé comme un radeau sur la mer, et, plus loin, vers l'Ouest, contre le soleil couchant, s'élevaient les collines de Hastings. Tantôt elles étaient proches et claires, tantôt effacées et basses, souvent elles disparaissaient dans les brumes du ciel. Les parties plus voisines des marais étaient parsemées et éclairées de fossés et de canaux.

La fenêtre derrière laquelle je travaillais donnait sur l'horizon de cette crête, et c'est de là que, pour la première fois, je jetai les yeux sur Cavor. J'étais justement en train de me débattre avec mon scénario, forçant mon esprit à ne pas quitter cette besogne extrêmement malaisée, et chose assez naturelle, il captiva mon attention.

Le soleil se couchait; le ciel était une éclatante tranquillité de verts et de jaunes contre laquelle se découpait, en noir, une fort bizarre petite silhouette.

C'était un petit homme court, le corps en boule, les jambes maigres, secoué de mouvements brusques; il avait trouvé bon de vêtir son extraordinaire personne d'une cape de joueur de cricket et d'un pardessus qui recouvrait un veston, une culotte et des bas de cycliste. Pourquoi s'affublait-il de ce costume, je ne saurais le dire, car jamais il n'avait monté à bicyclette ni joué au cricket. C'étaient un assemblage fortuit de vêtements sortant on ne sait d'où. Il ne cessait de gesticuler avec ses mains et ses bras, de balancer sa tête de côté et d'autre, et, de ses lèvres, sortait un continuel bourdonnement. Il bourdonnait comme une machine électrique. Vous n'avez jamais entendu chose pareille. De temps à autre, il s'éclaircissait le gosier avec un bruit des plus extraordinaires.

Il avait plu, et sa marche saccadée était rendue plus bizarre encore par l'argile extrêmement glissante du sentier. Au moment exact où il se dessina tout entier contre le ciel, il s'arrêta, tira sa montre et hésita. Puis, avec une sorte de geste convulsif, il tourna les talons et s'en alla avec toutes les marques de la plus grande hâte, ne gesticulant plus, mais avançant avec de grandes enjambées qui montraient les dimensions relativement larges de ses pieds, grotesquement exagérés, je me le rappelle, par la glaise qui adhérait aux semelles.

Cela se passait le premier soir de mon séjour, alors que mon énergie dramatique battait son plein, et je considérai simplement l'incident comme une distraction fâcheuse : la perte de cinq minutes. Je me remis à mon scénario. Mais lorsque, le soir suivant, la même apparition se répéta avec une précision remarquable, puis encore le surlendemain, et, à vrai dire, tous les soirs où il ne plut pas, il me fallait, à cette heure-là, un effort considérable pour concentrer mon attention sur le scénario.

« Au diable le bonhomme! me dis-je. On croirait qu'il s'exerce à imiter les marionnettes. »

Plusieurs soirs de suite je le maudis de tout mon cœur. Puis, mon ennui fit place à la surprise et à la curiosité. Pour quelle raison avouable un homme se livrait-il à ce genre de pantomime?

Le quatorzième soir je ne pus y tenir plus longtemps, et aussitôt qu'il apparut j'ouvris la porte vitrée, traversai la véranda et me dirigeai vers le point où il s'arrêtait invariablement.

Il sortait sa montre comme j'arrivais près de lui. Il avait une figure joufflue et rubiconde, avec des yeux d'un brun rougeâtre — jusque-là je ne l'avais aperçu qu'à l'encontre du jour.

— Un moment, monsieur, fis-je, comme il tournait les talons.

Il me regarda, ébahi.

— Un moment, répéta-t-il, mais... certainement, ou, si vous désirez me parler pendant plus longtemps et que ce ne soit pas trop vous demander — votre moment est déjà écoulé, — voudriez-vous prendre la peine de m'accompagner?

— Avec plaisir, dis-je en me plaçant à côté de lui.

— Mes habitudes sont régulières. Mon temps pour la distraction est limité.

— Ceci, je présume, est le temps que vous consacrez à l'exercice?

— En effet. Je viens ici pour admirer le soleil couchant.

— Vous n'admirez rien du tout.

IL NE CESSAIT DE GESTICULER.

— Monsieur?

— Vous ne le regardez jamais.

— Je ne le regarde jamais?

— Non, voilà treize soirs que je vous observe et pas une seule fois vous n'avez regardé le couchant, pas une seule fois!

Il fronça les sourcils comme quelqu'un qui se trouve tout à coup en présence d'un problème embarrassant.

— Mais... je goûte le soleil... l'atmosphère... je suis ce sentier... je traverse cette barrière... et je fais le tour, ajouta-t-il avec un brusque mouvement de tête par-dessus son épaule.

— Pas du tout. Vous n'avez jamais fait le tour. C'est absurde d'ailleurs, il n'y a pas de chemin. Ce soir, par exemple...

— Oh! ce soir! Attendez. Ah! je venais

justement de regarder l'heure et m'étais aperçu que j'avais déjà dépassé de trois minutes ma demi-heure, aussi, décidant que je n'avais plus le temps de faire le tour, je m'en retournais...

— C'est ce que vous faites tous les jours.

Il me regarda, pensif :

— Peut-être bien... maintenant que j'y réfléchis... Mais de quel sujet vouliez-vous m'entretenir?

— Eh bien! mais... de celui-là!

— De celui-là?

— Oui, pourquoi agissez-vous ainsi? Tous les soirs vous venez en faisant un bruit...

— En faisant un bruit?

— Comme ceci.

J'imitai son bourdonnement. Il écoutait, et il était évident que ce bourdonnement ne le charmait guère.

— Je fais cela? demanda-t-il.

— Chaque bienheureux soir.

— Je n'en avais pas la moindre idée.

Il s'arrêta net et me regarda gravement.

— Est-il possible que j'aie contracté une habitude?

— Ma foi, cela m'en a tout l'air.

Il prit sa lèvre inférieure entre son pouce et son index, et se mit à considérer une flaque d'eau à ses pieds.

— Mon esprit est très occupé. Alors, vous voulez savoir pourquoi? Eh bien! monsieur, je puis vous assurer que non seulement je ne sais pas pourquoi je fais ces choses, mais encore je ne savais même pas que je les faisais. En y réfléchissant, c'est absolument comme vous l'avez dit, je n'ai jamais dépassé cet endroit... Et ces choses vous ennuient?

Sans me l'expliquer, je commençais à me radoucir envers le pauvre homme.

— Cela ne m'ennuie pas, dis-je, mais figurez-vous un instant que vous écrivez une pièce de théâtre...

— Je ne saurais pas.

— N'importe, quelque chose qui réclame toute votre attention.

— Ah! fit-il, oui, certes.

Il demeura méditatif; son expression me révéla si éloquemment sa détresse que je m'attendris un peu plus. Après tout, il y a quelque chose d'agressif à demander à un homme que l'on ne connaît pas pourquoi il fredonne sur une voie publique.

— Vous comprenez, dit-il faiblement, c'est une habitude.

— Oh! je vous l'accorde.

— Il faut que je m'en débarrasse.

— Mais non, si cela doit vous contrarier. Après tout, rien ne m'autorisait... C'est un peu trop de liberté...

— Pas du tout, monsieur, pas du tout. Je vous suis bien obligé. Je devrais m'observer pour cela. A l'avenir je le ferai. Voulez-vous avoir la bonté, encore une fois, de me refaire... ce bruit?...

— Quelque chose comme cela : zou, zou, zou, zou, zou, zou, zou, zou. Mais vraiment, vous savez...

— Je vous suis infiniment obligé. En réalité, je le sais, je deviens stupidement distrait. Vous avez tout à fait raison, monsieur, parfaitement raison. A vrai dire, vous me rendez un grand service, cette chose finira. Et, maintenant, monsieur, je vous ai déjà entraîné beaucoup plus loin qu'il ne faudrait.

— J'espère que mon impertinence...

— Pas du tout, monsieur, pas du tout.

Nous nous considérâmes un moment. Je soulevai mon chapeau et lui souhaitai le bonsoir. Il me répondit par un geste convulsif, et nous nous séparâmes.

A la barrière, je me retournai et le regardai s'éloigner. Son allure avait remarquablement changé; il semblait affaissé et rabougri. Le contraste avec l'ancien personnage, gesticulant et fredonnant, éveilla d'une façon assez absurde en moi une sorte de pitié sympathique. Je le contemplai jusqu'à ce qu'il eût disparu. Alors, regrettant sincèrement de m'être mêlé de ce qui ne me regardait pas, je me dirigeai vers mon pavillon et vers mon drame.

Le lendemain, non plus que le surlendemain, je ne l'aperçus. Mais il m'était resté dans l'esprit, et il me vint à l'idée que, comme personnage comiquement sentimental, il pouvait m'être utile dans le développement de mon intrigue. Le troisième jour, il vint me voir.

Pendant un moment je fus fort embarrassé pour deviner ce qui avait bien pu l'amener. De la façon la plus cérémonieuse, il entama des conversations très indifférentes; puis, brusquement, il se décida. Il voulait m'acheter mon pavillon.

— Vous comprenez, dit-il, je ne vous blâme pas le moins du monde, mais vous avez détruit une habitude, et cela désorganise mes journées. Je viens me promener ici depuis des années... des années, sans doute, toujours en fredonnant... et vous avez rendu tout cela impossible!

J'émis l'idée qu'il pourrait peut-être essayer une autre direction.

— Non! il n'y a pas d'autre direction; celle-ci est la seule. Je me suis informé. Et maintenant chaque après-midi, à quatre heures... je me trouve dans une situation inextricable.

— Mais, mon cher monsieur, si la chose vous tient tant à cœur...

— C'est une question vitale. Vous comprenez, je suis... je suis un... chercheur. Je suis lancé dans des recherches scientifiques. J'habite, il s'arrêta et parut réfléchir, juste là-bas, fit-il en lançant tout à coup son doigt jusqu'à une proximité dangereuse de mon œil — la maison avec des cheminées blanches, que vous voyez juste au-dessus des arbres. Ma position est anormale... anormale. Je suis sur le point d'achever l'une des plus importantes démonstrations... je puis vous assurer que c'est *une des plus importantes* démonstrations qui ait jamais été faite. Cela exige une réflexion constante, une aisance et une activité mentales incessantes. L'après-midi était mon meilleur moment!... le cerveau en effervescence d'idées nouvelles... de points de vue nouveaux...

— Mais pourquoi ne viendriez-vous plus par ici?

— Ce serait tout différent. J'aurais conscience de moi-même. Je penserais à vous... travaillant à votre pièce... m'observant irrité... au lieu de penser à mon travail... Non! il faut que j'aie ce pavillon.

Je restai rêveur. J'avais besoin, certes, de réfléchir sérieusement à la chose avant de répondre quoi que ce soit de décisif.

JE ME RETOURNAI ET LE REGARDAI S'ÉLOIGNER.

J'étais généralement assez prêt aux affaires en ce temps-là, et les ventes avaient toujours eu de l'attrait pour moi; mais, en premier lieu, le pavillon ne n'appartenait pas, et, même si je le lui vendais un bon prix, je pourrais éprouver quelques inconvénients quand il s'agirait de l'entrée en jouissance, surtout si le possesseur réel avait vent de la transaction; en second lieu, ma foi... j'étais failli et passible des tribunaux si je contractais des dettes.

C'était là clairement une affaire qui exigeait un maniement délicat. De plus, l'idée qu'il se trouvait à la poursuite de quelque précieuse invention m'intéressait aussi.

Je tâchai de sonder mon homme.

Il était tout à fait disposé à me fournir des indications. A vrai dire, une fois qu'il fut lancé, la conversation se transforma en monologue. Il parlait comme quelqu'un qui s'est longtemps retenu, et qui a maintes fois approfondi son sujet. Il parla pendant près d'une heure, et il me faut avouer que je trouvai son discours singulièrement rebelle à ma compréhension.

Pendant cette première entrevue, je ne réussis à me faire qu'une idée très vague de l'objet de ses recherches, la moitié de ses expressions étaient des mots techniques entièrement étrangers pour moi, et il prétendit éclaircir un ou deux points avec ce qu'il lui plut d'appeler des mathématiques élémentaires, se livrant à des calculs sur un bout d'enveloppe, avec un stylographe, d'une façon telle qu'il m'était difficile même de paraître comprendre.

— Oui, faisais-je, continuez.

Néanmoins, j'en saisis suffisamment pour me convaincre qu'il n'était pas un simple cancre jouant à l'inventeur. En dépit de son apparence, il se dégageait de lui une force qui rendait cette supposition impossible; quoi que ce fût, cela devait être une chose comportant des possibilités mécaniques. Il me parla d'un atelier qu'il s'était fait installer et de trois aides, autrefois charpentiers-tâcherons, qu'il avait dressés. Or, d'un atelier de ce genre au brevet d'invention et à l'usine, il n'y a qu'un pas. Il m'invita à aller visiter l'installation. J'acceptai avec empressement et pris soin, par une ou deux remarques, de souligner son offre.

La vente projetée resta fort heureusement en suspens.

Enfin, il se leva pour partir, s'excusant de la longueur de sa visite. Parler de son œuvre, dit-il, était un plaisir qu'il ne goûtait que trop rarement. Ce n'était pas souvent qu'il trouvait un auditeur aussi intelligent que moi, car il fréquentait fort peu les professionnels de la science.

Tant de mesquinerie, expliquait-il, tant d'intrigue! Et réellement, quand on a une idée... une idée nouvelle et féconde... je ne voudrais pas manquer de charité, mais...

Je suis de ceux qui croient à l'excellence du premier mouvement, et je risquai alors ce qui était peut être une proposition téméraire, mais rappelez-vous que j'étais seul avec mon drame à Lympne depuis quinze jours, et je conservais encore un remords d'avoir bouleversé sa promenade.

Pourquoi pas, dis-je, faire de ceci une nouvelle habitude à la place de celle dont je vous ai privé? Du moins... jusqu'à ce que nous soyons d'accord au sujet du pavillon. Ce qu'il vous faut c'est pouvoir retourner votre œuvre dans votre esprit. C'est ce que vous avez fait jusqu'ici pendant vos promenades de l'après-midi. Malheureusement, tout cela est fini... et vous ne pouvez pas remettre les choses au point où elles étaient. Mais pourquoi ne viendriez-vous pas me parler de vos travaux, vous servir de moi comme d'un mur contre lequel vous jetteriez vos pensées pour les rattraper ensuite? Il est certain que je ne suis pas assez savant pour vous voler votre idée et... je ne connais pas d'hommes de science.

Je me tus. Il se mit à réfléchir : évidemment ma proposition paraissait lui plaire.

— Mais j'aurais peur de vous ennuyer, fit-il.

— Vous pensez que je suis trop nul!

— Oh! non, mais les détails techniques...

— Quoi qu'il en soit, vous m'avez énormément intéressé cette après-midi.

— Certes, ce serait un grand secours pour moi. Rien n'éclaircit autant les idées que de les expliquer. Jusqu'à présent...

— Mon cher monsieur, c'est convenu, n'en parlons plus.

— Mais vraiment vous trouveriez le temps?...

— Rien ne repose autant que de changer d'occupation, dis-je avec l'accent d'une conviction profonde.

L'affaire était entendue. Sur les marches de la véranda, il se retourna.

— Je vous suis infiniment reconnaissant, commença-t-il

Je poussai un grognement interrogatif.

— ... de m'avoir complètement guéri de cette habitude ridicule de bourdonner.

Je lui répondis, je crois, que j'étais très heureux de lui être de quelque utilité, et il s'en alla.

Immédiatement, les pensées que notre conversation lui avait suggérées durent reprendre leur train; ses bras recommencèrent à s'agiter de la même façon, et l'écho affaibli de ses zou, zou, zou, zou, zou, zou, me parvint, apporté par la brise...

Après tout, cela n'était pas mon affaire...

Il revint le lendemain et le surlendemain et débita chaque fois une longue conférence sur la physique, pour notre mutuelle satisfaction. Il parlait, avec un air d'extrême lucidité, d'*éther*, de *tubes de force*, de *potentiel gravitationnel*, et de choses de ce genre, tandis que je restais allongé dans mon second fauteuil pliant, proférant régulièrement des : oui, — continuez, — je vous suis, — pour le tenir en haleine.

C'était un sujet terriblement difficile, mais je ne pense pas qu'il ait jamais supposé jusqu'à quel point je ne le comprenais pas. Il y avait des moments où je me demandais s'il ne se moquait pas de moi, mais, en tout cas, cela me reposait de ce maudit drame.

IL PARLA PENDANT PLUS D'UNE HEURE.

De temps en temps, certaines choses s'éclairaient pour moi, l'espace de quelques secondes, pour s'évanouir juste au moment où je croyais les tenir.

A la première occasion, j'allai visiter sa demeure. C'était une grande maison, meublée à la diable, sans autres domestiques que les trois aides, et le régime et le genre de vie de Cavor se caractérisaient par une simplicité philosophique. Il était végétarien, il ne buvait que de l'eau et se soumettait à toutes les disciplines de ce genre. Mais la vue de son installation pouvait éveiller bien des doutes. De la cave au grenier cela sentait la besogne, le métier, ensemble déconcertant dans un village si écarté. Les pièces du rez-de-chaussée contenaient des établis et des appareils nombreux. La boulangerie et la buanderie s'étaient transformées en des fours respectablement compliqués, des dynamos occupaient la cave et il avait un gazomètre dans le jardin. Il me montra tout cela avec l'air confiant d'un homme qui a trop vécu seul. De sa réclusion débordaient maintenant des excès de confidences dont j'avais la bonne chance d'être le bénéficiaire.

Les trois aides étaient d'honorables spécimens de cette catégorie d'hommes à tout faire, à laquelle ils appartenaient. Sinon très intelligents, du moins consciencieux, solides, polis, et pleins de bonne volonté. L'un d'eux, Spargus, qui était chargé de la cuisine et de tous les travaux métalliques, avait été marin; le second, Gibbs, remplissait les fonctions de menuisier, et le troisième, qui avait été jardinier, faisait maintenant office de factotum. Ils étaient chargés exclusivement du travail manuel, et tout l'ouvrage intelligent était fait par Cavor. Leur ignorance était des plus ténébreuses comparée même à mes notions très vagues.

Maintenant occupons-nous de la nature de ces recherches. Ici, malheureusement, intervient une grave difficulté. Je ne suis nullement expert en matière scientifique, et s'il me fallait tenter d'exprimer, dans la langue éminemment savante de M. Cavor, le but auquel tendaient ses expériences, je craindrais non seulement d'embrouiller le lecteur, mais moi-même, et je commettrais presque certainement quelque balourdise qui m'attirerait les railleries de tous ceux qui sont au courant des derniers développements de la physique mathématique. Le mieux que je puisse faire est, je crois, de donner ici mes impressions dans mon langage inexact, sans essayer de me parer d'une culture scientifique qui m'est absolument étrangère.

L'objet des recherches de M. Cavor était une substance qui devait être *opaque* — il se servait d'un autre mot, que j'ai oublié, mais qui implique l'idée d'*opacité à toutes les formes de l'énergie radiante*. L'énergie radiante, m'expliqua-t-il, était tout ce qui ressemblait à la lumière, à la chaleur, à ces rayons Rœntgen, dont il a été question, depuis quelques années, aux ondes électriques de Marconi, ou à la gravitation.

Tout cela, me dit-il, rayonne autour de centres et agit sur les corps à distance, d'où vient le terme d'énergie radiante. Le verre par exemple est transparent à la lumière, mais il l'est beaucoup moins à la chaleur, de sorte qu'il peut servir à abriter du feu. L'alun est transparent à la lumière, mais bloque complètement la chaleur. D'un autre côté, une solution d'iode dans du bisulfite de carbone intercepte complètement la lumière, mais est parfaitement transparente à la chaleur; elle vous cachera complètement un feu en permettant à sa chaleur de vous parvenir. Les métaux ne sont pas seulement opaques à la lumière et à la chaleur, mais aussi à l'énergie électrique qui passe à travers la solution d'iode et le verre presque comme si ces derniers n'étaient pas interposés, et ainsi de suite.

Or, toutes les substances connues sont *transparentes* à la gravitation. On peut employer des écrans de diverses sortes pour intercepter la lumière, l'ardeur et l'influence électrique du soleil, ou la chaleur de la terre; on peut abriter des objets contre les rayons de Marconi par des plaques de métal, mais rien n'intercepte l'attraction gravitationnelle ni celle de la terre. Il est bien difficile d'expliquer pourquoi il n'y a rien, et Cavor ne voyait pas pourquoi une pareille substance n'existerait pas, et, à coup sûr, ce n'est pas moi qui pouvais le lui dire.

Jamais encore je ne m'étais creusé l'esprit sur de pareilles questions.

Il suffira, pour la clarté de cette histoire, de dire qu'il croyait pouvoir manufacturer cette prétendue substance opaque à la gravitation, au moyen d'un alliage compliqué de métaux et d'une nouvelle chose — un nouvel élément, je suppose — qui s'appelait, je crois, *helium*, et qu'on lui envoyait de Londres, dans des flacons de grès cachetés. On a émis des doutes sur ce détail, mais j'ai la quasi-certitude que ces flacons cachetés contenaient véritablement de l'hélium. En tout cas, c'était quelque chose d'extrêmement ténu et gazeux.

Si seulement j'avais pris des notes!...

Mais comment aurais-je pu prévoir alors qu'il me les faudrait par la suite?

Tous ceux qui possèdent la moindre imagination comprendront quelles extraordinaires possibilités offrait une pareille substance, et ils sympathiseront un peu avec l'émotion que je ressentis à mesure que je dégageais cette idée du brouillard de phrases abstruses débitées par Cavor.

Intermède comique dans ma pièce, en vérité.

Il me fallut quelque temps pour croire que je l'avais interprété exactement, et j'évitais avec grand soin de lui poser des questions qui lui eussent permis de jauger la profondeur d'incompréhension dans laquelle il déversait continuellement ses explications.

Je ne me rappelle pas avoir donné à mon drame une heure de travail consécutif après ma visite à sa maison; mon imagination avait autre chose à faire. Les possibilités de cette matière semblaient être de tous côtés sans limite; j'en arrivais à des miracles et à des révolutions. Par exemple, si l'on voulait soulever un poids, si énorme soit-il, l'on n'avait qu'à glisser sous sa masse une feuille de cette substance et on le soulevait alors avec une paille.

Ma première idée fut, naturellement, d'appliquer ce principe aux canons et aux cuirasses, à tous les matériaux et à toutes les méthodes de guerre, et de là, à la navigation, à la locomotion, à la construction et à toutes les formes imaginables de l'industrie humaine. Le hasard qui m'avait amené au lieu de naissance de ce nouvel âge — une nouvelle époque, rien de moins — était une de ces chances qui se retrouvent une fois tous les mille ans. La chose se déroulait et s'étendait indéfiniment. Entre autres résultats, j'y voyais ma rédemption d'homme d'affaires; j'y voyais une première compagnie et des sous-compagnies en tout genre, des applications ici et là, à droite, à gauche, ailleurs, des syndicats et des *trusts*, des privilèges et des concessions se propageant, se développant jusqu'à ce qu'une vaste et prodigieuse Société pour l'Exploitation de la *Cavorite* conquît et gouvernât le monde.

Et j'en étais!

Je voulus aller droit au but. Je savais que je risquais la partie, mais je voulus sauter le pas sans attendre.

— Nous avons en main, absolument, la chose la plus énorme qui ait jamais été inventée, dis-je, en ayant soin d'accentuer fortement le *nous*. Si vous voulez m'écarter de la combinaison, il faudra que vous le fassiez à coups de canon! Dès demain, je viens m'installer ici en qualité de quatrième aide.

Il parut surpris de mon enthousiasme, mais nullement soupçonneux ni hostile, et même il parla plutôt de ses recherches en termes dépréciateurs.

— Mais pensez-vous vraiment?... dit-il en me regardant d'un air de doute. Et votre drame?... Diable, mais où en est-il, ce drame?

— Il n'y en a plus! m'écriai-je. Ah! mon cher monsieur, vous ne voyez donc pas ce que nous avons en mains? Ne savez-vous donc pas ce que vous allez faire?

C'était uniquement, de ma part, une tournure de rhétorique, mais le fait est qu'il ne se rendait compte de rien.

Tout d'abord je ne pouvais le croire. Il n'avait même pas eu le moindre indice de la chose. Cet étonnant petit bonhomme avait travaillé pendant tout ce temps au point de vue purement théorique!

Quand il disait que c'était la découverte la plus importante que le monde ait jamais vue, il voulait dire, tout simplement, qu'elle mettait d'accord un grand nombre de théories et résolvait maint problème douteux; il ne s'était pas plus inquiété de l'application de la matière qu'il allait trouver que s'il avait été une machine à faire des canons. C'était une substance possible et il voulait la fabriquer, voilà tout.

Passé cela, il était enfantin! S'il trouvait cette substance, elle irait à la postérité sous le nom de *Cavorite* ou *Cavorine*; il deviendrait membre de divers Instituts; son portrait serait donné en prime par *La Nature* et autres perspectives de cet acabit. C'était tout ce qu'il y voyait!

Ainsi il aurait laissé tomber cette bombe sur le monde, comme s'il avait trouvé tout bonnement une nouvelle espèce de moucheron — si, par bonheur, je ne m'étais pas trouvé là. Et la chose serait restée en cet état, aurait raté, comme une ou deux autres petites choses que les hommes de science ont laissées en route.

Quand je me fus rendu compte de cela, ce fut moi qui parlai et Cavor qui répéta : continuez, continuez. Je bondissais; arpentant la pièce et gesticulant comme un jeune homme. J'essayai de lui faire comprendre ses devoirs et ses responsabilités en cette occurrence — *nos* devoirs et *nos* responsabilités. Je lui affirmai que nous pouvions acquérir une fortune suffisante pour nous permettre, à notre fantaisie, toutes les révolutions sociales. Nous pourrions posséder et diriger le monde entier. Je lui parlai de compagnies, de brevets et des raisons que nous avions de manufacturer secrètement notre produit...

Tout cela semblait faire sur lui une impression assez semblable à celle que ses mathématiques avaient faite sur moi. Un air de perplexité envahit sa petite figure rouge. Il balbutia quelque chose à propos de l'indifférence pour les richesses, mais j'écartai ces sornettes ; il était condamné à être riche et ses balbutiements n'y feraient rien. Je lui donnai à entendre quelle sorte d'homme j'étais et que j'avais une expérience considérable des affaires. Je lui laissai ignorer que j'étais alors un failli insolvable, parce que ce n'était qu'une situation temporaire ; mais je crois que je parvins à concilier mon évidente pauvreté avec mes ambitions financières. Insensiblement, à la façon dont de tels projets se développent, l'accord se fit entre nous pour un monopole de la *Cavorite*. Il se chargeait de la production de la matière et je devais lancer l'affaire.

Je m'obstinais à employer le *nous* — *je* et *vous* n'existaient plus pour moi.

Il lui vint à l'esprit que les bénéfices dont je parlais pourraient servir à doter des laboratoires de recherches, mais cela, naturellement, était un point que nous aurions à décider plus tard.

— C'est très bien! C'est parfait! m'écriai-je.

La grande question était de se mettre en devoir de fabriquer la chose.

— Voici une substance dont aucune maison, aucune usine, aucune forteresse, aucun navire n'oserait se passer, plus universellement applicable même qu'une spécialité médicale brevetée! Il n'y a pas un seul de ces dix mille usages possibles qui ne doive nous enrichir, Cavor, au delà de tous les rêves de l'avarice!

— C'est vrai, dit-il sentencieusement, je commence à comprendre. C'est extraordinaire comme l'on obtient de nouveaux points de vue en causant.

— Et il se trouve que vous vous êtes adressé au bon endroit!

— Je suppose que personne n'est absolument *ennemi* d'une grande fortune, déclara-t-il. Naturellement il y a... il y a une difficulté...

Il s'arrêta et j'écoutai sans broncher.

— Il est bien possible, vous savez, que nous ne puissions pas arriver à la fabriquer! Cela peut être une de ces choses qui sont théoriquement possibles, mais pratiquement absurdes. Ou bien, quand nous en ferons, il pourrait se trouver quelque petite anicroche...

— Nous nous attaquerons à l'anicroche quand elle se présentera, dis-je.

II

PREMIERS ESSAIS DE LA CAVORITE

Les craintes de Cavor étaient sans fondement, au moins en ce qui concernait la fabrication. Le 14 octobre 1899, cette incroyable substance fut effectivement découverte.

Par un hasard assez singulier, elle se trouva finalement fabriquée par accident et au moment où Cavor s'y attendait le moins. Il avait liquéfié un mélange de métaux et d'autres choses, dont je voudrais bien avoir la formule maintenant, et il se proposait d'entretenir la fusion de la mixture pendant une semaine, puis de la laisser refroidir lentement. A moins d'erreur dans ses calculs, le dernier état de la combinaison devait se trouver atteint quand la matière serait tombée à une température de soixante degrés Fahrenheit. Mais il arriva qu'à l'insu de Cavor une discussion s'éleva entre les hommes au sujet de l'entretien du fourneau : Gibbs, qui s'en était jusqu'alors chargé, essaya de passer la corvée à celui qui avait été jardinier, sous le prétexte que le charbon faisait partie du sol, puisqu'on l'en extrayait, et que, par conséquent, il n'entrait pas dans les attributions d'un menuisier; le jardinier allégua, à son tour, que le charbon était une substance métallique ou un minerai, sans compter qu'il avait, lui, charge de la cuisine. Mais Spargus insista pour que Gibbs continuât son office, puisqu'il était menuisier et que le charbon est notoirement une matière végétale fossile.

En conséquence, Gibbs cessa d'alimenter le fourneau et personne ne s'en soucia plus: Cavor était trop absorbé par certains problèmes intéressants, concernant une machine volante actionnée par la *Cavorite* (négligeant la résistance de l'air et un ou deux autres points) pour s'apercevoir que quelque chose clochait. La naissance prématurée de son invention eut lieu juste au moment où il était à mi-chemin de mon pavillon, en route pour trouver son thé et sa conversation de chaque après-midi.

Je me rappelle ce jour-là avec une extrême netteté. L'eau bouillait et tout était prêt : le bruit de son « zou, zou » m'amena jusqu'à la véranda. Son active petite personne se découpait, noire, contre le couchant d'automne, et, vers la droite, les cheminées de sa maison s'élevaient au-dessus d'un groupe d'arbres aux teintes magnifiques. Plus loin, se dressaient les collines de Wealden, indécises et bleutées, tandis que, sur la gauche, le marais brumeux s'étendait, spacieux et paisible.

Alors...!

Les cheminées bondirent dans le ciel, se brisant, dans leur élan, en plusieurs longs chapelets de briques, suivies par le toit et par le mobilier. Puis, les rattrapant, une immense flamme blanche s'éleva. Les arbres d'alentour se balancèrent, tourbillonnèrent et s'arrachèrent en morceaux qui sautèrent aussi vers la flamme. Je fus complètement assourdi par un éclat de tonnerre qui m'a laissé sourd d'une oreille, et tout autour de moi les fenêtres se fracassèrent d'elles-mêmes.

Je fis trois pas hors de la véranda, dans la direction de la maison de Cavor et, au même instant, survint la rafale.

Les pans de ma redingote furent instantanément relevés par-dessus ma tête, et je me mis, malgré moi, à avancer par sauts et par bonds à la rencontre de Cavor. Au même moment, il était lui-même saisi, roulé en tout sens et lancé à travers l'atmosphère résonnante. Je vis l'une de mes cheminées s'abattre sur le sol, à six pas de moi ; je fis une vingtaine de bonds qui m'amenèrent irrésistiblement vers le foyer de la déflagration.

Cavor, dont les bras, les jambes et le pardessus battaient l'air, retomba, roula plusieurs fois sur lui-même, se remit sur pieds, fut soulevé et transporté en avant à une vitesse énorme et il disparut finalement au milieu des arbres secoués et agités qui se tordaient à l'entour de sa maison.

Une masse de fumée et de cendres et un carré de substance bleuâtre et brillante se précipitèrent vers le zénith. Un large fragment de clôture vola auprès de moi, tomba de côté, heurta le sol, s'aplatit, et le plus mauvais de l'affaire fut passé. La commotion aérienne ne fut pas plus qu'une forte rafale, et je constatai, en fin de compte, que je respirais et que j'étais sur pieds. En tournant le dos au vent, je parvins à m'arrêter et à rassembler les quelques idées qui me restaient.

En ces quelques secondes, la face entière des choses avait changé. Le tranquille coucher de soleil avait disparu, le ciel était obscurci de nuages menaçants, et tout était renversé, par la tempête. Je jetai un coup d'œil en arrière pour voir si mon pavillon tenait encore debout ; puis, je m'avançai en trébuchant vers les arbres entre lesquels Cavor avait disparu et à travers les branches dénudées desquels s'apercevaient les flammes de la maison incendiée. J'entrai dans le taillis, me butant contre les troncs et m'y cramponnant, mais mes recherches furent assez longtemps vaines.

Alors, au milieu d'un tas de branches et de treillages brisés qui s'étaient accotés au mur du jardin, j'entrevis quelque chose qui remuait ; j'y courus, mais avant que j'y fusse arrivé, un gros objet brun foncé s'en sépara, se dressa sur deux jambes boueuses et avança deux mains languissantes et ensanglantées. Quelques vêtements flottaient encore au gré du vent autour de cette masse.

Je finis par reconnaître, dans cet être glaiseux, Cavor, tout trempé de la boue dans laquelle il avait roulé. Il se pencha pour faire tête au vent, frottant ses yeux et sa bouche pour les débarrasser de la terre qui les recouvrait.

Il me tendit une sorte de moignon et trébucha d'un pas vers moi. Sa figure était bouleversée d'émotion, et de petites écailles de boue s'en détachaient. Il paraissait aussi endommagé et aussi pitoyable qu'une créature humaine pouvait l'être, et sa remarque en la circonstance m'ahurit au delà de toute expression.

— ... plimentez-moi, bégaya-t-il, complimentez-moi!

— Vous complimenter, dis-je, et pourquoi donc?

— Ça y est!

— Ça y est? Qui diable a pu causer cette explosion?

Un coup de vent emporta des bribes de ses phrases. Je devinai qu'il disait que ce n'était pas du tout une explosion. Une rafale me lança contre lui et nous demeurâmes cramponnés l'un à l'autre.

— Essayons de rentrer chez moi, — lui hurlai-je dans l'oreille.

Il ne m'entendit pas et me cria quelque chose dont je saisis seulement : trois martyrs — la science — et aussi ce fragment de réflexion : — pas fameux en somme. Il était en ce moment sous l'impression que ses trois aides avaient péri

LES PANS DE MA REDINGOTE FURENT INSTANTANÉMENT RELEVÉS PAR-DESSUS MA TÊTE.

dans la trombe. Heureusement, il n'en était rien. Aussitôt que leur patron fut sorti, ils s'étaient dirigés de concert vers l'unique cabaret de Lympne pour discuter la question des fourneaux devant de rafraîchissantes consommations.

Je répétai mon invitation à venir chez moi et cette fois il comprit. Nous nous cramponnâmes bras dessus, bras dessous, et partîmes pour nous réfugier enfin sous le peu de toit qui me restait. Nous demeurâmes assez longtemps affalés dans des fauteuils et pantelants. Toutes les vitres étaient cassées et tous les menus objets étaient en grand désordre sans qu'il y eût de dommages irréparables. Par bonheur, la porte de la cuisine avait résisté, de sorte que ma vaisselle et mes ustensiles étaient intacts. La lampe à alcool brûlait encore, et je mis de l'eau bouillir pour le thé. Cela fait, je pus écouter les explications de Cavor.

— C'est exact, c'est parfait, insistait-il. Ça y est et tout va bien.

— Comment, protestai-je, tout va bien? Mais il n'y a pas une meule, ni une clôture, ni un toit de chaume qui ne soit pas endommagé à trente kilomètres à la ronde.

— Mais si, vraiment, tout va bien. Je n'avais naturellement pas prévu ce petit chavirement. Mon esprit était préoccupé d'un autre problème et je suis assez enclin à faire peu de cas de ces résultats pratiques et inattendus. Mais tout va bien.

— Ne voyez-vous donc pas, mon cher monsieur, m'écriai-je, que vous avez occasionné des centaines de mille francs de dégâts?

— Pour ce qui est de cela, je m'en remets à votre discrétion. Je ne suis pas un homme pratique, certes, cependant ne pensez-vous pas qu'on regardera la chose comme un cyclone?

— Mais l'explosion...

— Il n'y a pas eu d'explosion. C'est parfaitement simple; seulement, comme je vous le dis, je suis porté à négliger ces petites choses. C'est mon « zou zou » sur une plus grande échelle. Par inadvertance, j'ai fait cette substance, cette *Cavorite*, sous forme d'une feuille large et mince...

Il s'arrêta.

— Il est clair que cette nouvelle matière, n'est-ce pas, est opaque à la gravitation, qu'elle empêche les choses de graviter les unes vers les autres?

— Oui, oui, répondis-je. Et après?

— Eh bien! aussitôt qu'elle eut atteint une température de soixante degrés Fahrenheit, après tout le processus de sa formation, l'air ainsi que les portions de plafond, de plancher et de toit qui se trouvaient au-dessus cessèrent d'avoir du poids. Je suppose que vous savez, car tout le monde le sait maintenant, que l'air est pesant, qu'il exerce une pression sur tout ce qui se trouve à la surface de la terre, une pression en tout sens de quatorze livres et demi par pouce carré?

— Oui, je le sais, continuez.

— Je le sais aussi, remarqua-t-il. Seulement, cela vous démontre combien est inutile la connaissance qui n'est pas appliquée. Or, vous comprenez, au-dessus de notre *Cavorite*, il en fut autrement. L'air cessa d'exercer une pression, mais tout à l'entour il continua de peser dans les mêmes proportions sur cet air soudainement privé de poids. Ah! vous commencez à comprendre... L'air qui entourait la *Cavorite* écrasa avec une force irrésistible l'air soudain privé de poids qui se trouvait au-dessus de la feuille. Celui-ci fut poussé verticalement avec violence, et celui qui se précipitait pour le remplacer perdit immédiatement son poids, cessa d'exercer une pression, suivit l'autre, passa à travers le plafond et fit sauter le toit...

— Vous concevez, continua-t-il, après un instant de réflexion, cela formait une sorte de jet atmosphérique, une espèce de cheminée dans l'atmosphère. Si la *Cavorite* elle-même n'avait pas été libre et finalement aspirée par la cheminée, vous imaginez-vous ce qui serait arrivé?

Il me laissa le temps de réfléchir.

— Je suppose, dis-je, que l'air serait encore maintenant en train de monter à toute vitesse au-dessus de cette infernale matière.

— Précisément, dit-il, comme un immense jet d'eau.

— Jaillissant dans l'espace! Seigneur! Mais cela aurait aspiré et lancé au diable toute l'atmosphère de la terre! Cela aurait dérobé tout l'air du monde. C'était la mort de l'humanité entière, ce petit morceau de votre mixture.

— Cela ne jaillissait pas exactement dans l'espace dit Cavor, mais pratiquement cela n'en valait pas mieux. L'air qui entoure la terre se fût trouvé enlevé à la façon dont on pèle une banane et lancé à des milliers de kilomètres. Il serait retombé, naturellement, mais sur un monde asphyxié, et, à notre point de vue, cela ne valait guère mieux que s'il n'était jamais revenu!

Je le regardais ébahi. J'étais encore trop abasourdi pour me rendre compte jusqu'à quel point tous mes espoirs étaient bouleversés.

— Qu'allez-vous faire, à présent? demandai-je.

— Tout d'abord, si je puis emprunter une truelle de jardin, je gratterai un peu cette terre qui me recouvre, ensuite, si je puis me servir de vos commodités domestiques, je prendrai un bain. Cela fait, nous pourrons causer à loisir. Je pense qu'il serait sage, fit-il en posant une main terreuse sur mon bras, de garder pour nous les détails de cette affaire... Je sais que j'ai causé de grands dégâts... Il est probable que des habitations ont été dévastées dans ce coin de campagne... Mais, d'un autre côté, il n'est pas possible que je rembourse tout ce dommage, et, si l'on arrive à en découvrir la véritable cause, cela n'amènera que de l'animosité et des obstacles à mon travail. On ne peut pas *tout* prévoir, vous comprenez, et je ne puis consentir un instant à ajouter à mes théories l'embarrassant fardeau de considérations matérielles. Plus tard, quand vous serez intervenu avec votre esprit pratique, quand la *Cavorite* sera lancée — *lancée* est le mot, n'est-ce pas? — et qu'on aura réalisé tous les bénéfices que vous prévoyez, alors, nous pourrons arranger tout cela avec ces gens. Mais pas maintenant... pas maintenant. Dans l'état actuel si peu satisfaisant de la science météorologique, il est probable qu'aucune autre explication ne sera offerte, et l'on attribuera tout ceci à un cyclone. On ira peut-être jusqu'à ouvrir une souscription publique, et, comme ma maison a été renversée et brûlée, je recevrai, dans ce cas, une indemnité considérable qui serait fort utile à la poursuite de nos recherches. Mais si l'on sait que c'est moi qui ai causé tout ce fracas, il n'y aura pas de souscription publique et tout le monde sera furieux. Pratiquement, je ne retrouverai plus jamais le moyen de travailler en paix. Mes trois aides peuvent ou non avoir péri, c'est un détail. S'ils sont morts, la perte n'est pas grande; ils étaient plus zélés que capables, et cet événement prématuré est dû sans doute, dans une large mesure, à leur commune négligence des fourneaux. S'ils n'ont pas péri, je doute fort qu'ils aient l'intelligence d'expliquer l'affaire. Ils accepteront l'hypothèse du cyclone... Et si, pendant le temps que ma maison restera inhabitable, vous me permettez de loger dans une des pièces inoccupées de ce pavillon...

Il s'arrêta et me regarda.

Un homme capable de causer tant de perturbation n'était guère un hôte agréable à accueillir.

— Peut-être, dis-je en me levant nous ferions mieux de commencer à chercher une raclette.

Et je montai le chemin vers les ruines de la serre.

Pendant qu'il prenait son bain, j'examinai seul la question. Il était clair que la société de M. Cavor comportait des inconvénients que je n'avais pas prévus. L'impardonnable distraction qui avait failli causer le dépeuplement du globe terrestre pouvait à chaque minute occasionner de pires embarras. D'un autre côté, j'étais jeune, mes affaires se trouvaient dans un piteux état et je me sentais dans d'excellentes dispositions pour tenter de turbulentes aventures, comportant des chances de profit, une fois le but atteint.

J'avais tout à fait décidé que j'aurais au moins la moitié de ce que pouvait rapporter cette affaire. Par bonheur, j'occupais mon pavillon, comme je l'ai déjà expliqué, avec un bail de trois ans, sans être responsable des réparations, et mes meubles, pour le peu qu'il y en avait, avaient été achetés à la hâte et n'étaient pas encore payés. Je les avais assurés et ils étaient absolument libres de tous risques. Finalement, je résolus de conserver mes relations avec Cavor et d'aller jusqu'au bout de l'affaire. Certes, l'aspect des choses était grandement changé; je ne doutais plus du tout des étonnantes possibilités qu'offrait la substance, mais j'éprouvais quelques craintes pour ce qui concernait le transport des canons et les chaussures brevetées.

Nous nous mîmes immédiatement à l'œuvre pour reconstruire son laboratoire et continuer nos expériences.

Les discours de Cavor étaient maintenant plus à ma portée qu'ils ne l'avaient été jusqu'alors, surtout lorsqu'on agita la question de savoir comment nous allions fabriquer la substance nouvelle.

— Naturellement, il faut que nous en refabriquions, dit-il, avec une sorte de gaieté que je ne m'attendais pas à trouver en lui, à coup sûr, il faut que nous en refabriquions!... Mais nous avons laissé derrière nous, une fois pour toutes, la partie théorique, et nous éviterons, si possible, le chambardement de notre petite planète. Mais... il *faut* qu'il y ait des risques! Il en faut! Dans les travaux d'expérimentation il y en a toujours. Et ici, en votre qualité d'homme pratique, vous entrez en jeu. Pour ma part, il me semble que nous pourrions peut-être l'obteur en feuilles très fines et droites. Cependant, je ne sais pas. J'ai une vague idée d'une autre méthode qu'il me serait difficile d'expliquer encore. Chose curieuse, cela m'est venu à l'esprit tandis que le vent me roulait dans la boue et que j'étais fort incertain de l'issue de l'aventure... Je suis absolument persuadé que c'est là ce que j'aurais dû faire.

Malgré toute ma bonne volonté, nous rencontrâmes maints obstacles; néanmoins, nous nous obstinions à réédifier le laboratoire. Nous eûmes bien des choses à faire avant qu'il devînt absolument urgent de prendre une décision sur la méthode et la forme précise de notre seconde expérience. Notre seul ennui sérieux fut la grève des trois aides qui s'opposèrent à mon ingérence comme contremaître. Mais nous en vînmes à un compromis sur ce sujet après deux jours de pourparlers.

III

LA CONSTRUCTION DE LA SPHÈRE.

Je me rappelle distinctement à quelle occasion Cavor me parla de son idée de la sphère. Il y avait déjà pensé vaguement mais cette fois-là le projet tout entier sembla lui venir d'un seul coup. Nous rentrions chez moi pour le thé, et en route, il cessa brusquement son bourdonnement et s'écria soudain :

— Ça y est! Cela le termine! Une sorte de store à cylindre!

— Termine quoi? questionnai-je.

— L'espace, n'importe où... la lune!

— Que voulez-vous dire?

— Dire? Mais il faut que ce soit une sphère! Voilà ce que je veux dire.

Je fus obligé de m'avouer que je ne saisissais pas très bien, et le laissai pendant un instant causer à sa fantaisie. Je n'avais alors aucune idée de ce qu'il méditait. Mais, après le thé, il me donna quelques éclaircissements.

— C'est comme cela, dit-il. La dernière fois, j'ai liquéfié cette matière qui soustrait les objets à la gravitation dans un réservoir plat, avec un couvercle pour le maintenir. Aussitôt qu'elle se fut refroidie, tout ce vacarme est arrivé. Rien de ce qui se trouvait au-dessus ne pesait plus. L'air s'élança en tourbillonnant, la maison tourbillonna, et si la chose elle-même n'avait pas aussi tourbillonné, je ne sais pas ce qui serait arrivé. Mais supposez que la substance soit flottante et complètement libre de s'élever?

— Elle s'élèvera aussitôt.

— Exactement. Sans plus de fracas que si l'on tirait un coup de canon.

J'EXAMINAI SEUL LA QUESTION.

— Mais à quoi cela servira-t-il?

— Je monte avec!

Je posai ma tasse et fixai les yeux sur Cavor.

— Imaginez une sphère assez grande pour contenir deux personnes et leurs bagages. Elle serait faite en acier et revêtue intérieurement de verre épais; elle contiendrait une réserve suffisante d'air solidifié, des nourritures concentrées, de l'eau, un appareil à distiller, et ainsi de suite; sur le revêtement extérieur d'acier, elle serait pour ainsi dire émaillée...

— De *Cavorite*?

— Oui!

— Mais de quelle façon pénétrerez-vous à l'intérieur?

— C'est parfaitement aisé. Une ouverture pneumatique suffira. Il faudra naturellement qu'elle soit assez compliquée: une valve sera nécessaire pour permettre, en cas de besoin, de jeter certaines choses au dehors sans une trop grande perte d'air.

— Comme dans le projectile de Jules Verne, alors?

Mais Cavor n'avait jamais été un lecteur de ce genre de fiction.

— Je commence à comprendre, dis-je lentement. Vous entrerez et vous fermerez pendant que la *Cavorite* est encore chaude, et aussitôt qu'elle sera refroidie elle deviendra impénétrable à la gravitation et vous partirez.

— Par la tangente!

— Vous partirez en droite ligne...

Je m'arrêtai brusquement.

— Qui empêcherait la sphère de voyager en droite ligne, pour toujours dans l'espace? demandai-je. Vous n'êtes pas certain d'atterrir quelque part, et même, en ce cas, comment reviendriez-vous?

— J'y ai pensé, dit Cavor. C'est ce que je voulais dire quand je me suis écrié que que la chose était finie. La sphère intérieure de verre sera impénétrable à l'air et, excepté l'ouverture, elle sera continue; la sphère d'acier peut être faite par sections dont chacune s'enroulera sur une armature à la façon d'un store à cylindres. On pourrait les actionner facilement par des ressorts, les ouvrir et les fermer au moyen de l'électricité transmise par des fils de platine fondus dans le verre. Tout cela n'est qu'une question de détails. Vous voyez donc que, à part l'épaisseur des cylindres, l'extérieur de la sphère enduit de *Cavorite* consistera en fenêtres ou en stores, comme vous voudrez les appeler. Or, quand toutes ces fenêtres ou ces stores seront fermés, ni lumière, ni chaleur, ni gravitation, ni énergie radiante d'aucune sorte ne pourra pénétrer à l'intérieur de la sphère; elle s'envolera à travers l'espace en ligne droite, comme vous l'avez dit. Mais ouvrez une fenêtre... Imaginez une des fenêtres ouvertes! Alors, immédiatement, tout corps pesant qui se trouve dans nos parages nous attirera.

Je m'assis, essayant de mieux comprendre.

— Vous y êtes? fit-il.

— Oh! oui, j'y suis.

— Pratiquement, il nous sera possible de virer et de louvoyer dans l'espace à notre fantaisie, d'être attirés par ceci et cela...

— Oh! oui. C'est assez clair. Seulement...

— Quoi?

— Je ne vois pas très bien à quoi cela servirait. Ce ne serait que faire un saut hors du monde pour y retomber.

— A coup sûr! Par exemple, on pourrait aller dans la lune!

— Et quand on y serait, qu'est-ce que vous y trouveriez?

— Nous verrions! Oh! pensez aux connaissances nouvelles!...

— Y trouverait-on de l'air?

— C'est possible.

— C'est une belle idée, dis-je. Cela serait tout de même une fameuse entreprise. La lune! J'aimerais mieux me risquer d'abord dans quelque petite chose.

— Il ne peut en être question... à cause de la difficulté de trouver de l'air.

— Pourquoi ne pas appliquer cette idée de stores à ressorts — des plaques de *Cavorite* dans de solides armatures d'acier — pour soulever les gros poids?

— Ça ne marcherait pas, affirma-t-il. Après tout, s'en aller dans l'espace, en dehors, n'est pas pire qu'une expédition polaire... Et pourtant il y a des gens qui tentent ces expéditions!...

— Pas les gens d'affaires, d'ailleurs, on les paie pour cela, et si la moindre chose ne va pas, on envoie d'autres expéditions à leur secours. Mais ceci, c'est simplement nous lancer hors du monde pour rien.

— Pour la découverte!

— Il faut bien que vous donniez un nom à vos projets téméraires. On pourra peut-être en faire un livre?

— Je ne doute pas qu'il y ait des minéraux, — dit Cavor.

— Par exemple?

— Oh! du soufre, des minerais, de l'or peut-être, et, qui sait, de nouveaux éléments...

— Avec les frais de transport... Vous savez que vous n'êtes pas un homme pratique. La lune est à un quart de million de milles de nous...

— Il me semble qu'il ne coûterait pas grand'chose de transporter n'importe où un poids quel qu'il soit, s'il est enfermé dans un emballage de *Cavorite*.

— Je n'avais pas pensé à cela... Livré franco sur la tête de l'acheteur, eh?

— Ce n'est pas d'ailleurs comme si nous étions bornés à la lune...

— Vous dites?

— Il y a Mars... une atmosphère claire, un milieu nouveau, une sensation *exhilarante* de légèreté... Ce serait agréable d'y aller!...

— Il y a de l'air dans Mars?

— Oui, certes.

— On dirait que ce n'est pas plus difficile d'y atteindre que de grimper jusqu'à un sanatorium. A propos, combien y a-t-il d'ici à Mars?

— Deux cent millions de milles à présent, dit Cavor allègrement, et on va tout près du soleil.

Mon imagination cherchait à se reconnaître.

— Après tout, dis-je, il y a quelque chose dans cela... quand ce ne serait que le voyage...

Une extraordinaire possibilité me traversa précipitamment l'esprit. Je vis soudain, comme dans une vision, le système solaire tout entier parcouru par des projectiles à la *Cavorite* et des convois de *sphères de luxe*. « Droits de préemption » fut le refrain qui me trotta dans la tête... « droits de préemption interplanétaire ». Je pensai à l'ancien monopole espagnol des ors de l'Amérique. Il ne s'agissait plus de cette planète-ci ou de celle-là, mais bien de toutes. Je fixai la face rubiconde de Cavor, et soudain mon imagination se prit à sauter et à danser. Je me mis à marcher de long en large; ma langue était débridée.

— Je commence à y voir clair, dis-je, à y voir clair d'un bout à l'autre.

La transition du doute à l'enthousiasme parut n'exiger qu'une infime parcelle de temps.

— Mais c'est extraordinaire! m'écriai-je. C'est énorme! Je n'aurais jamais rêvé chose pareille.

Une fois la froideur de mon opposition disparue, la surexcitation de Cavor, un instant contenue, eut libre jeu. Il se leva aussi et se mit à arpenter la pièce en gesticulant et en parlant très fort. Nous nous conduisions comme des hommes inspirés — nous *étions* des hommes inspirés.

— Nous arrangerons tout cela, déclara-t-il en réponse à quelques difficultés incidentelles qui m'avaient arrêté. Nous allons commencer les dessins pour la fonte ce soir même.

— Nous allons les commencer tout de suite, répondis-je, et nous regagnâmes en hâte le laboratoire pour nous mettre incontinent à l'ouvrage.

Je fus toute cette nuit-là comme un enfant au pays des fées. L'aube nous trouva tous deux encore attelés à la besogne; nous n'avions pas éteint la lampe électrique malgré le grand jour. Je me rappelle exactement l'aspect de ce dessin. J'ombrais et je colorais, tandis que Cavor dessinait; ils étaient bien, ces lavis, barbouillés et bâclés, mais merveilleusement corrects. Nous pûmes, après cette nuit de travail, commander les cadres et les stores d'acier qu'il nous fallait, et la sphère de verre fut dessinée en moins d'une semaine. Nous abandonnâmes nos conversations et toute notre route des après-midi: nous travaillions, nous dormions et nous mangions quand la faim et la fatigue nous empêchaient de continuer. Notre enthousiasme gagna nos trois hommes, bien qu'ils n'eussent aucune idée de la destination de la sphère. Pendant tout ce temps-là, Gibbs perdit l'habitude de marcher, et on le vit courir en tout sens avec des airs extraordinairement affairés.

Elle avançait vite, la sphère. Décembre et janvier s'enfuirent. J'employai, armé d'un balai, une journée entière à nous faire un sentier dans la neige, du pavillon jusqu'au laboratoire. Février et mars disparurent. Vers la fin de mars, l'achèvement fut proche. En janvier, un fardier attelé de nombreux chevaux avait amené une immense caisse; nous avions, maintenant, notre sphère de verre épais toute prête et en position sous la grue que nous avions équipée pour l'installer dans son manteau d'acier; tous les barreaux et tous les stores de la carcasse étaient arrivés en février, et la partie inférieure avait été montée : ce n'était pas réellement une carapace sphérique, mais de forme polyédrique munie d'un store à cylindre sur chaque facette.

La *Cavorite* fut à demi achevée en mars ; la pâte métallique avait déjà subi deux états et les barres et les stores d'acier en étaient en partie revêtus. Il était surprenant de voir comme nous suivions de près, en exécutant nos plans, les lignes de la première inspiration de Cavor. Quand le premier montage de la sphère fut entièrement terminé, il proposa de démolir le toit grossier du laboratoire dans lequel nous travaillions, et de construire un four tout autour. Ainsi la dernière phase de la fabrication de la *Cavorite*, dans laquelle la pâte est chauffée jusqu'au rouge sombre dans un courant d'helium, s'accomplirait lorsque l'enduit serait déjà sur la sphère.

Alors, nous eûmes à discuter et à décider quelles provisions nous devions prendre : aliments comprimés, essences concentrées, cylindres d'acier contenant une réserve d'oxygène, un appareil pour se débarrasser de l'acide carbonique et des déchets, et pour rendre à l'air son oxygène au moyen de peroxyde de sodium, des condensateurs d'eau, et autres instruments. Je me rappelle le petit amoncellement qu'ils faisaient dans un coin : caisses, rouleaux et boîtes, ensemble évidemment fort banal.

Ce fut une période de surmenage avec fort peu de loisir pour penser. Mais un jour, alors que nous approchions de la fin, je me sentis dans un état d'esprit bizarre. Toute la matinée, j'avais maçonné des briques pour le fourneau, et je m'assis absolument abattu auprès de ma besogne. Tout cela me paraissait morne et incroyable.

— Mais dites donc, Cavor, en somme, pourquoi faire tout cela ?

Il sourit.

— La chose est prête à partir maintenant.

— La lune..., dis-je d'un air pensif. Mais qu'espérez-vous ? Je croyais que la lune était un monde mort ?

Il haussa les épaules.

— Mais qu'espérez-vous ? répétai-je.

— Nous le verrons quand nous y serons.

— Nous y allons, alors ? dis-je, le regard morne et vague.

— Vous êtes fatigué, remarqua-t-il, vous devriez faire un tour cette après-midi.

— Non, fis-je avec obstination, je veux finir ce briquetage.

Je continuai donc ma besogne, me préparant ainsi une nuit d'insomnie.

Je ne pense pas avoir jamais subi une nuit pareille. Quelques-unes, avant la culbute de mes affaires, avaient été fort mauvaises, mais la pire d'entre elles avait été une douce somnolence en comparaison de cette infinité de réveils douloureux. Je me trouvais tout à coup plongé dans la terreur de ce que nous allions faire.

Je ne me rappelle pas avoir songé, avant cette nuit-là, aux risques que nous pourrions courir. Ils arrivaient maintenant, semblables à ces bandes de spectres qui, jadis, assiégèrent Prague. L'étrangeté de notre tentative, ce qu'elle avait de surnaturel, m'accablait. J'étais comme un homme qui s'éveille de beaux rêves pour se trouver au milieu de la plus horrible réalité. Je restais sur mon lit, les yeux ouverts, et la sphère semblait devenir de plus en plus confuse et vague, et Cavor de plus en plus irréel et fantastique, et toute l'entreprise m'apparaissait à chaque moment plus folle.

Je quittai mon lit et me mis à marcher ; puis, je m'assis près de la fenêtre et contemplai l'immensité de l'espace. Entre les astres étaient le vide, les insondables ténèbres. J'essayai de me souvenir des quelques connaissances acquises dans mes lectures irrégulières, mais elles étaient trop vagues pour me fournir aucune idée des choses auxquelles nous devions nous attendre. Enfin, je regagnai mon lit et j'obtins quelques instants de sommeil, de cauchemar plutôt, pendant lesquels je tombais infiniment dans les abîmes du ciel.

Au déjeuner, je causai quelque étonnement à Cavor, en lui disant brièvement :

— Je ne pars pas avec vous dans la sphère.

J'accueillis toutes ses protestations avec une obstination revêche.

— C'est une folie, et je ne veux pas en être, dis-je. C'est une folie !

Je refusai de l'accompagner au laboratoire. Je tournai quelque temps sans but dans mon pavillon ; puis, prenant mon chapeau et ma canne, je me mis en route seul, pour je ne sais où. La matinée, par hasard, était superbe, une brise tiède, un ciel bleu et profond; les premières verdures du printemps se montraient et des multitudes d'oiseaux chantaient. Je déjeunai sommairement de bœuf et de bière, dans une petite auberge d'Elham, et j'ahuris l'aubergiste en remarquant à propos du temps :

— Un homme qui quitte le monde par un temps pareil est un fou.

— C'est ce que j'ai répondu quand on me l'a annoncé, répliqua simplement l'aubergiste.

Je sus que, pour une pauvre âme au moins, ce bas monde s'était montré dur, et il y avait eu en effet un suicide commis en cet endroit. Je repris mon chemin avec un nouvel aliment pour mes pensées.

Dans l'après-midi, j'eus quelques heures de sommeil agréable sur l'herbe, au soleil, et je continuai ma route frais et dispos.

J'arrivai à une auberge d'aspect engageant près de Canterbury; sa façade était toute revêtue de plantes grimpantes, et la patronne était une vieille femme très propre dont l'aspect me plut. Je trouvai sur moi juste assez de monnaie pour m'offrir d'y passer la nuit. La vieille était fort loquace, et, entre autres détails, j'appris qu'elle n'avait jamais été jusqu'à Londres.

— Mes plus longs voyages ont été d'aller jusqu'à Canterbury, dit-elle. Je ne suis pas de ces coureurs qui ne tiennent pas en place.

— Qu'est-ce que vous diriez d'une excursion dans la lune? m'écriai-je.

— Tous vos ballons ne m'ont jamais rien dit de bon! répliqua-t-elle, croyant évidemment qu'il s'agissait d'une excursion facile et fréquente. Je ne voudrais pas y monter pour rien au monde!

Cette façon de voir la chose me parut assez drôle. Après souper, je m'assis sur un banc, à la porte de l'auberge, et bavardai avec deux ouvriers sur le briquetage, les automobiles, et le jeu de cricket. Dans le ciel, un croissant faible, bleu et vague comme une alpe lointaine, s'enfonçait dans l'Ouest sur la trace du soleil.

Le jour suivant, je rentrai auprès de Cavor.

— Je vous accompagne, dis-je. Je me trouvais un peu dérangé, et c'est fini.

Ce fut la seule fois où j'éprouvai des doutes sérieux sur notre entreprise. Affaire de nerfs, simplement. Après cela, je travaillai avec un peu plus de méthode et pris chaque jour une heure d'exercice.

Enfin, à part le chauffage du fourneau, les travaux furent achevés.

IV

DANS LA SPHÈRE

— Allons donc! dit Cavor, tandis que j'étais assis, une jambe pendante par l'ouverture de la sphère, dans l'intérieur obscur de laquelle mon regard plongeait.

Nous étions seuls : c'était le soir, le soleil venait de se coucher, et la tranquillité du crépuscule enveloppait toutes choses.

Je passai mon autre jambe dans l'intérieur et me laissai glisser sur le verre poli jusqu'au fond de la boule; puis, je me tournai pour prendre les bidons, les boîtes de nourriture et les autres objets que me tendait Cavor. L'intérieur était tiède; le thermomètre marquait 80 degrés Fahrenheit et, comme nous ne devions perdre que fort peu de cette chaleur par la radiation, nous étions en pantoufles et vêtus de flanelle mince. Nous avions néanmoins un ballot de vêtements épais en laine et plusieurs grosses couvertures, en prévision de quelque malechance. D'après les ordres de Cavor, je plaçai les paquets, les cylindres d'oxygène et les autres bagages les uns à côté des autres, à mes pieds, et bientôt nous eûmes tout installé; pendant un moment, il alla de côté et d'autre dans l'atelier sans toit, cherchant ce que nous pourrions avoir oublié, puis il vint me rejoindre. Je remarquai quelque chose dans sa main.

— Qu'avez-vous là? demandai-je.

— N'avez-vous rien pris pour lire?

— Seigneur! non!

— J'ai oublié de vous le dire, mais il y a des incertitudes... Le voyage peut durer... Nous pourrons être des semaines...

— Mais...

— Nous serons à flotter dans cette sphère sans la moindre occupation...

— Vous auriez bien dû me le dire.

Il passa la tête par l'ouverture.

J'ÉTAIS ASSIS, UNE JAMBE PENDANTE PAR L'OUVERTURE DE LA SPHÈRE.

— Voyez! fit-il; voici quelque chose... là.

— Ai-je le temps?

— Nous en avons pour une heure encore...

Je passai la tête à mon tour, c'était un vieux numéro de *Tit-Bits* qu'un des hommes avait dû apporter; plus loin dans un coin, je vis un fascicule du *Lloyd's News*. Je regrimpai dans la sphère muni de ces papiers.

— Quel livre avez-vous? demandai-je.

Je lui pris le volume et lus le titre... *Œuvres complètes de William Shakespeare.*

Il rougit légèrement.

— Mon éducation a été si purement scientifique, — dit-il en manière d'excuse.

— Vous ne l'avez jamais lu?

— Jamais.

— Vous allez vous régaler, fis-je.

C'est la sorte de phrase qu'il faut dire en pareil cas, bien qu'à parler vrai je n'eusse moi-même jamais beaucoup lu Shakespeare. Je doute même qu'il y ait beaucoup de gens qui le lisent réellement.

Je l'aidai à visser le couvercle de l'ouverture; puis, il pressa un bouton pour clore le store correspondant dans le cadre extérieur. Le cercle de lumière crépusculaire disparut. Nous étions dans les ténèbres.

Pendant un certain temps, ni l'un ni l'autre de nous ne parla. Bien que notre prison ne fût pas imperméable au son, tout était absolument silencieux.

Je m'aperçus que nous n'aurions rien à saisir quand le choc de notre départ viendrait, et je me rendis compte que je serais mal à l'aise, à cause du manque de fauteuils.

— Pourquoi n'avons-nous pas de sièges? demandai-je.

— J'ai arrangé tout cela, — dit Cavor. Nous n'en aurons pas besoin.

— Pourquoi pas?

— Vous verrez, dit-il, du ton d'un homme qui se refuse à parler.

Je gardai le silence... Soudain, il me vint à l'esprit que j'étais un imbécile de m'être laissé enfermer dans la sphère.

« Est-il trop tard maintenant pour me retirer? » me demandai-je.

Le monde, hors de la sphère, serait pour moi, je le savais, assez froid et inhospitalier; — depuis des semaines, j'avais vécu sur des subsides que m'avait fournis Cavor. Mais, après tout, serait-il aussi froid que le zéro infini, aussi inhospitalier que l'espace vide? Si ce n'avait été la crainte de paraître poltron, je crois qu'à ce moment je l'aurais fait me rendre la liberté. Mais j'hésitai, je tergiversai, je devins inquiet et irrité, et le temps passa.

Il y eut une petite secousse, un bruit comme celui d'un bouchon de champagne qui sauterait dans une pièce voisine, suivi d'un sifflement affaibli... Pendant un court instant, j'eus la sensation d'une tension énorme, la conviction passagère que mes pieds pressaient vers en bas avec une force d'innombrables tonnes; cela dura un espace de temps infinitésimal, mais suffisant pour m'inviter à agir.

— Cavor! appelai-je dans l'obscurité, mes nerfs sont en loques... Je ne crois pas...

Je m'arrêtai. Il ne fit aucune réponse.

— Au diable! m'écriai-je. Je suis un imbécile! Qu'ai-je à faire ici? Je ne pars pas, Cavor! La chose est trop risquée, je veux sortir!

— Impossible, dit-il.

— Impossible. Nous allons bien voir!

Il ne répondit pas, l'espace de dix secondes.

— Il est trop tard pour nous quereller maintenant, Bedford, dit-il. La petite secousse de tout à l'heure était le départ. Déjà nous avançons aussi vite qu'un boulet dans le gouffre de l'espace.

— Je... je..., balbutiai-je.

Après quoi, il me sembla que peu importait ce qui pourrait arriver.

Pendant un certain temps, je fus pour ainsi dire étourdi. Je ne trouvai rien à dire. C'était absolument comme si je n'avais pas encore entendu parler de cette idée de quitter la terre. Puis, je perçus dans mes sensations corporelles un inexplicable changement et c'était une sorte de légèreté, d'irréalité. A cela s'ajoutait une sensation bizarre dans la tête, un effet apoplectique presque, et le battement des vaisseaux sanguins dans les oreilles. Aucun de ces effets physiques ne diminua à mesure que le temps s'écoulait, mais, à la fin, je m'y habituai si bien que je n'en éprouvai aucune incommodité.

J'entendis un déclic, et une petite lampe à incandescence apparut.

Je vis la figure de Cavor, aussi pâle que je sentais être la mienne. Nous nous regardâmes en silence. La transparente obscurité du verre derrière lui eût fait croire qu'il flottait dans le vide.

— Eh bien! nous y sommes, finis je par dire.

— Oui, répéta-t-il, nous y sommes.

— Ne bougez pas! exclama-t-il au bout d'un instant, en me voyant faire mine de gesticuler. Gardez vos muscles absolument flasques, comme si vous étiez au lit. Nous sommes dans un petit univers à nous. Regardez ces objets.

Il m'indiqua du doigt les boîtes et les caisses que nous avions posées sur les couvertures, dans la partie inférieure de la sphère. Je constatai avec étonnement qu'elles flottaient maintenant à une distance d'un pied au moins du mur de verre. Alors, je vis, d'après son ombre, que Cavor n'était plus appuyé contre la paroi. Je passai mon bras derrière mon dos et trouvai que j'étais, moi aussi, suspendu dans l'espace sans toucher à la sphère.

Je n'eus ni un cri ni un geste, mais la crainte me saisit. Il me semblait que j'étais tenu et soulevé par quelque chose, sans que je susse quoi. Le simple contact de ma main contre la paroi m'en éloignait rapidement. Je compris ce qui arrivait, sans que pour cela ma crainte disparût. Nous étions séparés de toute gravitation extérieure et, seule, s'effectuait l'attraction des objets contenus dans notre sphère. En conséquence, tout ce qui n'était pas fixé contre le verre tombait lentement, à cause de l'exiguïté de nos masses, vers le centre de gravité de notre petit monde, vers le centre de notre sphère.

— Il faut nous tourner, dit Cavor, et flotter dos à dos, avec ces objets entre nous.

Ce fut la sensation la plus étrange qu'il soit possible de concevoir, ce flottement libre dans l'espace. D'abord, à vrai dire, ce fut une horreur étrange, et quand cette horreur eut disparu, une sensation nullement désagréable et extrêmement reposante.

V

EN ROUTE POUR LA LUNE.

Bientôt, Cavor éteignit la lumière. Il déclara que nous n'avions pas une trop grande provision d'énergie électrique et que nous devions l'économiser pour lire. Pendant un certain temps, — je ne saurais dire si ce fut long ou court, — il n'y eut autre chose que l'absolue obscurité.

Dans ce vide, une question sembla se préciser.

— Comment marchons-nous? demandai-je. Quelle est notre direction?

— Nous nous échappons de la terre par la tangente, et comme la lune est proche de sa troisième phase, nous allons quelque part vers elle. Je vais ouvrir un store...

J'entendis un déclic, puis une fenêtre de la carapace s'ouvrit toute grande. Le ciel, au dehors, était aussi noir que l'intérieur de la sphère, mais le cadre de la fenêtre ouverte renfermait une infinité d'étoiles.

Ceux qui n'ont vu que de la terre la voûte étoilée ne peuvent imaginer son aspect quand le voile vague et à demi lumineux de notre atmosphère n'est plus interposé.

Les astres que nous apercevons de la terre ne sont que les survivants épars qui réussissent à traverser notre brumeuse couche d'air. Alors, au moins, je pus comprendre ce que l'on voulait dire en parlant des multitudes célestes.

Nous allions bientôt voir des choses plus étranges, mais ce ciel sans air et tout empoussiéré d'étoiles... Entre toutes, je crois que cette chose-là sera une des dernières que j'oublierai.

La petite fenêtre se referma avec un déclic; une autre s'ouvrit brusquement et se referma aussitôt, puis une troisième, et je dus un instant fermer les yeux, à cause de l'aveuglante splendeur de la lune décroissante.

Il me fallut porter mes regards tour à tour sur Cavor et les objets qui m'entouraient, baignés de clarté blanche, pour habituer peu à peu mes yeux à cette intense lumière, et pouvoir regarder le pâle éblouissement.

Quatre fenêtres furent ouvertes, afin que la gravitation de la lune pût agir sur toutes les substances de notre sphère. Je m'aperçus que je ne flottais plus librement dans l'espace, mais que mes pieds reposaient sur le verre, dans la direction de la lune. Nos couvertures et nos caisses de provisions aussi glissèrent lentement, au long de la paroi, et s'arrêtèrent bientôt de façon à intercepter une partie de la vue.

Naturellement, il me sembla qu'en

JE DUS FERMER LES YEUX A CAUSE DE L'AVEUGLANTE SPLENDEUR DE LA LUNE DÉCROISSANTE.

regardant la lune, je regardais *en bas*. Sur la terre, *en bas*, signifie vers le sol, la direction dans laquelle les choses tombent, et *en haut*, la direction opposée. A cet instant, l'effort de la gravitation nous attirait vers la lune, et j'étais complètement persuadé que notre planète était au-dessus de ma tête. Naturellement, quand tous les stores de *Cavorite* étaient clos, *en bas* signifiait vers le centre de notre sphère, et *en haut*, vers sa partie extérieure.

JE REGARDAIS EN BAS.

C'était là une expérience curieuse, ne ressemblant en rien aux choses de la terre, de recevoir la lumière par en bas. Sur la terre, la lumière tombe d'en haut, ou nous arrive de biais, mais là, elle nous arrivait entre nos pieds, et, pour voir nos ombres, il nous fallait regarder au-dessus de nous.

D'abord, j'éprouvai une sorte de vertige, à reposer seulement sur cette paroi de verre épais, et de contempler au-dessous de moi la lune à travers des centaines de milliers de milles d'espace vide. Mais ce malaise s'évanouit aussitôt, devant la splendeur du coup d'œil.

— Est-ce que l'on peut nous voir de la terre? — demandai-je.

— Pourquoi?

— Je connais quelqu'un... qui s'intéresse à l'astronomie... et je pensais... que ce serait plutôt drôle si... mon ami... était, par hasard..., en train de regarder dans son télescope.

— Il faudrait le plus puissant des télescopes de la terre pour nous apercevoir actuellement, et nous serions seulement un point infime.

Pendant quelque temps, je restai silencieux, regardant fixement la lune.

— C'est un monde, dis-je. On en a une impression infiniment plus vive que de la terre. Des habitants peut-être...

— Des habitants? s'écria-t-il. Non! Chassez cette idée. Considérez-vous comme une sorte de voyageur ultra-arctique, allant explorer les endroits désolés de l'espace.

Il agita sa main en montrant sous nos pieds l'éblouissante blancheur.

— Elle est morte... morte! De vastes volcans éteints, des déserts de lave, des bouleversements de neige, d'acide carbonique gelé ou d'air solidifié, et partout des éboulements, des crevasses, des fissures et des gouffres. Rien ne s'y passe. Depuis plus de deux cents ans, les astronomes l'observent systématiquement avec des télescopes. Quels changements pensez-vous qu'ils y aient vus?

— Aucun.

— Ils ont découvert deux indiscutables éboulements, une crevasse douteuse et un léger changement périodique de couleur. Et c'est tout.

— Je ne savais même pas qu'ils y avaient découvert cela.

— Oh! si. Mais quant à des habitants...

— A propos, demandai-je, quelles sont les choses les plus petites que les télescopes permettent d'y voir?

— On pourrait apercevoir, s'il y en avait, une église de dimensions ordinaires, et, certainement, on y verrait les villes, les édifices ou toutes autres constructions dues à la main de ses habitants.

« Ceux-ci, peut-être, sont des espèces d'insectes, quelque chose dans le genre des fourmis, par exemple, qui peuvent se cacher dans de profonds terriers pendant la nuit lunaire, ou bien quelque autre sorte de créature n'ayant aucun équivalent terrestre. C'est la chose la plus probable, au cas où nous y trouverions de la vie. Songez combien différentes y sont les conditions! La vie doit s'y adapter à une journée aussi longue que quatorze jours terrestres, un soleil flamboyant sans nuage pendant quatorze jours; puis une nuit d'égale longueur et de plus en plus froide sous ces étoiles glaciales et âpres. Pendant ces nuits-là, le froid est inouï, l'extrême froid, le zéro absolu — 273 degrés centigrades au-dessous du point de congélation de l'eau sur la terre. Quelle que soit la vie qui s'y trouve, il faut qu'elle hiverne à travers cela et se réveille de nouveau chaque matin.

Il resta un instant méditatif.

— On peut s'imaginer des êtres vermiformes, reprit-il, absorbant de l'air solide, comme des lombrics mangent de la terre, ou des monstres à la peau épaisse...

— Mais alors, dis-je, pourquoi n'avons-nous pas apporté un fusil?

Il ne répondit pas à cette question.

— Non, conclut-il, nous devons y aller comme cela. Nous verrons quand nous y serons.

Je me souvins de quelque chose.

— En tout cas, j'y trouverai des minéraux, quelles que soient les conditions, déclarai-je.

Bientôt, il me dit qu'il désirait modifier quelque peu notre direction, en laissant la terre nous attirer un instant. Il allait ouvrir, pendant trente secondes, un des stores ayant vue sur la planète. Il m'avertit que la tête me tournerait et me conseilla d'étendre les mains contre la paroi pour parer ma chute. Je fis selon ses indications, et posai mes pieds contre les ballots et les cylindres à air, pour les empêcher de choir sur moi. Alors, avec un déclic, la fenêtre s'ouvrit toute grande, je tombai gauchement sur les mains et la figure, et je vis un moment, entre mes doigts noirs et aplatis, notre mère, la planète terrestre roulant dans le ciel.

Nous étions encore très près; Cavor me dit que la distance parcourue devait être d'environ huit cents milles, et l'immense disque terrestre obstruait le ciel. On voyait distinctement que notre monde était un globe. Le continent au-dessous de nous était vague et crépusculaire, mais, vers l'ouest, les vastes étendues grises de l'Atlantique brillaient comme de l'argent fondu sous le jour qui s'éloignait.

Je crus reconnaître, entre les nuages, la ligne des côtes de France et d'Espagne, et celles du Sud de l'Angleterre; puis, avec un nouveau déclic, le store se ferma, et je me trouvai dans un état d'extraordinaire confusion, glissant lentement sur la paroi lisse.

Quand enfin mes idées s'ordonnèrent de nouveau dans mon esprit, il me parut hors de doute que la lune était en bas, et que la terre était quelque part, au niveau de l'horizon, la terre, qui avait été en bas depuis le commencement des choses, pour moi et ma race.

Si minime était notre activité, si aisé devenait tout ce que nous avions à faire, à cause de l'annihilation pratique de notre poids, que la nécessité de prendre de la nourriture ou du repos ne se présenta pas à notre esprit pendant près de six heures après notre départ, comme l'indiqua le chronomètre de Cavor. J'éprouvai quelque surprise de ce laps de temps. Même alors, je fus satisfait de fort peu de chose. Cavor examina l'appareil qui absorbait l'acide carbonique et la vapeur d'eau, et déclara qu'il fonctionnait d'une façon satisfaisante, notre consommation d'oxygène ayant été extraordinairement faible.

Notre conversation se trouvant épuisée, et n'ayant rien de plus à faire, nous cédâmes à une curieuse torpeur qui s'empara de nous, et, étendant nos couvertures sur la paroi de la sphère, de façon à intercepter la plus grande partie de la clarté lunaire, nous nous souhaitâmes bonne nuit, et nous nous endormîmes presque aussitôt.

Ainsi, dormant, parlant et lisant tour à tour, mangeant parfois sans aucun appétit, mais nous trouvant, la plupart du temps dans une sorte de quiétude qui n'était ni la veille ni le sommeil, nous voguâmes pendant un laps de temps sans jours ni nuits, silencieusement, mollement, rapidement vers la lune.

Il est curieux de constater ici que, pendant tout le temps que nous fûmes dans la sphère, nous n'éprouvâmes aucun désir de nourriture. Nous n'en ressentions nullement le besoin quand nous nous abstenions. D'abord, nous mangeâmes sans appétit, mais, par la suite, nous jeunâmes complètement. En somme, nous n'avons pas usé la vingtième partie des provisions comprimées que nous avions emportées avec nous.

La quantité d'acide carbonique que nous respirâmes fut aussi extraordinairement minime, mais il m'est absolument impossible d'en fournir l'explication.

JE TOMBAI GAUCHEMENT SUR LES MAINS.

VI

L'ARRIVÉE DANS LA LUNE.

Je me rappelle qu'un jour Cavor ouvrit brusquement six de nos stores et m'éblouit de façon telle que je poussai des cris. La totalité de l'espace découvert laissait voir la lune, prodigieux cimeterre d'aurore blanche, dont la bordure était ébréchée par des entailles de ténèbres, rivage qu'abandonnait une marée d'obscurité et hors duquel des pics et des sommets surgissaient sous l'éclat du soleil.

Mais nous n'avions guère le loisir d'examiner tout cela, car nous étions en présence du danger réel de notre voyage. Il nous fallait approcher de plus en plus de la lune pendant que nous passions à côté d'elle, ralentir notre allure et épier le moment où nous pourrions nous laisser tomber sur sa surface.

Pour Cavor, ce fut une période d'intense activité; pour moi, d'oisiveté anxieuse. Je n'avais qu'à me retirer constamment de son chemin. Il bondissait d'un point à l'autre de la sphère, avec une agilité qui eût été impossible sur terre. Pendant ces dernières heures, il ne cessa d'ouvrir et de fermer les stores de *Cavorite*, de se livrer à des calculs, et de consulter à chaque instant son chronomètre à la lueur de la lampe à incandescence. Longtemps, toutes les fenêtres furent closes et nous restâmes silencieusement suspendus dans les ténèbres, tournoyant dans l'espace.

Cavor alluma soudain la lampe électrique et me dit qu'il se proposait de lier ensemble tous nos bagages et de les envelopper dans les couvertures pour les protéger contre le choc de notre descente. Nous nous livrâmes à ce travail pendant que les fenêtres étaient closes, car, de cette façon, les objets venaient se mettre d'eux-mêmes au centre de la sphère. Ce fut là une singulière besogne: Cavor et moi, flottant librement dans cet espace sphérique, empaquetant et ficelant.

Mais finalement tous nos objets furent liés ensemble en un ballot capitonné et nous ne gardâmes que deux couvertures, au milieu desquelles nous avions fait un trou pour passer la tête et dans lesquelles nous devions nous envelopper. Pendant l'espace d'une seconde, Cavor ouvrit une fenêtre sur la lune, et nous vîmes que nous tombions vers le centre d'un immense cratère autour duquel d'autres cratères plus petits se groupaient en forme de croix. Alors, Cavor enroula de nouveau les stores de la sphère du côté du soleil brûlant et aveuglant. Je suppose qu'il se servait de l'attraction du soleil comme d'un frein.

— Enveloppez-vous d'une couverture, me cria-t-il en se reculant vivement, et pendant un moment je restai sans comprendre.

Je tirai ma couverture d'entre mes pieds et l'enroulai autour de moi, en me couvrant la tête. Brusquement il referma les stores, en ouvrit un autre qu'il referma; puis se mit à les ouvrir tous pour les abriter chacun sur son cylindre d'acier. Il y eut un choc bruyant et nous culbutâmes en tout sens, nous heurtant contre la paroi de verre, contre le gros ballot de nos bagages, et nous cramponnant l'un à l'autre : au dehors, une substance blanche s'éclaboussait de toutes parts comme si nous roulions au long d'une pente de neige.

Après une série de chocs vertigineux, il y eut un dernier coup sourd et je fus à demi écrasé sous le poids de nos bagages. Pendant un certain temps, tout fut tranquille... Puis j'entendis Cavor haleter et grogner, ensuite le bruit d'un store en mouvement. Je fis un effort, repoussai le ballot et me relevai. Nos fenêtres ouvertes étaient visibles comme des carreaux de noir profond, serti d'étoiles.

Nous étions bien vivants et la sphère demeurait immobile dans l'ombre épaisse, projetée par le mur du grand cratère dans lequel nous étions tombés.

Nous nous assîmes, reprenant haleine et tâtant nos membres contusionnés. Ni lui ni moi ne nous étions guère attendus à être aussi maltraités dans notre descente. Je me remis péniblement sur pieds.

— Et maintenant, dis-je, jetons un coup d'œil sur le paysage? Mais... il fait terriblement sombre, Cavor?

Le verre était tout embu et, en parlant, je l'essuyai avec ma couverture.

— Nous sommes d'environ une demi-heure en avance sur le jour, dit-il. Nous allons attendre.

Il était impossible de distinguer quoique ce fût : nous aurions été dans une sphère d'acier que nous n'aurions pas vu davantage. Les frottements que je fis avec la couverture barbouillèrent la paroi qui, à mesure, redevenait opaque sous une couche nouvelle de vapeur condensée, à laquelle s'ajoutait une quantité toujours plus grande des peluches de la couverture. Il était évident que je n'avais pas pris le bon moyen. Dans mes efforts pour essuyer la fenêtre, je glissai sur la surface humide et vins me cogner le menton contre un des cylindres d'oxygène qui dépassait du ballot.

C'était exaspérant et absurde. Nous étions enfin arrivés sur la lune, au milieu d'on ne sait quelles merveilles et tout ce que nous pouvions voir était la paroi grise et embue de la boule de verre dans laquelle nous étions venus.

— Au diable! dis-je; dans ces conditions nous aurions aussi bien fait de rester chez nous!

Je m'assis sur le ballot, frissonnant et m'enveloppant avec plus de soin dans la

CAVOR ET MOI FLOTTIONS LIBREMENT DANS CET ESPACE.

couverture; bientôt l'humidité des parois se changea en paillettes et en fleurs de gelée.

— Pouvez-vous atteindre le chauffeur électrique? — demanda Cavor. — Oui... ce bouton noir... ou nous serons bientôt glacés.

Je ne me le fis pas dire deux fois.

— Et à présent, fis-je, qu'allons-nous faire.

— Attendre, déclara Cavor.

— Attendre?

— Naturellement. Il nous faut attendre jusqu'à ce que notre air soit de nouveau échauffé. Après quoi nos fenêtres seront claires. Jusque-là, nous n'avons pas à bouger. Il fait encore nuit ici... Nous attendrons simplement que le jour nous rattrape. Pour occuper le temps, n'avez-vous pas faim?

Je restai un instant sans lui répondre, toujours assis et irrité. A contre-cœur, je détournai les yeux de l'énigme embrouillée du verre et regardai Cavor en face.

— Oui, dis-je, j'ai faim. Je me sens aussi extrêmement désappointé. J'avais espéré... je ne sais pas quoi... mais assurément pas cela.

Je rassemblai toute ma philosophie et, arrangeant frileusement ma couverture, m'assis de nouveau sur le ballot et commençai mon premier repas dans la lune. Je ne me souviens pas si je le terminai. Bientôt, par endroits qui se réunirent rapidement, en espaces plus étendus, la paroi de verre se clarifia et le voile brumeux qui nous avait caché le monde lunaire se leva devant nos yeux.

Nous contemplâmes alors le paysage de la lune.

VII

UN LEVER DE SOLEIL SUR LA LUNE

Tel que nous le vîmes d'abord, le paysage était des plus farouches et des plus désolés. Nous nous trouvions dans un énorme amphithéâtre, vaste plaine circulaire qui formait le fond du cratère géant. Ses murs, comme de hautes falaises, nous enfermaient de tous côtés. De l'ouest la lumière du soleil invisible tombait sur eux, atteignant leur pied même et laissait voir un escarpement désordonné de rocs bruns et grisâtres, bordé çà et là de talus et de crevasses pleines de neige.

La vue s'étendait à une douzaine de milles peut-être; mais aucune atmosphère interposée ne diminuait la clarté minutieusement détaillée sous laquelle cette scène nous apparaissait. Toutes les surfaces se dessinaient claires et éblouissantes contre un fond d'obscurité étoilée qui semblait, à nos yeux terrestres, un rideau de velours glorieusement pailleté, plutôt que la vaste étendue du ciel.

La falaise orientale ne fut, tout d'abord, que la simple lisière sans étoiles du dôme parsemé d'astres. Aucune teinte rosée, aucune pâleur naissante n'annonçait la venue du jour. Seule, la lumière zodiacale, brume immense et lumineuse en forme de cône pointé vers la splendeur de l'étoile du matin, nous avertit de l'approche imminente du soleil.

Toute la lumière était réfléchie par les falaises de l'ouest. Nous apercevions une vaste plaine onduleuse, glaciale et grise, d'un gris qui se fonçait vers l'est et rejoignait les absolues ténèbres qu'abritait la falaise; nous apercevions d'innombrables sommets gris et arrondis, des protubérances énormes et fantastiques, des vagues d'une substance neigeuse, s'étendant de crête en crête jusqu'à la lointaine obscurité, nous donnant le premier indice de la distance qui nous séparait de la paroi du cratère. Ces énormes protubérance semblaient être faites de neige, et je le crus alors. Mais non... C'étaient des monts et des masses d'air congelé!

Tel fut d'abord le paysage : puis soudain, rapide et prodigieux, vint le jour lunaire!

La lumière du soleil avait descendu la falaise : elle toucha les masses confuses de sa base et immédiatement s'avança vers nous avec des bottes de sept lieues. La lointaine muraille sembla remuer et frissonner et, au contact de l'aube, un nuage de brume grise s'éleva du fond du cratère, tourbillons, bouffées, guirlandes traînantes et grisâtres plus épaisses, plus denses, jusqu'à ce qu'enfin, de toute la plaine de l'ouest, une vapeur monta, comme d'un linge mouillé que l'on tient devant le feu, et, par delà, les falaises ne furent plus qu'un éblouissement réfracté.

— C'est de l'air, dit Cavor, ce doit être de l'air... ou cela ne monterait pas ainsi au simple attouchement d'un rayon de soleil... et avec cette vitesse...

Il leva les yeux au-dessus de nous.

— Regardez! fit-il.

— Quoi? demandai-je.

— Dans le ciel... Déjà... sur le noir... une petite tache de bleu. Voyez! Les étoiles semblent plus larges. Les plus petites... et toutes les vagues nébulosités que nous apercevions dans l'espace vide ont disparu!

De sa marche rapide et régulière, le jour s'approchait. Les sommets gris étaient tour à tour rejoints par le flamboiement et se changeaient en une blanche intensité vaporeuse. Finalement, il n'y eut plus rien à l'ouest qu'un nuage de brouillard montant, la marche tumultueuse et le jaillissement d'une épaisse brume. La falaise éloignée s'était reculée de plus en plus, s'était imprécisée dans le tourbillonnement pour sombrer et s'évanouir dans sa confusion.

De proche en proche, gagnait l'envahissement vaporeux, s'avançant aussi vite que l'ombre d'un nuage chassé par le vent d'ouest. Déjà autour de nous s'élevait une mince buée.

Cavor me saisit le bras.

— Quoi? questionnai-je.

— Regardez! Le soleil! Le soleil!

Il me fit retourner et m'indiqua la crête de la falaise de l'est, indécise au-dessus du nuage qui nous entourait, à peine plus distincte que les ténèbres du ciel. Mais maintenant son contour se marquait par d'étranges formes rougeâtres, langues de flamme vermillon qui se tordaient. Je m'imaginais que ce devait être des spirales de vapeur qui, en passant à la lumière, formaient contre le ciel cette ligne de langues furieuses; mais c'était, en réalité, les proéminences solaires que je voyais, couronne de feu autour de l'astre, toujours cachée, par le voile atmosphérique, aux yeux des habitants de la terre.

Puis, le soleil!

Inévitable et sûre, parut une ligne brillante, une mince bordure d'un éclat intolérable, qui prit une forme circulaire, devint un arc, un spectre flamboyant, et lança vers nous, comme un javelot, son ardente chaleur.

Cela sembla véritablement me crever les yeux. Je poussai un cri et me retournai, aveuglé, cherchant à tâtons ma couverture.

Avec cette incandescence nous arriva un son, le premier qui nous fût parvenu de l'extérieur, depuis que nous avions quitté la terre, un sifflement et un bruissement, le froissement tempêtueux du manteau aérien du jour nouveau. Au moment où nous vinrent le son et la lumière, la sphère bascula, et, éblouis et aveuglés, nous trébuchâmes désespérément l'un contre l'autre. Elle bascula de nouveau et le sifflement devint plus violent. J'avais, par force, fermé les yeux; je faisais des efforts maladroits pour me couvrir la tête avec ma couverture, et cette seconde secousse me fit perdre l'équilibre. Je tombai contre le ballot, et, ouvrant les yeux, j'entrevis ce qui se passait au dehors de notre enveloppe. L'air se précipitait... il bouillait... comme de la neige dans laquelle on plonge une tringle chauffée à blanc. Ce qui avait été de l'air solide devenait soudain, au contact des rayons du soleil, une pâte, une boue, une liquéfaction flasque qui sifflait et bouillonnait en se transformant en gaz.

Une fois encore, la sphère tournoya plus violemment, mais nous nous étions cramponnés l'un à l'autre. Une minute après, nous subîmes encore un chavirement, nous culbutâmes, et je me retrouvai à quatre pattes. L'aube lunaire nous empoignait et semblait avoir l'intention de nous montrer ce qu'elle pouvait faire de deux misérables terriens.

Je pus jeter un coup d'œil sur ce qui se passait au dehors; des bouffées de vapeur, une boue à demi liquide, montait, glissait, tombait. Nous dégringolions dans les ténèbres. J'y descendais avec les genoux de Cavor sur la poitrine. Puis, il sembla s'envoler et je restai un moment étendu, à demi étouffé, les yeux fixés vers en haut. Un immense éboulement de ces matières confuses s'était abattu sur nous, nous ensevelissait, bouillant, s'amincissant autour de nous. Je voyais des bulles danser au-dessus de la paroi supérieure et j'entendis Cavor gémir faiblement! Une seconde avalanche d'air en dégel nous avait attrapés, et bredouillant des plaintes, nous commençâmes à rouler au long d'une pente de plus en plus vite, franchissant des crevasses, et bondissant contre des talus, vers l'ouest, dans le bouillonnement tumultueux et ardent du jour lunaire.

Cramponnés l'un à l'autre, nous ne cessions de tournoyer, lancés de-ci de-là, avec notre ballot qui nous heurtait et nous meurtrissait. Nous nous entre-choquions, nous étreignant un instant, puis nous étions de nouveau violemment séparés, nos têtes se cognaient, et l'univers entier dansait, devant nos yeux, en étoiles et en traits de feu!

Sur la terre, nous nous serions mutuellement broyés une douzaine de fois, mais, sur la lune, heureusement pour nous, nous n'avions plus qu'un sixième de notre poids terrestre, de sorte que nos heurts et nos chutes étaient fort cléments. Je me souviens d'avoir éprouvé une sensation d'intolérable malaise, d'avoir eu l'impression que mon cerveau était sens dessus dessous dans mon crâne, et puis...

Quelque chose semblait être fort occupé sur ma figure : de faibles attouchements agaçaient mes oreilles. Je découvris que la splendeur éclatante du paysage était mitigée par les verres de lunettes teintées. Cavor était penché sur moi; je voyais sa figure à l'envers et ses yeux étaient protégés par des bésicles bleues. Il respirait irrégulièrement et ses lèvres étaient ensanglantées.

— Ça va mieux, fit-il, en essuyant le sang de son menton avec le dos de sa main.

Tout, autour de moi, semblait s'agiter pour trouver une place, mais c'était simplement l'effet de mon étourdissement. Je m'aperçus que Cavor avait clos quelques-uns des stores de la sphère intérieure pour m'abriter de la clarté directe du soleil. Je me rendais compte que tous les objets environnants étaient extrêmement brillants.

NOUS COMMENÇÂMES A ROULER AU LONG D'UNE PENTE.

— Seigneur! murmurai-je convulsivement.

Je tendis le cou pour mieux voir et je constatai qu'il y avait au dehors un flamboiement aveuglant, une transformation absolue des ténèbres impénétrables qui nous avaient valu nos premières impressions.

— Est-ce que j'ai été longtemps sans connaissance? demandai-je à Cavor.

— Je ne sais pas, le chronomètre est brisé... Un assez bon moment... Ah! mon pauvre ami... J'ai eu peur!...

Je restai quelque temps immobile, cherchant à reprendre mes esprits, et je vis que sa figure gardait encore des traces d'émotion. Sans rien répondre, je passai ma main sur les contusions de mon visage, et j'examinai sa tête pour y trouver de semblables dommages. Le dos de ma main droite avait le plus souffert; la peau était à vif, arrachée. Mon front était enflé et sanglant. Il me tendit un petit gobelet contenant un peu d'un cordial qu'il avait apporté et dont j'ai oublié le nom. Au bout d'un moment, je me sentis mieux et commençai à remuer mes membres avec précaution. Bientôt je pus parler.

— Cela a été rude, repris-je, comme s'il n'y avait pas eu d'intervalle.

— Oui!... plutôt!

Il réfléchissait, les mains posées sur les genoux. A travers ses lunettes, il regarda au dehors, puis revint vers moi.

— Bon Dieu! fit-il. Oui, rude!

— Qu'est-il arrivé? demandai-je après une pause. Avons-nous sauté les tropiques?

— C'est bien comme je m'y attendais. Cet air s'est évaporé, si c'est de l'air. En tout cas, il est bien évaporé et la surface de la lune apparaît. Nous reposons sur un banc de roches. Ici et là, le sol est visible; bizarre espèce de sol...

Il lui parut inutile de s'expliquer plus longuement et il m'aida à m'installer pour que je pusse voir de mes propres yeux.

VIII

UNE MATINÉE LUNAIRE

L'âpre violence, l'impitoyable blanc et noir du paysage s'étaient atténués. L'éclat du soleil prenait une légère teinte ambrée; les ombres, sur la muraille du cratère, étaient d'un pourpre foncé. Vers l'est, une couche de brouillard sombre rampait encore en se cachant du soleil; mais, vers l'ouest, le ciel était bleu et clair. Je commençai à me rendre compte du temps que j'étais resté insensible.

Nous n'étions plus dans le vide. Une atmosphère s'était levée autour de nous. Le contour des choses avait gagné en caractère et était devenu aigu et varié; à part, ici et là, des espaces ombrés de substance blanche qui n'étaient plus de l'air, mais de la neige, l'aspect arctique avait absolument disparu. Partout, de larges étendues roussâtres de sol nu et inégal s'étalaient sous le flamboiement du soleil. Par endroits, auprès des amas de neige, se formaient de passagères flaques d'eau ou de petits ruisseaux, seules choses mouvantes dans cette immensité stérile. Le soleil inondait les deux tiers de notre sphère, la transformant en serre chaude; mais la partie inférieure était encore dans l'ombre, reposant sur un tas de neige.

Éparses sur la pente et accentuées par les filets de neige non encore fondue, se trouvaient des formes semblables à des brindilles de bois mort, baguettes sèches et torses, de la même teinte rouillée que le roc. Cela attirait vivement l'attention. Des branches, dans un monde dénué de vie? Puis, à mesure que mon œil s'accoutumait mieux à la contexture de leur substance, je m'aperçus que presque toute cette surface était faite d'un tissu fibreux rappelant le tapis d'aiguilles brunes que l'on trouve au pied des sapins.

— Cavor!

— Quoi?

— Il se peut que ce monde soit à présent un monde mort... mais autrefois...

Quelque chose attira mes regards. Je découvris parmi ces aiguilles un certain nombre de petits objets ronds et il me sembla que l'un d'eux avait bougé.

— Cavor, murmurai-je.

— Quoi?

Mais je ne répondis pas tout de suite. Je restai le regard fixe, incrédule encore. Pendant un instant, je ne pus en croire mes yeux. Poussant une rauque exclamation, je saisis le bras de Cavor et lui désignai l'objet de ma suprise.

— Regardez! m'écriai-je, en retrouvant la voix. Là!... Oui!... Et là!

Ses yeux suivirent la direction qu'indiquait mon doigt.

— Eh! fit-il.

Comment décrire ce que je vis? C'est une chose si peu importante à conter, et qui pourtant me parut si merveilleuse, si poignante d'émotion! J'ai déjà dit que parmi cette litière d'aiguilles se trouvaient de petits corps arrondis, de petits corps ovales qui auraient pu passer pour de très petits cailloux. Et voici qu'un d'abord, un autre ensuite, avait remué, puis craqué, et l'encoche ainsi faite laissait voir une mince ligne de vert jaunâtre qui se projeta au dehors pour rencontrer l'ardent encouragement du soleil matinal. Un moment, ce fut tout; puis, voilà que remua et éclata un troisième!

— C'est une semence, dit Cavor.

Je l'entendis murmurer très doucement : La vie!

La vie, et immédiatement la même idée s'empara de notre esprit : notre vaste voyage n'avait pas été vain; nous n'étions pas venus seulement dans un désert aride de minéraux, mais dans un monde qui vivait et remuait.

L'un après l'autre, tout au long de la plaine ensoleillée, ces miraculeux petits corps bruns éclataient et s'entr'ouvraient comme des cotylédons, des cosses de graines, des gousses de fruits; ils ouvraient des bouches avides qui absorbaient la chaleur et la lumière tombant en cascade du soleil matinal.

À chaque instant, un nombre toujours plus grand de ces graines se rompait, tandis que les autres plus avancées débordaient de leurs cosses déchirées et passaient au second état de leur croissance. Avec une ferme assurance, une rapide détermination, ces surprenantes semences lançaient une radicelle vers le sol et un bizarre petit bouton dans l'air.

En peu de temps, la pente entière fut parsemée de plantes minuscules, se dressant dans l'ardeur du soleil.

Elles n'y restaient pas longtemps : les boutons en forme de faisceaux se gonflaient, se distendaient et s'ouvraient par saccades, lançant au dehors une couronne de petites pointes aiguës, déployant un verticille de feuilles menues, pointues et brunes qui s'allongeaient rapidement, visiblement, pendant qu'on les observait. Le mouvement était plus lent que ceux d'un animal, plus rapide que celui d'aucune plante que j'avais pu voir jusqu'alors.

COMMENT DÉCRIRE CE QUE JE VIS?

En quelques minutes, sembla-t-il, les

boutons des plus avancées de ces plantes s'étaient allongés en tige et ils avaient déployé un nouveau verticille de feuilles et toute la pente qui, si peu de temps auparavant, était une étendue de litière morte, s'assombrissait maintenant sous ses herbages rabougris, de couleur vert olive et dont les pointes hérissées étaient secouées par la vigueur de leur croissance.

Je me retournai, et voilà qu'au long de la crête d'une roche, vers l'est, une frange similaire, dans un état à peine moins avancé, se balançait et se courbait, sombre, contre l'aveuglant éclat du soleil. Au delà de cette plante se profilait la silhouette d'une plante massive, se branchant gauchement comme un cactus et se gonflant visiblement comme une vessie qu'on emplit d'air.

Vers l'ouest, je découvris encore une autre forme également distendue, qui s'élevait au milieu des autres végétations. Mais ici la lumière tombait sur ses côtés plats et je pus voir qu'elle était d'une teinte orange vif. Elle grandissait à vue d'œil. Si on détournait un instant les yeux, ses contours avaient changé : elle projetait des branches obtuses et bizarres, et, en peu de temps, elle se fut développée comme une sorte d'arbre de corail de plusieurs pieds de hauteur. Comparés à des végétations pareilles, nos cèpes terrestres, qui atteignent parfois des dimensions énormes en une seule nuit, seraient des traînards désespérants. Mais il faut dire que nos champignons croissent contre une attraction gravitationnelle six fois plus grande que celle de la lune.

Au delà, hors de ravins et d'espaces plats que nous ne pouvions voir, mais où pénétrait le soleil, sur des rochers et des talus de rocs brillants, un hérissement de végétations aiguës et charnues grandissait sous nos yeux, se pressant tumultueusement pour profiter de la brève journée pendant laquelle elle devaient fleurir, fructifier, se semer et mourir. Cette croissance était comme un miracle.

Pour compléter l'impression que nous eûmes, il faut avoir présent à l'esprit ce fait que nous apercevions tout cela à travers une glace épaisse et courbe, défigurant le paysage comme une lentille défigure les objets — des images qui étaient vives et nettes au centre du tableau, et, vers les bords, étaient amplifiées et irréelles.

IX

A LA DÉCOUVERTE

Nous abandonnâmes notre observation, et nous tournâmes l'un vers l'autre avec la même pensée, la même question dans les yeux. Pour que ces plantes puissent croître, il fallait qu'il y eut de l'air, si atténué soit-il, de l'air que, nous aussi, nous pouvions respirer.

— L'ouverture? fis-je.

— Oui, dit Cavor. Si c'est de l'air, nous le verrons bien!

— Dans un moment, ces plantes seront aussi hautes que nous. Supposez... Après tout... Est-ce certain? Comment savez-vous que c'est de l'air? Cela peut être de l'azote, de l'acide carbonique même!

— C'est facile à savoir, répliqua-t-il.

Il se mit en devoir de le prouver : froissant un morceau de papier, il l'alluma et le jeta vivement dehors par la valve de l'ouverture. Je me penchai essayant de voir, à travers l'épaisse glace, cette petite flamme dont le témoignage avait pour nous tant d'importance.

Je vis le papier dégringoler et se poser légèrement sur la neige. La flamme rose disparut. Un moment, elle sembla éteinte. Puis j'aperçus au bord du papier une petite langue bleuâtre qui trembla, grandit et s'étendit.

Tranquillement, toute la feuille de papier, sauf la partie qui était en contact immédiat avec la neige, se carbonisa, se recroquevilla, laissant échapper un filet tremblant de fumée. Je n'avais plus aucun doute : l'atmosphère de la lune était, soit de l'oxygène pur, soit de l'air, et capable, par conséquent, à moins que sa ténuité ne fût excessive, de subvenir à notre vie étrangère. Nous pouvions sortir de la sphère et vivre!

Je m'assis, une jambe de chaque côté de la valve et me préparai à la dévisser; mais Cavor m'arrêta.

— Il y a d'abord une petite précaution à prendre déclara-t-il.

Il m'expliqua que, bien qu'il y eût certainement au dehors une atmosphère oxygénée, elle pouvait cependant être assez raréfiée pour nous causer de graves inconvénients. Il me rappela le malaise des montagnes et les saignements qui affligent souvent les aéronautes dont l'ascension s'est opérée trop rapidement; il passa quelque temps à préparer une boisson au goût nauséeux qu'il voulut à toute force me faire prendre. Ce liquide m'engourdit un peu sans me produire d'autre effet désagréable. Alors, il me permit d'entreprendre le dévissage.

Bientôt, le tampon de verre de la valve fut suffisamment défait pour que l'air plus dense, qui remplissait la sphère, commençât à s'échapper au long du pas de vis en faisant un bruit comme celui d'une bouilloire devant le feu. Aussitôt, Cavor m'arrêta. Il devenait évident que la pression extérieure était beaucoup moindre que la pression intérieure et nous n'avions aucun moyen de déterminer dans quelles proportions.

Je restai assis, tenant le stoppeur à deux mains, prêt à le refermer, si, en dépit de notre vif espoir, l'atmosphère lunaire se trouvait, après tout, trop raréfiée pour nous, et Cavor avait un cylindre d'oxygène comprimé à portée de la main, pour rétablir la pression. Nous nous regardâmes en silence; puis nos yeux se portèrent sur la fantastique végétation qui s'agitait et grandissait visiblement et sans bruit au dehors. Sans cesse s'entendait ce sifflement aigu.

Le sang commença à me battre les oreilles et le bruit des mouvements de Cavor diminua.

Je remarquai combien tout devenait tranquille à mesure que l'air devenait moins dense.

Tandis que notre atmosphère sifflait en s'échappant, son humidité se condensait en petites bouffées de vapeur.

Bientôt ma respiration devint singulièrement courte et cela dura, à vrai dire, tout le temps que nous fûmes exposé dans l'atmosphère extérieure de la lune; une sensation plutôt désagréable dans les oreilles, au bout des doigts et dans l'arrière-gorge m'inquiéta un instant et disparut peu après.

Mais bientôt ce furent des vertiges et des nausées qui changèrent brusquement la nature de mon courage. Je fis faire un tour au tampon de l'ouverture et donnai à Cavor quelques hâtives explications; c'était lui qui était maintenant le plus ardent. Il me répondit d'une voix qui paraissait extraordinairement menue et lointaine à cause de la ténuité de l'air qui m'apportait le son. Il me recommanda une goutte de cognac, en me donnant l'exemple, et je me sentis bientôt mieux. Je me remis à dévisser le stoppeur. Le battement du sang dans mes oreilles s'accrut et je remarquai que le sifflement avait cessé. Pendant un moment, je ne pus être sûr, néanmoins, que je ne l'entendais plus.

— Eh bien! dit Cavor avec un soupçon de voix.

— Eh bien? répondis-je.

— Continuons-nous?

Je réfléchis un instant.

— Ce sera tout?

— Si vous pouvez le supporter...

En manière de réponse, je repris mon dévissage, enlevai le bouchon circulaire et le posai avec précaution sur le ballot. Deux ou trois flocons de neige tournoyèrent et fondirent au moment où cet air ténu et peu familier prenait possession de notre sphère. Je m'agenouillai et et m'installai au bord de l'ouverture, regardant au dehors. Au-dessous, à moins d'un mètre de ma figure, s'étalait la neige de la lune qui, jamais encore, n'avait été foulée par des pieds humains.

Il y eut une petite pause et nos yeux se rencontrèrent.

— Cela ne vous blesse pas trop les poumons? demanda Cavor.

— Non, c'est supportable, répondis-je.

Il étendit la main et prit sa couverture, passa la tête par le trou pratiqué au milieu et s'enveloppa. Il s'assit au bord de la valve et sortit ses pieds jusqu'à ce qu'ils fussent à six pouces de la neige lunaire. Il hésita un moment, puis s'élança et se mit debout sur le sol vierge de la lune.

Il fit quelques pas en avant et fut réfracté grotesquement par la bordure de la vitre. Il resta un instant à regarder de droite et de gauche. Puis il prit son élan et sauta.

Le verre dénaturait tout, mais il me sembla même alors qu'il faisait un saut extraordinaire. D'un seul bond, il avait franchi une distance de vingt à trente pieds. Je le vis debout sur une masse rocheuse et gesticulant de mon côté. Peut-être criait-il, mais le son de sa voix ne me parvenait pas. J'étais déconcerté comme un homme qui vient d'assister à un tour d'escamotage.

Dans un état d'esprit des plus embarrassés, je me glissai aussi hors de l'ouverture et je me trouvai debout devant un

JE LE VIS DEBOUT SUR UNE MASSE ROCHEUSE ET GESTICULANT DE MON CÔTÉ.

petit ruisseau que la fonte des neiges avait produit. Je fis un pas et sautai.

Je fus lancé à travers l'air et vis le rocher sur lequel Cavor se tenait venir à ma rencontre; je m'y cramponnai dans un état d'infinie stupéfaction. J'eus un rire pénible et me sentis terriblement confus. Cavor se pencha et me hurla de faire attention, d'une voix que j'entendis faible et chevrotante. J'avais oublié que, sur la lune, qui est huit fois moindre que la masse terrestre et dont le diamètre est quatre fois moindre, mon poids était à peine le sixième de ce qu'il est sur terre. Mais maintenant, ce fait était suffisamment affirmé pour que je m'en souvinsse.

— Nous sommes libérés des lisières de notre mère la terre, dit Cavor.

Avec un effort mesuré, je me hissai sur le sommet et me remuant avec autant de précaution qu'un rhumatisant, je me mis debout à côté de lui, en plein soleil. La sphère était derrière nous, à trente pieds de là, sur son tas de neige qui diminuait peu à peu.

Aussi loin que l'œil pouvait s'étendre sur l'énorme désordre de roches qui formait le fond du cratère, les mêmes végétations hérissées qui nous entouraient s'éveillaient à la vie, diversifiées, ici et là, par les masses en saillie des plantes en forme de cactus; des lichens écarlates et pourpres croissaient si vite qu'ils semblaient ramper sur les rocs. La surface du cratère me sembla alors être un désert identique, se prolongeant jusqu'au pied des murailles environnantes.

Je regardai autour de moi. Jusqu'alors je conservais un tenace espoir de trouver quelque trace humaine, quelque fragment de construction, de maison ou d'engin quelconque; mais, partout, les regards s'étendaient sur une confusion de rochers, de pics et de crêtes, sur les végétations soudaines et les cactus qui s'enflaient et se gonflaient, négation plausible, semblait-il, de tout espoir de ce genre.

— On peut croire que ces plantes sont ici les seules propriétaires, dis-je. Je ne vois pas trace d'autres créatures.

— Pas d'insectes,... pas d'oiseaux... Non! pas une trace, pareille ou fragment de vie animale. S'il y avait des animaux, que deviendraient-ils pendant la nuit... Non!... Il ne doit y avoir que ces plantes, seules.

Je mis mes mains au-dessus de mes yeux.

— C'est un véritable paysage de rêve. Ces choses ressemblent moins aux plantes terrestres que tout ce que l'on peut imaginer au milieu des rochers du fond de la mer. Voyez donc cela, là-bas! On dirait un lézard changé en plante. Et cette réverbération!

— Ce n'est encore que le grand matin, dit Cavor.

Il soupira et regarda autour de lui.

— Ceci n'est pas un monde pour les hommes, continua-t-il, et cependant, dans un sens, cela attire.

Il resta silencieux un certain temps, puis commença son bourdonnement méditatif. Je tressaillis en me sentant toucher légèrement et j'aperçus une mince feuille de lichen livide qui commençait à me recouvrir le pied. Je secouai vivement la jambe et la plante tomba en milles bribes qui se mirent chacune à croître. J'entendis Cavor pousser une rapide exclamation et je vis qu'une des raides baïonnettes des végétations l'avait piqué.

Il hésita et son regard chercha quelque chose parmi les rochers d'alentour. Un soudain reflet rose avait rampé sur un pilier de roc. C'était un rose réellement extraordinaire.

— Regardez, dis-je.

Mais quand je me retournai Cavor avait disparu!

Un instant, je restai stupéfait, puis je voulus faire un pas pour regarder au bas du rocher, mais, dans la surprise que me causait sa disparition, j'oubliai une fois de plus que nous étions sur la lune. L'enjambée que je fis aurait, sur la terre, franchi un mètre, sur la lune, elle m'emporta à six mètres, c'est-à-dire cinq mètres au moins plus loin que le bord du rocher. Sur le moment, la chose me fit l'effet d'un de ces cauchemars dans lesquels on culbute et tombe jusqu'à l'infini. Car, tandis que sur la terre on franchit quinze pieds pendant la première seconde d'une chute, sur la lune on en franchit deux, avec, seulement, un sixième de son poids. Je tombai ou plutôt je sautai à environ dix mètres, je suppose. Cela sembla exiger un temps assez long, cinq ou six secondes. Je flottai dans l'air et tombai comme une plume, enfoncé jusqu'aux genoux dans un tas de neige, au bas d'un ravin de roc gris bleu veiné de blanc, je regardai autour de moi.

— Cavor! m'écriai-je.

Mais nul Cavor n'était visible.

— Cavor! criai-je plus fort.

Seuls les échos du cratère me répondirent. Je tournai furieusement au milieu des rochers et grimpai au sommet de l'un d'eux.

— Cavor! criai-je, et ma voix résonna comme celle d'un agneau perdu.

La sphère n'était plus en vue, et, pendant un instant, une horrible impression de désolation m'étreignit le cœur.

Alors j'aperçus Cavor; il riait et gesticulait pour attirer mon attention. Il était perché sur un rocher dénudé à vingt ou trente mètres plus loin. Je ne pouvais entendre sa voix, mais ses gestes me disaient de sauter. J'hésitai, la distance me paraissait énorme. Cependant je réfléchis que je pouvais sûrement franchir une plus grande distance que Cavor. Je fis un pas en arrière, pris mon élan et sautai de toutes mes forces. J'eus l'impression d'être lancé droit dans l'air comme si je ne devais plus jamais redescendre...

C'était délicieux et horrible à la fois, aussi étrange qu'un rêve, de se sentir voler de cette façon. Je me rendis compte que mon élan avait été de beaucoup trop violent. Je passai par-dessus la tête de Cavor et j'entrevis dans un ravin une confusion de plantes épineuses qui s'étalaient pour me recevoir; je poussai un cri d'alarme, étendis les mains et raidis les jambes.

Je heurtai une énorme masse fongoïde qui s'éparpilla autour de moi, envoyant dans toutes les directions une quantité de spores orangées et me couvrant d'une poussière de même teinte. Je culbutai au milieu de cet éclaboussement et demeurai là, convulsé par de faibles et courts éclats de rire.

J'aperçus la petite figure ronde de Cavor penchée au-dessus d'une crête hérissée. Il me cria quelques questions qui ne me parvinrent pas.

— Eh? essayai-je de répondre, sans pouvoir y réussir, à cause du manque de respiration.

Il se fraya un chemin vers moi, avançant délicatement au milieu des buissons.

— Il nous faut être prudents. Cette lune n'a pas la moindre discipline. Elle nous fera casser les os.

Il m'aida à me remettre debout.

— Vous faites des efforts exagérés, dit-il, secouant avec la main la poussière jaune qui était restée après mes vêtements.

Je demeurai passif et haletant, tandis qu'il brossait mes coudes et mes genoux et qu'il me chapitrait sur mes infortunes.

— Nous sommes en désaccord avec la gravitation. Nos muscles sont encore mal éduqués et nous avons besoin d'un peu de pratique. Quand vous aurez repris haleine...

J'arrachai de ma main deux ou trois petites épines et m'assis sur un épaulement de roc. Mes muscles frissonnaient et j'avais ce sentiment de désillusion personnelle qu'éprouve sur terre, à sa première chute, le cycliste débutant. Cavor pensa soudain que l'air froid du ravin après l'ardeur du soleil pouvait me donner la fièvre ; aussi nous regrimpâmes sur le rocher. A part quelques éraflures, je n'avais reçu aucune blessure dangereuse dans ma chute et, sur le conseil de Cavor, nous cherchâmes des yeux une plate-forme facilement abordable pour mon prochain saut. Notre choix s'arrêta sur une dalle rocheuse à dix mètres de distance et séparée de nous par un petit taillis d'épines vert-olive.

— Figurez-vous que c'est ici, disait Cavor, qui assumait des airs d'entraîneur, en indiquant un point situé à un mètre à mes pieds.

Je fis ce bond sans difficulté et je dois avouer que j'éprouvai une certaine satisfaction à voir Cavor manquer son coup d'un demi-mètre et tâter des épines à son tour.

— Vous voyez, il faut être bien prudent, déclara-t-il en se débarrassant de celles qui l'avait pénétré.

Après cela il abandonna son rôle de Mentor et nous nous livrâmes ensemble à de communs exercices pour nous perfectionner dans l'art de la locomotion lunaire.

Pendant tout cela, les végétations lunaires croissaient autour de nous, plus hautes, plus denses, et plus enchevêtrées, à chaque moment plus épaisses et plus hautes, plantes épineuses, cactus massifs et verts, végétations fongueuses ou charnues, lichens aux formes les plus étranges et les plus sinueuses. Mais nous étions si absorbés par nos exercices de saut que

NOUS NOUS LIVRAMES ENSEMBLE A DE COMMUNS EXERCICES...

nous ne nous préoccupions guère de leur continuelle extension.

Une sorte d'extraordinaire ivresse s'était emparée de nous; c'était, je pense, en partie la joie de n'être plus confinés dans la sphère, mais c'était surtout la douceur tenue de l'air qui devait contenir une proportion d'oxygène beaucoup plus grande que notre atmosphère terrestre. Malgré l'étrangeté du milieu, je me sentais aussi aventureux qu'un citadin qui serait transporté pour la première fois dans les montagnes, et je ne pense pas qu'il nous soit venu à l'esprit, ni à l'un ni à l'autre, d'être le moins du monde effrayés, malgré la présence de tant d'inconnu.

Nous étions atteints d'une folie entreprenante. Nous choisîmes un cône revêtu de lichen, à quinze mètres de nous peut-être, et nous abordâmes doucement sur son sommet, l'un après l'autre.

— Très bien! Bon! Très bien! nous criions-nous réciproquement pour nous encourager.

Cavor prit trois pas d'élan et partit vers une pente de neige tentatrice à une bonne vingtaine de mètres plus loin. Je restai un moment frappé par l'effet grotesque de sa personne en plein essor : sa petite casquette sale et ses cheveux raides, son petit corps arrondi et ses jambes repliées contre la fantastique étendue du paysage lunaire. Un accès de rire me secoua et je pris mon élan pour le suivre. Houp! et je tombai à côté de lui.

Nous fîmes quelques enjambées gargantuesques, trois ou quatre bonds de plus et nous nous assîmes enfin dans un creux tapissé de lichen. Nos poumons étaient endoloris et nous nous tenions la poitrine en échangeant des regards interrogateurs. Cavor balbutia quelque chose comme : sensation stupéfiante, — et à ce moment, une pensée me traversa l'esprit.

Pour l'instant cela ne me parut pas particulièrement effrayant, mais simplement une curiosité qui naissait naturellement de la situation.

— A propos, remarquai-je, à quel endroit se trouve exactement la sphère?

Cavor me regarda d'un air ébahi.

— Eh? fit-il.

La pleine signification de ce que je venais de dire m'apparut alors d'une façon suraiguë.

— Cavor! m'écriai-je, en posant ma main sur son bras, où est la sphère?

X

PERDUS DANS LA LUNE

Ma consternation sembla se peindre sur la figure de Cavor. Il se mit brusquement debout et jeta un regard au milieu des taillis environnants, qui s'élevaient et grandissaient dans un emportement ardent de vie. Faisant un geste de doute, il porta sa main à ses lèvres et parla avec un soudain manque d'assurance.

— Je crois, dit-il lentement, que nous l'avons laissée... quelque part... de ce côté-là...

Il étendit un doigt hésitant qui décrivit un arc de cercle.

— Je n'en suis pas sûr.

Son expression consternée s'accentua.

— En tout cas, dit-il en ramenant ses yeux vers moi, elle ne peut être loin.

Nous étions maintenant debout tous les deux, proférant des affirmations dénuées de sens, tandis que nos regards exploraient la jungle épaisse et enchevêtrée.

Autour de nous, sur les pentes ensoleillées, moussaient et s'agitaient les plantes aiguës, les cactus bombés, les lichens rampants, et, dans chaque coin d'ombre, des tas de neige s'attardaient. Au nord, au sud, à l'est, à l'ouest, s'étendait une identique monotonie de formes étranges. Et, quelque part, ensevelie déjà dans cette confusion inextricable, se trouvait notre sphère, notre demeure, notre refuge!... et notre seul espoir d'échapper à cette solitude fantastique de végétations éphémères, au milieu de laquelle nous étions tombés.

— Je crois, après tout, que ce doit être là-bas, déclara Cavor en indiquant soudain une nouvelle direction.

— Non, dis-je, nous avons décrit une courbe. Tenez, voici la marque de mes talons. Il est clair que la sphère doit être plus à l'est, beaucoup plus. A coup sûr, elle doit être là-bas.

— Je crois que je n'ai pas cessé d'avoir le soleil à ma droite, prétendit Cavor.

— Il me semble, à moi, qu'à chaque saut mon ombre me précédait, ripostai-je.

Nous nous regardions. Le fond du cratère prenait dans notre imagination des dimensions énormes, et les fourrés croissants devenaient impénétrables.

— Bon Dieu! quels imbéciles nous sommes!

— Il est évident qu'il faut que nous la retrouvions! déclara Cavor, et cela au plus tôt. Le soleil prend de la force... La chaleur nous aurait déjà fait perdre connaissance si l'air n'était pas aussi sec et... j'ai faim.

A ces derniers mots, je le considérais avec ébahissement. Je n'avais pas encore soupçonné ce possible aspect de notre position, mais aussitôt je m'en rendis compte, me sentant un appétit dévorant.

— Oui! répondis-je d'un ton convaincu, moi aussi j'ai faim!

Il se redressa avec un air d'active résolution.

— Il faut absolument que nous retrouvions la sphère.

Aussi calmement que possible, nous examinâmes les interminables récifs et fourrés qui formaient le fond du cratère, chacun de nous pesant en silence les chances que nous avions de retrouver la sphère avant d'être anéantis par la chaleur et par la faim.

— Il n'y a pas d'autre alternative, répondis-je sans montrer beaucoup d'empressement à commencer la chasse. Je voudrais bien que ces maudits buissons mettent un peu de bonne volonté à pousser moins vite.

— Ma foi, oui, dit Cavor. Elle était sur un banc de neige.

Je scrutai du regard les alentours dans le vain espoir de reconnaître quelque monticule ou fourré avoisinant la sphère. Mais partout c'était la même déconcertante uniformité, partout des buissons qui s'élevaient, des fongosités qui se distendaient, des bancs de neige qui diminuaient, tous, incessamment et inévitablement changés. Le soleil écorchait et accablait; la faiblesse d'une faim inexplicable se mêlait à notre infinie perplexité. Tandis que nous restions là, confondus et perdus parmi ces choses inhabituelles, nous perçûmes, pour la première fois sur la lune, un son autre que le bruissement des plantes, le faible soupir du vent ou les bruits que nous avions faits nous-mêmes.

Boum... Boum... Boum...

Cela sortait de dessous nos pieds, une explosion qui provenait de l'intérieur du sol. Nous l'entendions, nous semblait-il, autant avec nos pieds qu'avec nos oreilles. Sa sourde résonance était étouffée par la distance, épaissie par la nature des substances interposées. Je n'aurais pu imaginer de bruit qui nous eût plus étonné ou qui eût plus complètement transformé l'apparence des choses qui nous entouraient. Car ce son riche, lent et régulier, nous parut ne pouvoir être autre chose que le battement de quelque gigantesque pendule enfoui dans la croûte lunaire.

Boum... Boum... Boum...

Ce bruit suggérait l'idée de cloîtres tranquilles, de nuits sans sommeil dans des cités populeuses, de veilles et d'attentes impatientes, de tout ce qui est ordonné et méthodique dans la vie, et il résonnait poignant et mystérieux dans ce fantastique désert. Pour nos yeux, rien n'était changé : la désolation des fourrés et des cactus, silencieusement balancés par le vent, s'étendait sans interruption jusqu'aux falaises éloignées; le ciel tranquille et sombre était vide au-dessus de nos têtes et le soleil ardent surplombait et accablait. Et, à travers tout cela, comme un avertissement ou comme une menace, vibrait ce son énigmatique :

Boum... Boum... Boum...

Nous nous questionnâmes à voix faible et timide :

— Une horloge?

— On le dirait!

Qu'est-ce que c'est?

— Qu'est-ce que cela peut-être?

— Comptons, suggéra un peu tardivement Cavor, car aussitôt les battements cessèrent.

Le silence, le rythmique désappointement de son intervention inattendue, nous surprirent comme un nouveau choc. Pendant un moment, nous pûmes douter même d'avoir jamais entendu de bruit ou bien nous demander s'il ne continuait pas encore. Avions-nous vraiment entendu ce bruit?

Je sentis sur mon bras la pression de la main de Cavor. Il me parla à mi-voix, comme s'il eût craint de réveiller quelque être endormi.

— Restons ensemble pour chercher la sphère, chuchota-t-il, retournons-y bien vite, car cela dépasse notre compréhension.

— De quel côté allons-nous?

Il hésita. Une intense conviction de la présence de choses invisibles autour de nous et près de nous dominait notre esprit. Que pouvaient-elles être? Où pouvaient-elles se trouver? Cette aride désolation, alternativement gelée et brûlée, n'était-elle que l'écorce et le masque

BOUM... BOUM... BOUM...

extérieur de quelque monde souterrain? En ce cas, de quelle sorte de monde? Quel genre d'habitants n'allait-il pas bientôt vomir sur nous!

Alors, transperçant le silence suraigu, aussi soudain et éclatant qu'un coup de tonnerre imprévu, un vacarme se déchaîna comme si l'on ouvrait violemment d'immenses portes de métal. Nous nous arrêtâmes net, retenant notre souffle. Cavor s'approcha furtivement de moi :

— Je n'y comprends rien, murmura-t-il à mon oreille.

Il agita sa main vaguement vers le ciel, suggérant indistinctement des pensées encore plus vagues.

— Nous pouvons nous cacher s'il arrive quelque chose...

Je jetai un regard autour de moi en faisant un signe d'assentiment.

Nous nous remîmes en marche, avançant furtivement avec les précautions les plus exagérées pour ne pas faire de bruit, et nous dirigeant vers un fourré de broussailles. Une série de sons, comme des coups de marteaux sur une chaudière, nous firent hâter le pas.

— Marchons à quatre pattes, chuchota Cavor.

Les feuilles basses des plantes baïonnettes, déjà recouvertes par les plus nouvelles, commençaient à se flétrir et à se racornir, de sorte que nous pouvions nous frayer un chemin à travers les tiges denses sans dommage sérieux, et nous étions trop absorbés pour faire attention aux égratignures. Au cœur du fourré, je m'arrêtai pantelant et les yeux fixés sur Cavor.

— C'est souterrain, c'est là-dessous! murmura-t-il.

— Ils vont peut-être sortir!

— Il faut retrouver la sphère!

— Oui! Mais... comment?

— Il faut ramper jusqu'à ce que nous y arrivions.

— Mais si nous n'y arrivons pas?

— Nous demeurerons cachés et nous verrons ce qu'ils sont.

— Nous ne nous quitterons pas, ajoutai-je.

Il réfléchit un instant.

— De quel côté allons-nous?

— Ma foi, au petit bonheur!

Nous jetâmes de côté et d'autre des regards scrutateurs. Puis, avec la plus grande circonspection, nous commençâmes à nous glisser à travers la jungle, faisant, autant que nous pûmes en juger, un circuit, nous arrêtant à chaque brin qui bougeait, à chaque frôlement, anxieux d'apercevoir la sphère de laquelle nous nous étions si stupidement éloignés. De temps à autre, traversant le sol au-dessous de nous, nous parvenaient des chocs, des heurts étranges, inexplicables, des vacarmes mécaniques, et une fois ou deux nous crûmes entendre quelque chose comme un grincement et un tapage affaiblis. Mais, apeurés comme nous l'étions, nous n'osâmes pas tenter de nous relever pour examiner l'étendue du cratère. Pendant longtemps, nous ne vîmes rien des êtres qui faisaient ces bruits si abondants et si persistants. A part l'affaiblissement que nous causaient la faim et le dessèchement de nos gorges, cette recherche à quatre pattes aurait pu nous paraître un rêve des plus animés. Tout cela était si absolument irréel! Le seul élément qui comportât quelque réalité nous était fourni par ces sons.

Figurez-vous notre situation! Autour de nous, la jungle fantastique, avec ces feuilles-baïonnettes se dressant sans bruit au-dessus de nos têtes, avec ces lichens brillants et éclaboussés de soleil s'écrasant silencieusement sous nos mains et nos genoux et se soulevant dans la vigueur de leur croissance comme un tapis se soulève sous l'effort du vent. A chaque instant, quelqu'une des vessies fongueuses, gonflées et distendues sous le soleil, nous recouvrait; à chaque instant, quelque forme nouvelle, aux vives couleurs, nous faisait obstacle. Les cellules qui formaient ces plantes étaient aussi larges qu'un pouce et semblables à des cabochons de verre coloré.

Toutes ces choses étaient saturées de l'implacable resplendissement du soleil; elles se dessinaient contre un ciel d'un noir bleuâtre et encore émaillé, malgré le soleil, de quelques étoiles survivantes. Tout cela était étrange! Les formes et la contexture des pierres mêmes étaient étranges. C'était l'étrangeté dans l'étrange. La sensation de notre propre corps ne pouvait se comparer à rien et chacun de nos mouvements se terminait par une surprise. La respiration sifflait dans notre gorge, le sang passait dans nos oreilles comme un flot haletant...

Et toujours revenaient, par intervalles, le tumulte, les coups sourds et les battements mécaniques, auxquels bientôt s'ajouta le beuglement de grands animaux.

XI

LE BÉTAIL LUNAIRE

Pleins de terreur, nous avancions en rampant, pauvres terriens perdus dans cette jungle lunaire désordonnée, fuyant devant les bruits qui nous avaient surpris. Nous rampâmes longtemps, nous sembla-t-il, avant d'apercevoir un Sélénite ou un animal lunaire, et cependant nous entendions les mugissements et les grognements de ces derniers se rapprocher sans cesse derrière nous. Nous franchîmes des ravins pierreux, des pentes neigeuses, des fongosités qui, sous nos pas, se déchiraient comme de minces vessies en répandant une sorte de jus visqueux; puis, ce fut un véritable pavement de champignons ressemblant à des vesses de loup, suivi d'interminables buissons. Et toujours, plus désespérément, nos yeux cherchaient la sphère abandonnée. Le mugissement des animaux était parfois un long et vaste beuglement semblable à celui des veaux; parfois, c'étaient des beuglements terrifiés ou courroucés; puis, de nouveau, un mugissement bestial et embarrassé comme si ces créatures invisibles avaient voulu manger et mugir en même temps.

IL Y EUT DERRIÈRE NOUS UN BEUGLEMENT TERRIFIANT.

Quand nous les entrevîmes, ce ne fut que par un coup d'œil insuffisant et fugitif. Cavor, à ce moment là, marchait en tête et c'est lui qui s'aperçut d'abord de leur présence. Il s'arrêta court et me fit signe de ne pas bouger.

Un bruit de craquements et d'écrasements paraissait s'avancer directement sur nous, alors, tandis que nous étions blottis, cherchant à juger de la distance et de la direction de ce bruit, il y eut derrière nous un beuglement terrifiant, si proche et si violent, que les tiges des plantes-baïonnettes se courbèrent et que nous sentîmes passer sur nous un souffle humide et chaud. En nous retournant, nous vîmes indistinctement, à travers une infinité de tiges violemment secouées, le flanc luisant du veau lunaire et la longue ligne de son dos se dresser contre le ciel.

Il est naturellement difficile pour moi de déterminer avec exactitude ce que j'en vis alors, parce que mes impressions furent corrigées par de subséquentes observations. Avant tout, je fus frappé de sa taille énorme ; le tour de son corps devait mesurer environ quatre-vingts pieds, et sa longueur peut-être deux cents. Une respiration laborieuse soulevait ses flancs. Je constatai que son corps gigantesque et flasque traînait sur le sol et que sa peau était rugueuse et d'un blanc qui se tachetait de sombre au long du dos.

Mais je ne vis rien de ses pieds. Je crois que nous aperçûmes cette fois-là le profil, au moins, de sa tête dépourvue de crâne, son cou gonflé de graisse, sa bouche baveuse et vorace, ses petites narines et ses minuscules yeux clos, car le veau lunaire ferme invariablement ses yeux pendant le jour. Quand il ouvrit sa bouche pour beugler de nouveau, nous eûmes un rapide aperçu d'une vaste cavité rouge, et nous reçûmes le souffle jailli de ce gouffre, puis le monstre roula comme un navire, se traînant sur le sol en froissant toute sa peau rugueuse, roula encore, passa près de nous en se vautrant, frayant ainsi un chemin au milieu du fourré, et disparut rapidement à nos yeux, caché par les denses enchevêtrements des végétations. Plus loin, un autre apparut, puis un troisième, et enfin, comme s'il guidait vers leur pâturage ces blocs mouvants de provende, un Sélénite apparut momentanément. J'agrippai convulsivement le pied de Cavor en apercevant ce nouvel être, et nous restâmes immobiles et le regard fixe, longtemps après qu'il eût disparu.

Par contraste avec les veaux lunaires, il paraissait être une créature insignifiante, une fourmi, de cinq pieds à peine de haut. Il portait des vêtements faits d'une substance semblable à du cuir, de sorte qu'aucune partie de son véritable corps ne paraissait ; mais cela, nous l'ignorions encore entièrement. Il se présentait donc comme une créature compacte et hérissée, ayant beaucoup d'analogie avec un insecte compliqué, muni de longs tentacules semblables à des lanières et d'un bras cliquetant, qui se projetait hors de son corps cylindrique et brillant. La forme de sa tête était dissimulée par une sorte de casque énorme et muni de pointes longues et nombreuses. Nous découvrîmes, par la suite, qu'il se servait de ces pointes pour aiguillonner les animaux récalcitrants, et une paire de bésicles de verre sombre, disposée sur les côtés, donnait un aspect de gros bourgeon à l'appareil métallique qui recouvrait sa tête. Ses bras ne dépassaient pas l'espèce d'étui ou de fourreau qui enfermait son corps et il était soutenu par deux courtes jambes qui, bien qu'enveloppées dans une sorte de housse, paraissaient à nos yeux terrestres extraordinairement menues et faibles. Il avait des cuisses très courtes, des jambes fort longues et de petits pieds.

Malgré son enveloppe d'aspect pesant, le Sélénite avançait par enjambées qui, au point de vue terrestre, eussent été considérables, et son appendice cliquetant était très affairé. La nature de ses mouvements, pendant le court instant où nous le vîmes passer, suggérait la hâte et une certaine irritation ; peu après que nous l'eûmes perdu de vue, nous entendîmes le beuglement d'un des animaux se changer brusquement en un cri bref et aigu, suivi de bruissements plus rapides dus à l'accélération de son allure. Graduellement, ces mugissements s'éloignèrent et finirent par cesser, comme si les pâturages cherchés eussent été atteints.

Nous écoutâmes. Le monde lunaire sembla pour un instant avoir repris toute sa tranquillité. Mais nous n'osâmes pas recommencer immédiatement notre recherche rampante de la sphère disparue.

Quand nous rencontrâmes une seconde fois les veaux lunaires, ils se trouvaient à quelque distance de nous dans un endroit encombré de roches écroulées. Les surfaces plates ou inclinées des rocs étaient revêtues d'une couche épaisse de végétations vertes et tachetées, croissant par bouquets denses et moussus que broutaient ces créatures. En les apercevant, nous nous arrêtâmes sur la lisière du taillis de roseaux au milieu desquels nous rampions tendant la tête pour entrevoir encore une fois le Sélénite. Ces animaux se traînaient sur leur nourriture comme d'énormes limaces, — troncs immenses et huileux, — mangeant voracement et bruyamment, avec une sorte d'avidité sanglotante. Ils semblaient des monstres formés simplement de graisse, gauches et écrasés, à un tel point qu'un bœuf gras serait, auprès d'eux un modèle d'agilité. Leurs mandibules affairées, se tordant et ruminant, leurs yeux clos, et le bruit appétissant de leurs mâchonnages, donnaient l'impression d'une jouissance animale qui stimula singulièrement nos estomacs vides.

— Des pourceaux! De dégoûtants pourceaux! proclama Cavor avec une ardeur inaccoutumée.

Après leur avoir jeté un coup d'œil irrité, il reprit son chemin au milieu des buissons vers la droite. Je m'attardai un instant pour me rendre compte que la plante tachetée était absolument impropre à servir de nourriture humaine, puis je me glissai à sa suite, mordillant un des brins que j'avais pris entre mes dents.

Bientôt nous fûmes arrêtés de nouveau par la proximité d'un Sélénite, et, cette fois, nous pûmes l'examiner plus attentivement. Nous vîmes alors que son enveloppe extérieure était réellement un vêtement et non une sorte de tégument crustacé. Il était absolument semblable, avec son costume, à celui que nous avions déjà entrevu; pourtant les extrémités d'une espèce de ouatage se projetaient de son cou; il était debout sur un promontoire rocheux et tournait la tête de droite et de gauche comme s'il eût surveillé le cratère. Nous demeurions immobiles, craignant, si nous bougions, d'attirer son attention, et, au bout d'un instant, il se tourna et disparut.

Nous tombâmes sur un autre troupeau de veaux lunaires beuglant dans un ravin; puis, nous passâmes sur un endroit tout sonore de bruits et de battements mécaniques, comme si quelque immense usine eût été proche de la surface. Entourés de ces sons, nous parvînmes au bord d'un grand espace ouvert, ayant peut-être deux cents mètres de diamètre et parfaitement uni. A part quelques lichens qui empiétaient sur sa marge, cet espace était dénudé et offrait une surface poudreuse, d'un jaune poussiéreux. Nous hésitâmes à nous aventurer dans cette clairière, mais comme elle présentait moins d'obstacles à notre marche, nous commençâmes à en contourner le bord avec circonspection.

Pendant un instant les bruits intérieurs cessèrent et, à part les faibles bruissements des végétations croissantes, tout fut silencieux. Puis, brusquement, éclata un vacarme plus violent, plus véhément et plus proche qu'aucun de ceux qui avaient alors frappé nos oreilles. Il était absolument certain qu'il se produisait sous nos pieds. Nous nous accroupîmes aussi près du sol que nous le pûmes, prêts à nous enfoncer promptement dans le fourré voisin. Chaque coup et chaque battement semblaient vibrer à travers nos corps. Ces chocs devinrent de plus en plus forts et cette vibration régulière augmenta jusqu'à ce que tout le monde lunaire semblât être secoué et ébranlé.

— A l'abri, murmura Cavor.

J'allais me diriger vers le fourré quand, à cet instant, une détonation pareille à celle d'un canon se produisit et une chose arriva, qui me hante encore dans mes rêves. Je tournai la tête pour apercevoir Cavor, et en même temps j'étendis la main, et ma main ne rencontra rien! Elle plongea soudain dans un trou sans fond...

Ma poitrine heurta quelque chose de dur et je tombai en avant, les bras étendus, raide, dans le vide, le menton sur le bord de l'abîme insondable qui s'était brusquement ouvert sous moi. L'ensemble de cette vaste surface circulaire et plate n'était autre chose qu'un gigantesque couvercle qui maintenant glissait de côté dans une fente préparée pour le recevoir.

Si Cavor n'eût pas été là, je crois que je serais resté rigide, la tête penchée sur l'ouverture, cherchant à voir dans cet énorme gouffre, jusqu'à ce que je fusse repoussé par le bord de la glissière du couvercle et précipité dans les profondeurs.

Mais Cavor n'avait pas reçu le choc qui me paralysait. Il se trouvait un peu à l'écart quand le couvercle s'était mis à s'ouvrir et, comprenant le péril que je courais, il me saisit les jambes et me tira en arrière. Je me remis sur mon séant, m'éloignai à quatre pattes de cette dangereuse ouverture, puis, me redressant, je traversai à toutes jambes à la suite de Cavor la plaque de métal, frémissante et sonore. Elle semblait glisser avec une vélocité sans cesse accélérée et les buissons devant moi s'écartèrent sous mon élan.

Ce n'était pas trop tôt. Le dos de Cavor disparut dans le fourré hérissé et, comme je grimpais derrière lui, la monstrueuse valve vint s'installer dans sa case avec un bruit retentissant. Nous restâmes quelque temps pantelants, sans oser nous approcher du gouffre.

Mais avec de grandes précautions, et pas à pas, nous finîmes par nous installer de façon à regarder sans être vus. Les buissons autour de nous craquaient et s'agitaient sous la force du courant d'air qui soufflait de ce puits. D'abord nous ne pûmes voir autre chose que des murs verticaux et lisses qui descendaient se perdre dans une impénétrable obscurité. Puis, lentement et graduellement, nous aperçûmes un certain nombre de petites lumières extrêmement faibles allant et venant en tout sens.

Pendant un certain temps, ce prodigieux gouffre de mystère absorda notre intérêt au point que nous en oubliâmes presque

— Ce que nous avons vu n'était pas un homme.

— Il ne faut rien hasarder...

— Il ne faut rien risquer avant d'avoir retrouvé la sphère.

Il ajouta un grognement affirmatif et se prépara à repartir. Il promena ses regards autour de lui, poussa un soupir et indiqua une direction. Nous nous lançâmes à travers la jungle, avançant vigoureu-

IL ME SAISIT LES JAMBES ET ME TIRA EN ARRIÈRE.

la sphère. A mesure que nous nous accoutumions aux ténèbres, nous distinguions de petites formes confuses et illusoires, se mouvant avec ces minuscules lumières. Nous faisions tous nos efforts pour voir, stupéfaits et incrédules, comprenant si peu ce qui se passait que nous ne trouvions rien à dire. Il nous était impossible de préciser la moindre chose qui pût nous aider à expliquer ces vagues formes.

— Qu'est-ce que cela peut être? demandai-je. Qu'est-ce que cela peut être?

— La mécanique!... Ils doivent vivre dans ces cavernes pendant la nuit et n'en sortir que quand le jour vient.

— Cavor! dis-je, ce sont eux,... alors..., ces choses qui ressemblent à des hommes.

sement au début, puis avec une ardeur décroissante. Bientôt, parmi de grandes formes pourpres et flasques, nous entendîmes un bruit de trépignements et de cris. Nous restâmes blottis où nous étions, et, pendant quelques interminables minutes, les bruits se promenèrent en tout sens, et s'approchèrent très près de nous. Mais cette fois nous n'aperçûmes rien. Je voulus dire à Cavor que je ne pouvais guère aller plus loin sans nourriture, mais ma gorge s'était trop desséchée pour qu'il me fût possible de chuchoter.

— Cavor, dis-je à voix rauque, il me faut manger.

Il tourna de mon côté une figure consternée.

— C'est le cas de s'en passer, répondit-il.

— Mais j'ai besoin de manger, insistai-je. Regardez mes lèvres.

— Moi aussi, j'ai soif depuis un moment.

— Si seulement il restait un peu de cette neige.

— Elle est toute fondue. Nous passons du climat des pôles à celui des tropiques à la vitesse d'un degré par minute...

Je me rongeai le poing.

— La sphère! murmura Cavor il n'y a pas d'autre moyen; il faut retrouver la sphère.

Nous nous remîmes en route pour un nouvel effort à quatre pattes. Mon esprit était hanté par des visions de victuailles, de boissons glacées dans des verres inépuisables.

A chaque instant des séries de bâillements affamés me prenaient. Nous arrivâmes à un endroit recouvert de choses rouges et charnues, de végétations semblables à des coraux monstrueux qui se cassaient et se rompaient quand nous les touchions. Je remarquai la nature des brisures. Ces maudites choses avaient certainement l'aspect de matières comestibles; puis il me sembla qu'elles avaient bonne odeur.

J'en ramassai un fragment et le flairai.

— Cavor, appelai-je d'une voix enrouée.

Il se tourna vers moi avec une figure grimaçante.

— Ne faites pas cela! me dit-il.

Je laissai tomber le fragment et nous continuâmes à ramper à travers ces choses charnues et tentantes.

— Cavor! pourquoi pas? demandai-je encore.

— Poison! l'entendis-je répondre sans tourner la tête.

Je franchis encore une certaine distance avant de me décider.

— Tant pis! je risque le tout!

Il fit un geste pour m'en empêcher, mais j'avais déjà la bouche pleine. Il s'accroupit, examinant ma figure tandis que la sienne se contorsionnait avec les expressions les plus drôles.

— C'est bon! dis-je.

— Ah! diable! s'écria-t-il.

Il me regardait mâcher. Sa face ridée et plissée exprimait à la fois le désir et la désapprobation ; puis, succombant soudain à son appétit, il commença à en arracher des poignées qu'il s'enfonça dans la bouche. Pendant quelques minutes nous ne fîmes que manger.

Cette plante ressemblait assez à un champignon terrestre, mais elle était d'une contexture beaucoup moins compacte, et, quand on l'avalait, elle échauffait la gorge. D'abord nous n'éprouvâmes qu'une simple satisfaction mécanique. Puis le sang courut plus chaud dans nos veines ; nous ressentions des démangeaisons aux lèvres et au bout des doigts et des idées nouvelles et légèrement incongrues commencèrent à s'agiter dans nos esprits.

— C'est excellent! C'est succulent! Quelle colonie pour notre surplus de population! Le surplus misérable de notre population, répétai-je en m'octroyant une nouvelle portion.

J'étais plein d'une satisfaction bénévole à constater qu'il y avait dans la lune d'aussi bonne nourriture. L'abattement que m'avait causé la faim se changeait en une gaieté sans raison; la peur et le malaise que j'avais éprouvés disparurent entièrement. Je ne voyais plus du tout la lune sous l'aspect d'une planète d'où je désirais m'échapper par tous les moyens, mais comme un refuge possible pour l'humanité indigente. Je crois bien qu'aussitôt que j'eus mangé de cette plante fongueuse j'oubliai complètement les Sélénites, les veaux lunaires, le couvercle et les vacarmes.

Quand j'eus répété par trois fois ma remarque sur le surplus de population, Cavor répliqua d'identiques paroles d'approbation. Je sentais que ma tête tournait, mais j'attribuais cela à l'effet stimulant de la nourriture après un long jeûne.

— Hé!... excellente découverte..., savez-vous, Cavor! balbutiai-je. Cela ressemble... un peu... à la pomme de terre... hé, hé!

— Qu'est-ce que... vous dites?... bredouilla Cavor, découverte de la lune... qui ressemble... qui ressemble... un peu... à une pomme... de terre?

Je le regardai, choqué de sa voix soudain enrouée et de sa prononciation négligée. Il me vint tout à coup à l'esprit qu'il était ivre, probablement à cause d'un excès de champignons. J'eus l'idée aussi qu'il se trompait, en s'imaginant avoir découvert la lune. Il ne l'avait pas découverte... il y était seulement parvenu. Posant ma main sur son bras, j'essayai de lui expliquer cela, mais la question fut trop subtile pour son cerveau. D'ailleurs, il me devenait inopinément difficile de m'exprimer. Après un effort momentané pour me comprendre — je me rappelle que je me demandais pendant ce temps-là si le champignon m'avait rendu les yeux aussi vitreux que les siens — il se lança dans une suite de raisonnements pour son propre compte.

— Nous sommes les esclaves de ce que nous mangeons et de ce que nous buvons, annonça-t-il avec un hoquet solennel.

Il répéta sa phrase, et comme je me trouvais dans des dispositions contradictoires, je me décidai à discuter la chose. Il est possible que je me sois écarté de la question, mais, à coup sûr, Cavor ne me prêta pas l'attention convenable. Il se mit sur pied comme il put, en appuyant sa main sur ma tête, pour conserver son équilibre, ce qui était un geste assez irrespectueux, et il regarda autour de lui n'ayant plus maintenant aucune crainte des habitants de la Lune.

J'essayai de lui faire comprendre que sa hardiesse était dangereuse, pour quelque motif qui n'était plus bien clair dans mon esprit et le mot *dangereux* s'étant, je ne sais comment, emmêlé sur ma langue avec le mot *indiscret*, je finis par prononcer quelque chose comme : *injurieux*, et, après un effort pour m'en sortir, je repris ma discussion, m'adressant principalement aux végétations peu familières, mais attentives, que j'avais de chaque côté de moi. Je sentais qu'il était nécessaire d'éclaircir immédiatement cette confusion entre la Lune et une pomme de terre. Ensuite, je m'égarai dans une longue parenthèse sur l'impor-

IL APPUYA SA MAIN SUR MA TÊTE POUR CONSERVER SON ÉQUILIBRE.

tance des définitions précises dans la discussion. Je faisais de mon mieux pour ignorer le fait que nos sensations corporelles n'étaient plus agréables.

Par quelque détour que j'ai oublié maintenant, mon esprit fut ramené à des projets de colonisation.

— Il faut annexer cette lune, déclarai-je, il n'y a pas à tergiverser. Encore un poids de plus à ajouter au Fardeau du Blanc, Cavor!... nous sommes... heu... heu... des satapes... des satrapes, je veux dire... Un empire que César n'a jamais rêvé... Ce sera dans tous les journaux... la Cavorie!... la Bedfordie!... heu... heu... *limited*. C'est-à-dire illimitée... en pratique.

A coup sûr, j'étais ivre! Je me lançai dans une argumentation décousue pour prouver les bienfaits infinis que notre arrivée allait dispenser à la Lune! Je m'embarrassai dans un raisonnement qui ne parvenaient pas à démontrer que l'arrivée de Christophe Colomb avait été, après tout, avantageuse à l'Amérique. Je m'aperçus que j'avais oublié la série de preuves que je me proposais d'énoncer et je me bornai à répéter, pour passer le temps :

— Nous sommes comme Christophe Colomb! Nous sommes comme Christophe Colomb!...

A partir de ce moment, mes souvenirs des effets produits par cet abominable champignon deviennent confus. Je me rappelle vaguement que nous proclamâmes hautement notre intention de ne supporter aucune insolence de la part de ces stupides insectes, que nous décidâmes qu'il convenait mal à des hommes de se cacher honteusement à la surface d'un simple satellite, et que nous nous munîmes d'énormes brassées de champignons, — soit pour nous en servir comme de projectiles, soit dans tout autre but — et, sans prendre garde aux profondes déchirures que nous infligeaient les plantes-baïonnettes, nous nous remîmes en route en plein soleil.

Nous dûmes presque immédiatement tomber sur les Sélénites. Ils étaient six et suivaient à la file un sentier entre les rochers, faisant en marchant d'extraordinaires bruits, comme des glapissements ou des sifflements. Ils parurent nous apercevoir tous à la fois. Instantanément ils devinrent silencieux et immobiles comme des animaux, avec leurs faces tournées vers nous.

Je me sentis un moment dégrisé...

— Insectes, murmura Cavor, sales insectes! Et ils croient que je vais m'amuser à ramper sur mon estomac!... articula-t-il lentement comme s'il n'eût pu leur pardonner cet affront.

Tout à coup, avec un cri furieux, il fit trois vastes enjambées et bondit vers eux. Il sauta mal, décrivit en l'air une série de culbutes, tournoya juste au-dessus d'eux et disparut dans un énorme éclaboussement au milieu des cactus aux raquettes gonflées. Je n'ai pas le moindre indice qui me permette de deviner ce que les Sélénites pensèrent de cette irruption stupéfiante et, selon moi, absolument dépourvue de dignité, de créatures venues de notre planète.

Je crois me rappeler la vue de leur dos fuyant dans toutes les directions — mais je n'en suis pas très sûr. Tous ces derniers incidents, avant l'inconscience absolue, sont restés vagues et imprécis dans mon esprit.

Je sais que je fis un pas pour suivre Cavor, trébuchai et tombai la tête la première au milieu des rochers. Je fus, j'en suis certain, soudainement et violemment malade. Il me semble encore me souvenir d'une lutte acharnée et de griffes métalliques qui me saisissaient...

. . . .

Quand ma mémoire redevient claire, nous sommes prisonniers à je ne sais quelle profondeur sous la surface de la Lune; plongés dans les ténèbres, au milieu de bruits étranges et troublants, nos corps couverts d'écorchures et de contusions, et nos têtes endolories.

XI

LA FACE DES SÉLÉNITES.

Je me trouvai assis, les membres recroquevillés, dans une obscurité tumultueuse. Pendant longtemps, il me fut impossible de comprendre où j'étais et comment j'étais venu là. Je pensai au placard où l'on m'enfermait parfois lorsque j'étais enfant; puis à une chambre fort sombre et très sonore dans laquelle je restai pendant une maladie. Mais ces bruits qui m'entouraient n'étaient pas des bruits connus. De plus, il y avait dans l'air une saveur ténue, comme dans l'atmosphère d'une étable. Je supposai aussi que nous étions encore à travailler à l'achèvement de la sphère, et que j'étais enfermé dans la cave... Finalement, je m'imaginai que nous étions dans l'intérieur de la sphère, voyageant à travers l'espace.

— Cavor, dis-je, pouvons-nous avoir un peu de lumière?

Il n'y eut pas de réponse.

— Cavor! insistai-je.

Un gémissement me répondit.

— Ma tête! ma tête! entendis-je.

J'essayai de porter mes mains à mon front qui me faisait mal et je m'aperçus qu'elles étaient liées ensemble. Cela me surprit beaucoup. Je les portai jusqu'à ma figure et je sentis sur ma joue le froid contact d'un métal. Mes mains étaient enchaînées. Je voulus écarter et étendre mes jambes et je me rendis compte qu'elles étaient pareillement attachées et que même j'étais assujetti au sol par une chaîne beaucoup plus forte qui m'entourait la taille.

Je fus plus effrayé que je ne l'avais encore été par aucune de nos étranges expériences. Pendant un moment, je tiraillai silencieusement sur mes liens.

— Cavor! m'écriai-je, pourquoi suis-je attaché? pourquoi m'avez-vous lié les mains et les pieds?

— Je ne vous ai pas attaché, répondit-il. Ce sont les Sélénites.

— Les Sélénites?

Mon esprit resta fixé un moment sur ce que ce mot évoquait. Alors mes souvenirs me revinrent : la désolation neigeuse, le dégel de l'air, la croissance des végétations, nos bonds et notre fuite rampante au milieu des rochers et les plantes du cratère. Toute la détresse de notre fiévreuse recherche de la sphère me revint... et, enfin, l'ouverture de la grande plaque qui recouvrait le gouffre!

Puis, je m'efforçai de retracer nos derniers mouvements jusqu'à notre condition présente et les douleurs de ma tête devinrent intolérables. Je me heurtais à une barrière insurmontable, j'étais arrêté par une infranchissable lacune.

— Cavor!

— Quoi?

— Où sommes-nous?

— Comment le saurais-je?

— Sommes-nous morts?

— Quelle bêtise!

— Ils nous tiennent alors?

Il ne répondit que par un grognement. Les dernières traces du poison semblaient le rendre singulièrement irritable.

— Qu'allez-vous faire?

— Comment voulez-vous que je le sache?

— Oh! très bien! fis-je.

Je restai silencieux; mais bientôt je fus éveillé en sursaut d'une sorte de stupeur qui m'avait abattu.

— Oh! Seigneur! je voudrais bien que vous cessiez ce bourdonnement.

Nous retombâmes de nouveau dans le mutisme, écoutant la morne confusion des bruits qui nous emplissaient les oreilles comme la rumeur étouffée d'une rue ou d'une usine. Je ne pouvais rien y distinguer. Mon attention s'attachait à un rythme, puis à un autre et les questionnait en vain. Cependant, après un long laps de temps, je perçus un élément nouveau et plus aigu, qui ne se mêlait pas au reste, mais se détachait, pour ainsi dire, contre le fond trouble des résonances.

C'était une série de bruits très peu définis, des cognements et des frottements semblables à ceux que ferait une branche de lierre contre une fenêtre, ou un oiseau qui voltigerait dans une boîte. Nous écoutâmes, cherchant à distinguer quelque chose autour de nous, mais les ténèbres étaient comme un linceul de velours noir. Puis il y eut un bruit, comme le subtil mouvement de pênes dans des serrures bien huilées. Alors apparut devant moi, suspendue, semblait-il, au milieu d'une immensité noire, une mince ligne de clarté.

— Voyez-vous? chuchota Cavor, très bas.

— Qu'y a-t-il?

— Je ne sais pas.

Nous fixâmes attentivement cette mince ligne brillante qui s'agrandit en une bande plus large et plus pâle. Elle fit bientôt l'effet d'une lumière bleuâtre tombant sur un mur blanchi à la chaux. Sa clarté cessa d'être uniformément parallèle, et d'un côté une dentelure se dessina. Je me tournai pour en faire la remarque à Cavor, et fus stupéfait de voir son oreille brillamment éclairée, tandis que tout le reste de sa personne était dans l'ombre. Je me tordis le cou autant que mes liens me le permettaient.

— Cavor! dis-je, c'est derrière!

Son oreille disparut... pour faire place à un œil!

Soudain le craquement à la suite duquel était entrée la lumière se renouvela plus fort, et nous révéla bientôt derrière nous l'embrasure d'une porte ouverte. Au delà, s'étendait une perspective de nuance saphir, et, dans l'ouverture, se dressait un contour grotesque silhouetté contre le reflet.

Nous fîmes tous deux des efforts convulsifs pour nous retourner et, n'y réussissant pas, nous restâmes à considérer cette apparition par-dessus notre épaule. J'eus, tout d'abord, l'impression de quelque gauche quadrupède qui aurait la la tête baissée. Puis je m'aperçus que c'était le corps frêle et étroit, les jambes bancales, courtes et extrêmement déliées d'un Sélénite, avec sa tête affaissée entre les épaules. Il n'avait pas l'espèce de casque et de vêtement qui couvrait ceux du dehors. Il était pour nous une forme noire et morne, mais instinctivement notre imagination dotait d'une physionomie ces formes très humaines; et pour moi, du moins, je conclus immédiatement qu'il était un peu bossu avec un front élevé et de longs traits.

Il fit trois pas en avant et s'arrêta. Ses mouvements semblaient absolument silencieux. Puis il s'avança de nouveau. Il marchait comme un oiseau en posant ses pieds l'un devant l'autre. Il s'écarta de la raie de lumière qui entrait par le cadre de la porte et on eût dit qu'il s'évanouissait entièrement dans l'ombre.

Un instant, mes yeux le cherchèrent où il n'était pas et je l'aperçus ensuite droit en face de nous, en pleine lumière. Seulement la physionomie humaine que je lui avais attribuée n'y était pas du tout! Le devant de sa face était vide.

Naturellement, j'aurais dû m'y attendre, mais je n'y avais pas pensé. Ce fut pour moi, pendant un moment, un choc écrasant. Cela ne semblait pas être une face; on eût voulu que ce fût un masque, une horreur, une difformité, qui bientôt serait désavouée ou expliquée.

L'ensemble avait assez l'air d'un casque à visière... mais je ne peux pas expliquer la chose. Avez-vous jamais vu la tête énormément grossie d'un insecte? Il n'y avait ni nez ni expression: c'était une surface luisante, dure et invariable, avec des yeux en saillie; dans la silhouette, j'avais supposé que c'étaient des oreilles...

J'ai essayé de dessiner une de ces têtes, mais je n'ai pu y réussir. Ce que l'on ne peut rendre c'est l'horrible manque d'expression ou plutôt l'horrible manque de changement d'expression. Chacune des têtes et des faces qu'un homme rencontre sur la terre revêt ordinairement une expression. Quand on voyait cette tête-là, on se figurait être soudain regardé par une machine. Cette chose indicible se dressait là, nous examinant.

Mais quand je dis qu'il y avait un manque de changement d'expression, cela ne signifie pas que cette figure n'eût pas une sorte d'expression fixe — tout comme il y a une sorte d'immobile expression dans un seau à charbon, un capot de cheminée ou un ventilateur de bateau à vapeur. Il y avait une bouche incurvée par le bas, comme une bouche humaine qui guette férocement.

Le cou sur lequel cette tête reposait en équilibre était articulé en trois endroits, presque à la façon des courtes jointures d'une patte de crabe. Je ne pouvais voir les articulations des membres à cause des lanières qui les emmaillotaient et qui formaient le seul vêtement que cet être portait.

A ce moment, mon esprit fut absorbé par l'affolante impossibilité de cet être. Je suppose qu'il était, lui aussi, fort étonné et avec peut-être plus de raison que nous à son étonnement. Seulement, le diable soit de lui, il ne le montrait pas! Nous, au moins, nous savions par suite de quelles circonstances nous étions en présence de ces incompatibles créatures. Mais concevez ce que penserait un respectable Londonien, par exemple, qui tomberait soudain sur une couple de choses vivantes aussi grosses que des hommes et absolument différentes des animaux terrestres, prenant leurs ébats au milieu des moutons de Hyde-Park?

Telle devait être la surprise du Sélénite.

Figurez-vous la nôtre! Nous étions pieds et poings liés, sales et meurtris, avec des barbes incultes et des figures égratignées et ensanglantées. On peut s'imaginer Cavor, avec sa culotte de cycliste déchirée en maints endroits par l'herbe-baïonnette, sa chemise de flanelle, sa vieille petite culotte, sa chevelure raide en désordre dardant une mèche aux quatre coins du ciel...

Dans cette lumière bleue, sa figure ne paraissait plus rouge, mais très sombre; ses lèvres et les traces de sang séchées sur ses mains semblaient noires. Si cela eût été chose possible, j'étais pire que lui, à cause des fongosités jaunes au milieu desquelles j'avais dégringolé. Nos vestons étaient déboutonnés et nos chaussures nous avaient été retirées et se trouvaient non loin de nos pieds. Nous étions assis, le dos tourné à cette lumière bizarre et bleuâtre, examinant un monstre tel que Dürer eût pu en inventer.

Cavor voulut parler, émit quelques sons enroués et toussa pour s'éclaircir la gorge. Au dehors, les beuglements terrifiants commencèrent comme si quelque veau lunaire eût été en peine. Cela se termina par un cri aigu et tout rentra dans le silence.

Bientôt le Sélénite se retourna, vacilla dans l'ombre, s'attarda une seconde à nous jeter un dernier regard, ferma sur nous la porte et nous nous retrouvâmes, une fois de plus, plongés dans le bourdonnant mystère de ténèbres au milieu duquel nous nous étions réveillés.

XIII

CAVOR FAIT DES SUPPOSITIONS.

Pendant quelque temps, ni l'un ni l'autre ne parla. Rassembler en un seul faisceau toutes les avanies que nous nous étions attirées semblait dépasser le pouvoir de mes facultés mentales.

— Ils nous tiennent! finis-je par dire.

— C'est la faute à cette espèce de champignon.

— Peut-être, mais si je n'en avais pas pris, nous aurions défailli et serions morts de faim.

— Nous aurions pu retrouver la sphère, aussi.

Devant son obstination, je perdis patience et je me mis à jurer tout bas. Un long laps de temps s'écoula pendant lequel nous nous détestâmes en silence. Je tambourinai avec mes doigts, par terre, entre mes genoux, et je faisais grincer les uns contre les autres les anneaux de mes chaînes. Bientôt je fus forcé de parler encore.

— Cependant, que déchiffrez-vous dans tout cela? demandai-je avec humilité.

— Ce sont des créatures raisonnables... Ils fabriquent des objets et s'en servent... Ces lumières que nous avons vues...

Ils s'arrêta court. Il était clair qu'il ne pouvait rien y comprendre. Quand il reprit la parole, ce fut en quelque sorte pour admettre son impuissance.

— Après tout, ils sont plus humains que nous n'avions le droit de l'espérer. Je présume...

Il eut encore une de ces poses irritantes.

— Qu'est-ce que vous présumez?

— Je suppose, en tout cas, que, sur chaque planète, s'il y a un animal intelligent, il portera sa boîte crânienne à la partie supérieure de sa personne; il aura des mains et marchera debout.

Bientôt il bifurqua dans une autre direction.

— Nous sommes à une certaine profondeur... C'est-à-dire... peut-être... Une couple de milliers de pieds ou plus...

— Pourquoi?

— Il fait plus frais... et nos voix sont tellement plus fortes. Cette atténuation de tout... a complètement disparu... et aussi cette sensation de la gorge et des oreilles...

Je ne l'avais pas encore remarqué, mais son observation m'en fit apercevoir aussitôt.

— L'air est plus dense. Nous sommes à une grande profondeur, peut-être à un mille à l'intérieur de la lune.

— Il ne nous était pas venu à l'idée qu'il pouvait y avoir un monde sous la surface lunaire.

— Non!

— Comment aurions-nous pu l'imaginer?

— Nous l'aurions pu. Seulement... il y a contre cela des habitudes d'esprit...

Il se mit à réfléchir.

— *Maintenant*, fit-il, cela semble une chose si évidente! Parbleu! C'est naturel! La lune doit être une série d'énormes cavernes avec une atmosphère intérieure, et, au centre de ces cavernes, une mer. On savait que la lune a un poids spécifique moindre que la terre; on savait aussi qu'elle a au dehors peu d'air et peu d'eau; on savait aussi que c'est une planète sieur de la terre et qu'il serait inexplicable qu'elle fût d'une composition différente. L'inférence qu'elle était creusée s'imposait aussi claire que le jour. Et, cependant, on n'a jamais accepté cela comme un fait. Kepler, sans doute...

A cet instant, le ton de sa voix exprimait l'intérêt éprouvé par un homme qui a découvert une jolie suite de raisonnements.

— Oui! continua-t-il. Kepler avec ses *subvolvani* avait raison, après tout!

— Vous auriez bien dû prendre la peine de vous en apercevoir avant de vous mettre en route.

Il ne répliqua rien et poursuivit ses pensées en bourdonnant doucement. Je sentis la patience me manquer.

— Que pensez-vous que soit devenue la sphère? — demandai-je.

— Perdue! fit-il, du ton d'un homme qui répond à une question sans importance.

— Au milieu de ces plantes?

— A moins qu'ils ne l'aient trouvée...

— Et alors?

— Que puis-je vous dire de plus?

— Cavor! fis-je avec une sorte d'amertume impatientée, j'ai de brillantes perspectives maintenant pour ma compagnie...

Il ne daigna pas me répondre.

— Bon Dieu! exclamai-je. Quand on pense à toute la peine que nous avons prise pour nous mettre dans de si beaux draps!... Pourquoi sommes-nous venus? Que cherchons-nous? Qu'était la lune pour nous, ou nous pour elle? Nous avons trop désiré et nous avons trop risqué. Nous aurions dû d'abord lancer les petites choses. C'est vous qui avez proposé la lune. Les stores à ressorts garnis de *Cavorite*! Je suis certain que nous aurions pu nous en servir pour des applications terrestres... A coup sûr!... Aviez-vous réellement compris ce que je voulais faire? Un cylindre d'acier...

— Sottise! interrompit Cavor.

La conversation en resta là.

Au bout d'un certain temps, Cavor entama un monologue à bâtons rompus, sans recevoir d'encouragement de ma part.

— S'ils la trouvent, commença-t-il, s'ils la trouvent... qu'en feront-ils? Cela est une question! C'est peut-être même la seule question. Il est probable qu'ils n'y comprendront rien. S'ils comprenaient cette sorte d'instrument, il y a longtemps qu'ils seraient venus sur la terre. Y seraient-ils venus? Pourquoi pas? En tout cas, ils y auraient envoyé quelque chose... Ils n'eussent certes pas manqué une pareille occasion. Non! mais ils examineront la sphère. Il est clair qu'ils sont intelligents et curieux. Ils l'examineront... ils y entreront... ils feront manœuvrer les boutons. Ouf! En route! Nous serions condamnés à la lune à perpétuité. Créatures étranges, connaissances étranges...

— Quant à des connaissances étranges!... interrompis-je, et les paroles me manquèrent.

— Dites donc, Bedford? s'écria Cavor, vous vous êtes joint à cette expédition de votre propre consentement!

— Vous m'aviez dit que nous allions à la découverte...

— Il y a toujours des risques dans ces sortes d'entreprises.

— Surtout quand on part sans armes et sans prévoir toutes les éventualités possibles.

— J'étais si absorbé par la sphère!... Nous avons été pris et entraînés.

— Oui, moi, j'ai été pris, voulez-vous dire.

— Oh! moi aussi autant que vous. Comment pouvais-je savoir, quand je me suis mis à travailler à la physique moléculaire, que cela finirait par m'amener ici... ici, entre tous autres endroits?

— C'est cette maudite science! m'écriai-je.

— C'est le diable lui-même: les prêtres et les inquisiteurs du Moyen âge avaient raison, et les modernes ont tort. Vous risquez de petites expériences et l'on vous offre des miracles. Puis, aussitôt que vous y êtes pris, vous êtes bernés et démolis de la façon la plus inattendue. Vieilles passions et nouvelles armes... Tantôt cela bouleverse votre religion, tantôt cela renverse vos idées sociales, ou vous précipite dans la désolation et la misère!... N'importe! Je ne vois pas d'utilité à ce que vous me cherchiez querelle maintenant. Ces créatures... ces Sélénites... de quelque nom qu'on les appelle, nous tiennent pieds et mains liés. Quelle que soit l'humeur qu'il vous plaise d'arborer pour aller jusqu'au bout de la chose, vous êtes bien forcé d'aller jusqu'au bout... nous avons en perspective des expériences qui réclameront tout notre sang-froid.

Il s'arrêta comme s'il eût attendu de

ma part, quelque parole d'assentiment. Mais je persistai dans ma bouderie.

— Au diable votre science! dis-je.

— La question est de savoir de quelle façon communiquer avec eux. Les gestes, je le crains, seront différents. Indiquer les objets par exemple... Il n'y a que les hommes et les singes qui le fassent.

Cette assertion parut, même à un ignorant comme moi, évidemment erronée.

— Mais presque tous les animaux, m'écriai-je, indiquent les objets avec leurs yeux ou leur nez!

Cavor médita un instant sur cette remarque.

— Oui, finit-il par dire. Il y a de telles différences, de telles différences!... On pourrait... Mais comment dire? Il y a la parole. Les bruits qu'ils font, ces sons de flûte ou de fifre..., je ne vois pas comment nous pourrions imiter cela? Est-ce leur langage cette espèce de bruit? Ils peuvent avoir des sens différents, des moyens d'expression et de communication différents. Certes, ils sont des intelligences, et nous sommes aussi des intelligences... Nous devons avoir quelque chose de commun. Qui sait jusqu'à quel point nous pouvons aller dans cette voie?

— Tout cela est en dehors de la question, déclarai-je. Ils sont plus éloignés de nous que le plus étrange des animaux de la terre. Ils sont d'une essence tout autre. A quoi bon parler de la sorte?

Cavor prit un moment de réflexion.

— Je ne suis pas de cet avis. Partout où il y a des intelligences, elles auront quelque chose de similaire..., même si elles se sont développées sur des planètes différentes. Naturellement, si c'était une question d'instinct..., si eux ou nous n'étions que de simples animaux...

— Sont-ils plus que cela? Ils ressemblent beaucoup plus à des fourmis dressées sur leurs pattes de derrière qu'à des êtres humains.. et qui a jamais pu se faire comprendre par les fourmis?

— Mais ces machines et cet habillement! Non! je ne suis pas de votre avis, Bedford. La différence qui nous sépare d'eux est énorme...

— Elle est infranchissable!

— La ressemblance devra servir de pont pour la franchir, en ce cas. Je me rappelle avoir lu une fois une étude du regretté professeur Galton sur les possibilités de communication entre les planètes.

« A cette époque, malheureusement, il ne me paraissait guère probable que cette

AU DIABLE VOTRE SCIENCE.

lecture dût m'être d'aucune utilité matérielle, et je ne lui ai pas donné, je le crains, l'attention qu'il aurait fallu... en vue de cet état de choses... Cependant... Attendez donc! son idée était de commencer avec ces grandes vérités qui doivent se trouver à la base de toute existence mentale et concevable, et d'établir là-dessus un système. On débuterait avec les grands principes de géométrie... Il conseillait de prendre quelqu'une des propositions fondamentales d'Euclide et d'indiquer par sa construction que sa vérité nous est connue: de démontrer, par exemple, que les angles à la base d'un triangle isocèle sont égaux, et que, si l'on prolonge les deux côtés égaux, les angles ainsi formés de l'autre côté de la base sont égaux; ou encore que le carré construit sur l'hypoténuse d'un triangle rectangle est égal à la somme des carrés construits sur les deux autres côtés. En démontrant notre connaissance de ces choses, nous prouverions que nous sommes en possession d'une intelligence raisonnable... Maintenant, supposez que je puisse dessiner une figure géométrique avec un doigt mouillé, ou même la tracer dans l'air...

Il se tut et je méditai ses paroles. Pendant un certain temps, je partageai presque son espoir insensé de communication, d'interpénétration avec ces êtres effrayants. Puis, ce désespoir irrité, dû à mon épuisement et à ma misère physiques, reprit son cours. Je me rendis compte avec une netteté nouvelle et soudaine de l'extraordinaire folie de tout ce que j'avais fait jusqu'alors.

— Imbécile! Oh! imbécile! Ineffable imbécile!... On dirait que tu n'existes que pour accomplir, à chaque instant les pires stupidités!... Pourquoi aussi, nous être écartés de la sphère?... Pour sautiller et gambader à la recherche de brevets et de concessions dans les cratères de la lune!... Si seulement nous avions eu le bon sens de fixer un mouchoir à un bâton pour indiquer l'endroit où nous laissions la sphère!

Je me tus, rageant en silence.

— Il est clair qu'ils sont intelligents, ruminait Cavor. On peut faire certaines hypothèses. Comme ils ne nous ont pas tués tout de suite, ils doivent avoir des intentions clémentes... Clémentes! Restrictives, tout au moins et, qui sait? l'envie d'entrer en relations! Ils peuvent se rencontrer avec nous... Cet appartement et les aperçus que nous avons eus de son gardien... Ces chaînes... Un haut degré d'intelligence...

— Plût au ciel, m'écriai-je, que j'eusse réfléchi à deux fois! Plongeon après plongeon! D'abord un pas de clerc; puis un autre! A cause de ma confiance en vous! Pourquoi ne suis-je pas resté à écrire ma pièce? C'est bien là un tour de ma force. Voilà l'existence pour laquelle j'étais fait! J'aurais pu la finir, cette pièce, j'en suis certain; c'était une excellente pièce. Le scénario était pour ainsi dire terminé! Puis... Imaginez-vous cela! je saute dans la lune! Pratiquement, j'ai gâché ma vie! La vieille aubergiste des environs de Canterbury avait plus de bon sens...

Je levai les yeux et m'arrêtai court. Les ténèbres avaient de nouveau fait place à cette lumière bleuâtre. La porte s'ouvrit et plusieurs Sélénites entrèrent sans bruit dans la pièce. Je ne bougeai plus, fixant l'impassibilité de leurs faces.

Soudain cette impression d'étrangeté désagréable s'était changée en intérêt. Je m'aperçus que le premier et le second de ces êtres portaient des sortes de bols. Nos esprits et les leurs avaient au moins la compréhension commune d'un besoin élémentaire. Les bols étaient d'un métal qui, comme nos chaînes, paraissait noir, dans cette clarté bleuâtre, et chacun d'eux contenait un certain nombre de fragments blanchâtres. Toutes les pensées sombres et la misère qui m'oppressaient se réunirent en un seul désir : la faim. Je vis avec des yeux de loup s'approcher ces bols, et, bien que la chose me soit revenue en rêve, il me sembla alors tout à fait insignifiant qu'il n'y eût pas de main au bout du bras qui tendit un des bols vers moi, mais une sorte de pouce et de moignon assez semblable à l'extrémité d'une trompe d'éléphant.

La matière contenue dans le bol était d'une contexture peu serrée et d'une couleur brun pâle, ressemblant assez à des morceaux de soufflé froid et ayant une vague odeur de champignons. D'après une carcasse de veau lunaire à demi dépecée que nous vîmes peu après, j'incline à croire que la nourriture qu'on nous présenta alors devait être composée de la chair de cet animal.

Nos mains étaient si étroitement liées que je pouvais à peine tenir le bol; mais quand ils virent mes efforts, deux d'entre eux, avec dextérité, desserrèrent d'un tour la chaîne de mes poignets. Leur tentacule fut mol et froid contre ma peau. Je saisis immédiatement une bouchée de nourriture. Cela avait le même manque de consistance qui paraît être la caractéristique de toutes les structures organiques sur la lune; cette viande avait le goût de gaufres ou de meringues, mais ce n'était, en aucune façon, désagréable. J'en pris, coup sur coup, deux autres bouchées.

— J'en avais joliment besoin, fis-je, en mordant dans un morceau plus gros encore.

Pendant un instant nous mangeâmes ainsi sans avoir plus conscience de nous-mêmes. Nous mangeâmes et bientôt nous bûmes, comme des mendiants aux fourneaux gratuits. Jamais, ni auparavant, ni depuis, je n'ai senti une faim aussi dévorante et, si je n'avais pas subi moi-même cette expérience, je n'aurais jamais pu croire qu'à un quart de million de milles de notre monde, dans la plus profonde angoisse, entouré, épié, par des êtres plus grotesques et plus inhumains que les pires créations d'un cauchemar, il me serait possible de manger dans le plus complet oubli de toutes ces choses.

Les Sélénites restaient debout devant nous, nous examinant et faisant, de temps à autre, une sorte de gazouillis tremblotant qui devait, je suppose, leur servir de langage. Je ne frissonnai même pas à leur contact, et, quand la première ardeur de ma faim fut passée, je pus remarquer que Cavor, lui aussi, avait mangé avec le même abandon éhonté.

XIV

ENTRÉE EN RELATIONS.

Quand enfin nous eûmes fini de manger, les Sélénites dénouèrent les liens de nos pieds et les replacèrent de façon à nous donner une relative liberté de mouvements. Ils détachèrent aussi les chaînes qui nous tenaient la taille. Pour tout cela, ils durent nous manier librement et, de temps à autre, leur tête bizarre s'abaissait tout près de ma figure ou un tentacule mou touchait ma tête ou mon cou.

JE VIS S'APPROCHER CES BOLS.

Je ne me souviens pas d'avoir été alors effrayé ou dégoûté de leur proximité. Je pense que notre incurable anthropomorphisme nous faisait imaginer des têtes humaines à l'intérieur de ces masques crustacés. La peau, comme tout le reste d'ailleurs, semblait bleuâtre, mais c'était l'effet de la lumière, et elle avait un aspect dur et brillant, fort semblable à des élytres d'insecte et non pas douce, moite ou poilue comme le serait celle d'un animal vertébré. Autour de leur tête était une rangée basse d'épines blanchâtres allant d'arrière en avant, et une seconde rangée beaucoup plus large s'incurvait de chaque côté, au-dessus des yeux.

J'APERÇUS UN GROUPE ASSEZ NOMBREUX DE SÉLÉNITES.

Le Sélénite qui me détacha se servit de sa bouche pour aider ses mains.

— On dirait qu'ils veulent nous relâcher, dit Cavor. Attention! Nous sommes sur la lune : ne faites pas de mouvements soudains!

— Est-ce que vous allez essayer votre géométrie?

— Si j'ai une occasion propice. Mais il se peut aussi qu'ils nous fassent les premiers des avances.

Nous demeurâmes passifs, et les Sélénites, ayant terminé leurs arrangements, firent quelques pas en arrière et parurent nous examiner. Je dis qu'ils parurent le faire, parce que, leurs yeux se trouvant sur le côté et non pas de front, on avait, pour déterminer la direction dans laquelle ils regardaient, la même difficulté qu'on aurait eue s'il se fût agi d'une poule ou d'un poisson. Ils conversaient entre eux, avec ces bruits qu'il me paraissait impossible d'imiter ou de définir. La porte, derrière nous, s'ouvrit plus grande, et, jetant un regard par-dessus mon épaule, j'aperçus, au delà, un vague et large espace dans lequel se tenait un groupe assez nombreux de Sélénites.

— Est-ce qu'ils veulent que nous imitions ces bruits? demandai-je à Cavor.

— Je ne le pense pas, répondit-il.

— Il me semble qu'ils essayent de nous faire comprendre quelque chose.

— Je ne puis rien deviner à leurs gestes. Avez-vous remarqué celui qui se démanche la tête comme un homme qui aurait un faux col gênant?

— Faisons-lui aussi des signes de tête.

Nous gesticulâmes de la même façon,

mais, voyant que cela ne produisait aucun effet, nous tentâmes une imitation des mouvements des Sélénites. Cela parut les intéresser. En tout cas, ils refirent tous le même mouvement; mais, comme cela ne menait à rien, nous y renonçâmes; à la fin, ils cessèrent aussi et se livrèrent entre eux à une discussion animée. Alors l'un d'eux, un peu plus court et un peu plus épais que les autres, et muni d'une bouche particulièrement large, s'accroupit soudainement auprès de Cavor, mit ses mains et ses pieds dans la même posture que ceux de Cavor, puis, par un adroit mouvement, se releva.

— Cavor! criai-je, ils veulent que nous nous relevions.

Il me regarda ébahi, la bouche ouverte.

— Mais oui! C'est cela! fit-il.

Avec maints efforts et maints gémissements, gênés par nos mains liées, nous réussîmes à nous mettre sur pied. Les Sélénites s'écartèrent pour faire place à nos efforts, et parurent gazouiller avec plus de volubilité. Aussitôt que nous fûmes debout, le Sélénite corpulent s'approcha, toucha tour à tour nos figures avec ses tentacules et s'avança du côté de la porte ouverte. La signification de ce geste était assez évidente et nous le suivîmes.

Nous remarquâmes que quatre des Sélénites qui se trouvaient sur le seuil étaient d'une taille plus élevée et vêtus de la même façon que ceux que nous avions vu dans le cratère, c'est-à-dire avec des casques ronds et garnis de pointes et des sortes de justaucorps cylindriques; chacun d'eux portait un aiguillon dont la pointe et la garde étaient faites du même métal terne que les bols. Ces quatre êtres vinrent se placer de chaque côté de nous au moment où nous sortîmes de notre chambre pour pénétrer dans la caverne d'où venait la lumière.

Nous ne pûmes nous faire immédiatement une idée de cette caverne. Notre attention était accaparée par les mouvements et les attitudes des Sélénites qui nous entouraient et par la nécessité de contrôler nos mouvements dans la crainte d'alarmer nos gardiens par quelque enjambée excessive. Devant nous, marchait le Sélénite court et corpulent qui avait résolu le problème de nous faire lever, il se livrait à des gesticulations qui nous paraissaient presque toutes intelligibles et il nous invitait à le suivre. Sa figure, en forme d'auget, allait de l'un à l'autre de nous d'une façon qui était évidemment interrogative et nous fûmes pendant un certain temps absorbés par toutes ces choses.

Mais enfin, le vaste endroit qui formait l'arrière-plan de nos mouvements se précisa à nos regards. Il devint apparent que la source d'une grande partie de ce tumulte de sons, qui emplissait nos oreilles depuis qu'avait cessé l'ivresse stupéfiante des champignons, était une énorme agglomération de machines en pleine activité, dont les parties volantes et tournantes s'apercevaient indistinctement au-dessus des têtes et entre les corps des Sélénites qui marchaient autour de nous. Non seulement, le réseau qui emplissait l'air provenait de ce mécanisme, mais aussi la singulière lumière bleue qui se répandait en tout sens. Nous avions accepté comme une chose naturelle qu'une caverne souterraine fût artificiellement éclairée, et, à ce moment même, bien que le fait fût évident à mes yeux, je n'en compris réellement l'importance que, lorsqu'au bout de peu de temps nous fûmes arrivés dans une zone de ténèbres.

Je ne saurais expliquer l'usage et la structure de ces immenses appareils, parce que ni l'un ni l'autre de nous n'apprit à quoi ils servaient, ni comment ils fonctionnaient. L'une après l'autre, de grandes tiges de métal jaillissaient du centre vers en haut, les extrémités décrivant, me semble-t-il une ligne parabolique; chacune de ces tiges laissait tomber, en atteignant le sommet de sa course, une sorte de bras ballant, qu'elle plongeait dans un cylindre vertical en le chassant avec force. Au moment où chacun de ces bras plongeait, il se produisait un bruit sourd suivi d'un ronflement et hors du cylindre vertical, cette substance incandescente qui éclairait l'endroit débordait et se déversait, comme du lait bouillant au-dessus d'un pot, et tombait par flaques lumineuses dans un réservoir placé au-dessous. C'était une lumière froide et bleue avec une sorte d'éclat phosphorescent, mais infiniment brillant, et, des réservoirs qui la recevaient, elle s'écoulait par des conduits à travers la caverne.

Régulièrement jaillissaient les bras de cet incompréhensible appareil et la substance lumineuse sifflait et se déversait. Tout d'abord, la chose me parut de dimensions raisonnables et assez proche de nous; mais je remarquai combien, en comparaison, les Sélénites paraissaient petits et je me fis une idée de l'immensité réelle de la machine et de la caverne. De cet extraordinaire engin, mes yeux revinrent aux faces des Sélénites pour lesquels je me sentis des égards nouveaux. Je m'arrêtai, Cavor en fit autant et nous contemplâmes ces formidables balanciers.

— Mais c'est prodigieux! m'écriai-je. A quoi cela peut-il servir?

La figure de Cavor exprimait la plus respectueuse considération.

— Je n'y comprends rien; assurément, ces êtres sont... Les hommes n'auraient pu faire rien de semblable! Regardez de quelle façon ces manivelles sont montées sur des bielles d'assemblage!

Le Sélénite corpulent avait fait quelques pas sans que nous y ayons pris garde. Il revint en arrière et se plaça entre nous et la grande machine. J'évitai de le regarder, parce que je devinais que son idée devait être de nous faire signe de continuer à marcher. Il repartit dans la direction qu'il voulait nous voir suivre, se retourna, revint et nous toucha la joue pour attirer notre attention.

Mes regards rencontrèrent ceux de Cavor.

— Ne pouvons-nous pas lui montrer que nous sommes intéressés par cette machine? demandai-je.

— Si, répondit Cavor, nous allons essayer.

Il se tourna vers notre guide, sourit, indiqua la machine, recommença ses gestes, mit un doigt sur son front, et indiqua de nouveau la machine. Par quelque aberration d'esprit, il parut s'imaginer qu'une sorte de baragouin pourrait suppléer à cette mimique.

— Moi regarder ça, moi pense ça très fort, oui!

Cette manière d'agir sembla arrêter un instant les Sélénites dans leur désir de nous faire avancer. Ils tournaient leurs faces les unes vers les autres, leur têtes bizarres s'agitaient, les voix sifflotantes gazouillaient, rapides et liquides. Alors l'un d'eux, grande créature maigre, ayant, en plus du vêtement que portaient aussi les autres, une sorte de manteau, enroula son espèce de trompe autour de la taille de Cavor et l'entraina doucement à la suite de notre guide qui se remit en marche.

Cavor résista.

— Nous pouvons aussi bien commencer à nous expliquer maintenant. Ils pourraient bien penser que nous sommes une nouvelle espèce d'animaux, un nouveau genre de veau lunaire, peut-être. Il est de toute importance que nous fassions preuve, dès le début d'un intérêt intelligent.

— Non! non! criait-il. Moi pas venir de suite, moi regarder ça.

— N'y aurait-il pas quelque théorème géométrique que vous puissiez expliquer à propos de cette affaire? suggérai-je, tandis que les Sélénites conféraient de nouveau entre eux.

— Il se pourrait qu'une parabole... commença-t-il.

Soudain, il poussa un cri et fit un saut de plus de six pieds.

L'un des quatre Sélénites armés l'avait piqué avec son aiguillon!

Je me tournai, faisant un rapide geste de menace vers le porte-aiguillon qui me suivait et il recula brusquement. Ce geste, ainsi que le cri et le bond soudain de Cavor étonnèrent les Sélénites. Ils s'écartèrent en hâte, tendant vers nous leur face à l'expression stupide et immobile. Pendant un de ces moments qui semblent n'avoir jamais de fin, nous restâmes dans une attitude de protestation irritée, affrontant un demi-cercle de ces êtres inhumains.

— Il m'a piqué! dit Cavor avec un sanglot dans la voix.

— Je l'ai vu! répondis-je. Ah! mais non! commençai-je en m'adressant au Sélénite, nous ne voulons pas de cela! Pour qui diable nous prenez-vous?

Je jetai promptement un coup d'œil de droite et de gauche. Au plus loin du bleu désert de la caverne, je vis une quantité d'autres Sélénites arriver en courant vers nous.

La caverne s'étendait, large et basse, et reculait dans toutes les directions jusqu'aux ténèbres. Son plafond, je me le rappelle, semblait bombé comme s'il eût fléchi sous le poids de la vaste épaisseur de roc qui nous emprisonnait. Il n'y avait aucun moyen d'en sortir, aucun! Dessus, dessous, en tout sens était l'inconnu et nous nous trouvions — hommes sans défense — entourés de ces créatures inhumaines, armées d'aiguillons qu'elles brandissaient.

XV

LA PASSERELLE VERTIGINEUSE.

Cette pause hostile dura un court instant. Je suppose que les Sélénites eurent, comme nous, quelques pensées très rapides. Mon impression la plus claire fut qu'il n'y avait rien contre quoi je puisse m'adosser et que nous allions sûrement être entourés et tués. L'absolue folie de notre présence en cet endroit m'accabla comme un reproche énorme et noir. Pourquoi m'étais-je lancé dans cette expédition insensée?

Cavor s'approcha de moi et posa sa main sur mon bras. Sa face pâle et terrifiée était effrayante dans cette lumière bleue.

— Nous ne pouvons rien faire! dit-il. C'est une erreur. Ils ne comprennent pas. Il nous faut les suivre où ils veulent nous emmener.

Je le considérai un instant, puis mes regards se tournèrent de nouveau vers les Sélénites qui venaient à la rescousse.

— Si j'avais mes mains libres...

— C'est inutile! fit-il, pantelant.

— Inutile!...

— Suivons-les.

Il tourna les talons et prit les devants dans la direction qui nous avait été indiquée.

Je lui emboîtai le pas, essayant de paraître aussi soumis que possible et tâtant les chaînes qui me liaient les poignets. Mon sang bouillait. Je ne remarquai plus rien de cette caverne, bien qu'il ait dû s'écouler un long espace de temps avant que nous fussions parvenus à l'autre bout, ou, du moins, si je remarquai quelque chose, je l'oubliai en le voyant. Mes pensées étaient, je suppose, toutes concentrées sur mes chaînes et sur les Sélénites, en particulier sur ceux qui portaient les casques et les aiguillons. D'abord, ils marchèrent à côté de nous à une distance respectueuse, mais bientôt trois autres vinrent se joindre à eux et les premiers se rapprochèrent alors jusqu'à ne plus être qu'à portée de la main. En les voyant si près, j'eus un mouvement d'inquiétude. Le Sélénite court et corpulent marcha d'abord à notre droite, mais il reprit bientôt sa place devant nous.

Avec quelle netteté l'image de ce groupe s'est imprimée dans mon cerveau : le derrière de la tête baissée de Cavor juste devant moi, ses épaules affaissées, le visage béant de notre guide qui s'agitait en tout sens, les porteurs d'aiguillons de chaque côté, vigilants et la bouche ouverte, dans un bleu monochrome.

Pourtant, j'ai effectivement un autre souvenir en dehors de mes impressions purement personnelles : une sorte de caniveau traversait le sol de la caverne et venait courir au long du sentier rocheux que nous suivions. Il était plein de cette même matière lumineuse et d'un bleu brillant qui jaillissait de la grande machine. Je suivais le bord de ce ruisseau et je puis témoigner que le liquide bleu n'irradiait aucune chaleur. Il avait un éclat brillant et n'était cependant ni plus froid ni plus chaud que le reste de ce qui se trouvait dans la caverne.

Nous passâmes juste au-dessous des leviers haletants d'une autre vaste machine, et nous arrivâmes à un large tunnel dans lequel résonna très fort le bruit que faisaient nos pieds sans souliers; à part le mince ruissellement de bleu sur notre droite, la voûte n'était nullement éclairée.

Il me sembla que nous suivîmes ce chemin pendant fort longtemps. Le filet de lumière ruisselait très doucement et le bruit de nos pas et leur écho faisaient une sorte de barbotement irrégulier. Mon esprit se fixa sur le problème de mes chaînes.

« Si je pouvais faire glisser un tour en ce sens, puis le tordre ainsi... Si j'essayais cela graduellement, s'apercevraient-ils que je délivrerais mon poing du tour de chaîne le moins serré?... S'ils s'en apercevaient, que feraient-ils? »

— Bedford! s'écria Cavor, cela descend. Cela ne cesse pas de descendre.

Sa remarque m'arracha à ma sombre préoccupation.

— S'ils avaient voulu nous tuer, continua-t-il, ralentissant le pas pour marcher au même niveau que moi, il n'y a pas de raison pour qu'ils ne l'eussent fait encore.

— Non, c'est vrai! dus-je admettre.

— Ils ne nous comprennent pas, reprit-il; ils pensent que nous sommes simplement des animaux étranges..., quelque espèce sauvage de veaux lunaires, peut-être. Ce sera seulement quand ils nous auront mieux observés qu'ils commenceront à croire que nous avons des esprits...

— Quand vous tracerez vos problèmes géométriques, fis-je.

— Cela se peut.

Nous continuâmes à traîner la jambe pendant quelque temps encore.

— D'ailleurs, vous comprenez, reprit Cavor, ceux-ci peuvent être des Sélénites d'une classe inférieure.

— Les satanés idiots! répliquai-je en jetant un regard haineux vers leurs faces exaspérantes.

soufflerait du côté obscur de la lune vers le côté éclairé et tout l'acide carbonique s'exhalerait par là pour nourrir ces plantes. Au haut de ce tunnel, par exemple, on sent une véritable brise. Et quel monde ce doit être! L'avant-goût que nous donnent ces puits et ces machines...

— Et l'aiguillon! remarquai-je, n'oubliez pas l'aiguillon!

Pendant quelque temps, il marcha un peu en avant.

LE FILET DE LUMIÈRE RUISSELAIT TRÈS DOUCEMENT.

— Si nous endurons ce qu'il nous font...

— Nous y sommes bien forcés! interrompis-je.

— Il peut y en avoir d'autres moins stupides. Ceci n'est que la couche extérieure de leur monde. Il doit s'enfoncer, s'enfoncer, par des cavernes, des passages, des tunnels, jusqu'à la mer, enfin!... à des centaines de milles plus bas!

Ces mots me firent songer à ce mille de rochers et de tunnels qui devait déjà sans doute s'entasser au-dessus de nos têtes; ce fût comme un fardeau qui s'appesantit sur mes épaules.

— Loin du soleil et de l'air, fis-je, une mine qui n'a qu'un demi-mille de profondeur est suffocante.

— Ce ne l'est pas ici, en tout cas... Il est probable que... La ventilation! L'air

— Et même cet aiguillon... recommença-t-il.

— Eh bien?

— J'étais furieux sur le moment. Mais... il est peut-être nécessaire que nous persévérions. Ils ont une peau différente et probablement aussi des nerfs différents. Il se peut qu'ils ne comprennent pas notre objection à être traités de la sorte... Tout comme un habitant de Mars pourrait ne pas goûter notre habitude de nous pousser du coude.

— Ils feront bien de prendre garde à la façon dont ils me pousseront du coude!

— Et pour la géométrie, ils procèdent après tout d'une façon intelligente, commençant avec les éléments de la vie et non de la pensée, la nourriture, la contrainte, la douleur. Ils s'adressent aux principes fondamentaux.

— Il n'y a pas de doute là-dessus, fis-je.

Il continua à parler du monde grandiose et prodigieux dans lequel nous nous enfoncions.

J'ai oublié beaucoup de ce qu'il disait, car mon attention était absorbée par ce fait que le tunnel que nous suivions s'élargissait de plus en plus. Il semblait, d'après la sensation causée par l'air, que nous arrivions dans un espace plus vaste; mais nous ne pouvions nous rendre compte de ses dimensions, parce qu'il n'était pas éclairé. Notre petit ruisseau de lumière se prolongeait en un filet aminci qui s'évanouissait loin devant nous. Bientôt nos regards n'aperçurent plus les parois rocheuses. On ne pouvait voir autre chose que le sentier qui se déroulait sous nos pas et le ruisselet de phosphorescence bleue.

Bientôt je m'aperçus que nous approchions d'une déclivité, car la rigole de liquide bleu plongeait brusquement hors de vue.

Au même moment, sembla-t-il, nous eûmes atteint le bord. Le ruisseau brillant faisait un méandre, hésitait, puis se précipitait à une profondeur dans laquelle le bruit de sa chute se perdait absolument pour nous, et l'obscurité du gouffre où il tombait semblait vide et impénétrable, sauf une forme semblable à une passerelle qui se projetait, quittait le bord, s'effaçait et allait se perdre dans les ténèbres.

Un instant, Cavor et moi restâmes aussi près du bord que nous l'osions cherchant à distinguer quelque chose dans cette insondable profondeur.

Alors notre guide vint nous tirer le bras; puis, il nous laissa, s'avança jusqu'à la passerelle et s'engagea dessus en regardant en arrière. Quand il vit que nous l'observions, il se retourna et continua d'avancer, marchant avec autant de sécurité que s'il eût été sur la terre ferme. Sa silhouette resta un instant distincte, devint une tache bleue, puis s'évanouit. Il y eut une pause.

— Oui, certainement... articula Cavor.

Un autre Sélénite fit aussi quelques pas au-dessus de l'abîme et se retourna de notre côté avec son expression indifférente. Les autres semblaient prêts à s'y engager derrière nous. La face expectante de notre guide reparut : il venait voir pourquoi nous ne l'avions pas suivi.

— Nous ne pouvons traverser cela à aucun prix! déclarai-je.

— Je ne pourrais faire trois pas là-dessus, même si j'avais les mains libres, déclara à son tour Cavor.

Avec une morne consternation, nous considérâmes mutuellement nos figures tirées.

— Ils ne doivent pas savoir ce que c'est que le vertige, reprit Cavor.

— Il nous est absolument impossible de nous tenir en équilibre sur cette planche.

— Je ne crois pas qu'ils voient les choses comme nous. Je les ai observés et je me demande s'ils savent que cela n'est simplement pour nous que de l'obscurité. Comment pourrions-nous le leur faire comprendre?

— En tout cas, il faut essayer à toute force!

Je crois que nous échangeâmes à haute voix ces diverses considérations dans le vague espoir que les Sélénites pourraient, d'une façon ou d'une autre, se douter de ce que nous disions. Je savais tout à fait clairement que la seule chose nécessaire était une explication. Mais quand je vis leurs têtes sans visage expressif, je me rendis parfaitement compte qu'une explication était impossible. C'était là que nos ressemblances ne pouvaient rejoindre nos différences! N'importe! Je n'allais sûrement pas m'aventurer sur cette passerelle. Je fis très rapidement glisser ma main hors du tour de chaîne peu serré et je commençai à tordre mes poignets dans le sens opposé. J'étais le plus proche du pont et, au même moment, deux Sélénites me saisirent en me poussant doucement vers le gouffre. Je secouai violemment la tête.

— Pas de ça! m'écriai-je. C'est inutile! Vous ne comprenez rien.

Un autre Sélénite vint joindre ses efforts à ceux des autres et je fus contraint d'avancer.

— Attention! criai-je. Lâchez tout ou gare à vous! Ces tours-là vous sont faciles, mais...

Je fis une brusque volte-face et j'éclatai en malédictions, car l'un des Sélénites armés m'avait frappé dans le dos avec son aiguillon. J'arrachai mes poignets hors de l'étreinte des petits tentacules et je me tournai vers le porte-aiguillon.

— Espèce de brute! Je vous ai prévenu pourtant! De quoi diable pensez-vous que je sois fait pour m'enfoncer cela dans la peau? Si vous me retouchez encore...

En manière de réponse, il me piqua une seconde fois.

J'entendis la voix de Cavor exprimant son alarme et ses instances. Je crois qu'il voulait, même alors, transiger avec ces créatures. Mais cette seconde blessure sembla rendre la liberté à une réserve d'énergie accumulée en moi. Immédiatement, je rompis net un anneau de ma chaîne, et en même temps disparurent

MA MAIN SEMBLA PASSER A TRAVERS CE CORPS.

toutes les considérations qui nous laissaient sans résistance dans les mains de ces êtres lunaires. Pendant une seconde au moins, je fus affolé de crainte et de colère et ne pensai nullement aux conséquences. Ma chaîne enroulée autour de mon poing, je frappai droit devant moi, en pleine face, le monstre à l'aiguillon.

Alors se produisit une de ces horribles surprises dont le monde lunaire est plein...

Ma main ainsi cuirassée sembla passer à travers ce corps qui se brisa comme un œuf. On eût dit que j'avais frappé sur une de ces pâtisseries à croûte dure qui renferme du liquide. Cela céda sous mon poing et le corps sans consistance tourna et trébucha pendant une douzaine de mètres et s'affaissa comme une masse flasque. Ma stupéfaction fut extrême, car je ne croyais pas qu'une chose vivante pût être aussi peu solide et j'aurais pu aisément me figurer que j'étais le jouet d'un rêve.

Mais tout cela redevint réel et imminent. Cavor ni les autres Sélénites ne semblaient avoir bougé entre le moment où j'avais fait volte-face et celui où le Sélénite frappé était allé s'abattre sur le sol. Tous ces êtres en alerte s'écartèrent de nous, et ce moment d'arrêt dura au moins quelques secondes après l'affaissement du Sélénite. Tous devaient s'efforcer de comprendre et je me rappelle que je restai debout, le bras demi-replié, essayant aussi de comprendre.

« Et ensuite ? Et ensuite ? » était la question qui m'étourdissait le cerveau.

Puis soudain, tout se mit en branle. Je vis qu'il nous fallait détacher nos chaînes, mais qu'avant de le faire nous devions mettre en déroute ces Sélénites. Je me tournai vers le groupe des trois porte-aiguillons. Sans attendre, l'un deux me lança son arme qui siffla au-dessus de ma tête et alla tomber derrière moi, dans l'abîme sans doute.

Au moment où l'arme passa au-dessus de moi, je bondis de toutes mes forces sur le Sélénite. Quand il me vit prendre mon élan, il fit un demi-tour pour s'enfuir, mais je le renversai à terre, tombai droit sur lui, glissai sur son corps fracassé et culbutai.

Je me remis sur mon séant et, de tous les côtés, les dos bleus des Sélénites reculaient dans l'ombre. Je forçai un chaînon et je détachai l'entrave de mes chevilles; je me redressai aussitôt, ces liens dans mes mains. Un autre aiguillon, lancé comme une javeline, siffla auprès de moi et je fis mine de me précipiter vers les ténèbres d'où il était sorti. Après quoi, je revins vers Cavor, qui était resté auprès du gouffre, à la clarté du ruisseau lumineux, faisant des efforts convulsifs pour libérer ses poignets.

— En avant! par ici! m'écriai-je.

— Mes mains! répondit-il.

Puis comprenant que je n'osais pas courir vers lui dans la crainte que mes sauts mal calculés pussent m'emporter par delà le bord, il vint d'un pas traînant, les bras étendus; je saisis ses chaînes pour les détacher.

— Où sont-ils? me demanda le pauvre homme d'un ton pantelant.

— Enfuis! mais ils reviendront!... Ils lancent des choses... De quel côté allons-nous?

— Du côté de la lumière, vers le tunnel, hein?

— Oui! répondis-je au moment où je parvenais à délivrer ses mains.

Je me mis à genoux pour attaquer les entraves de ses chevilles. Quelque chose, je ne sais quoi, vint tomber dans le ruisselet livide en lançant des éclaboussures tout autour de nous. Au loin, sur notre droite, un gazouillis et des sifflements commencèrent. Ayant alors dénoué la chaîne des pieds de Cavor, je la lui plaçai dans les mains.

— Frappez avec cela! dis-je.

Sans attendre sa réponse, je me lançai à grands bonds au long du sentier par lequel nous étions venus. J'entendais derrière moi le bruit sourd de ses pas chaque fois qu'il touchait terre.

Nous avancions avec des enjambées énormes. Mais cette façon de courir, on peut aisément le comprendre, était absolument différente de ce qu'est une course sur terre. Ici-bas, on se lance et presque instantanément on reprend contact avec le sol; mais sur la lune, à cause de la pesanteur plus faible, on partait à travers l'air pendant quelques secondes avant de retoucher le sol. En dépit de notre hâte violente, cela nous faisait l'effet de longues pauses, de pauses pendant lesquelles on aurait pu compter jusqu'à sept ou huit. Un coup de jarret et l'on prenait son essor. Pendant ces intervalles, toutes sortes de questions me traversaient l'esprit: « Où sont les Sélénites? Que vont-ils faire? Parviendrons-nous jamais à ce tunnel? Cavor est-il encore loin en arrière? N'y a-t-il pas de danger qu'ils lui coupent la route? »

Je touchais le sol, je me lançais et je partais pour un nouvel élan. Je vis un Sélénite qui s'enfuyait devant moi, ses jambes se mouvant exactement comme celles d'un homme sur la terre! Je le vis, me semble-t-il, regarder par-dessus son épaule et l'entendis pousser un cri aigu au moment où il disparaissait de mon chemin en s'enfonçant de côté dans les ténèbres. C'était, je crois, notre guide, mais je n'en suis pas sûr.

Alors, après une autre vaste enjambée, les parois rocheuses reparurent à notre droite et à notre gauche; deux pas encore et je me trouvai dans le tunnel, modérant mon allure à cause de la voûte qui était peu élevée. J'arrivai à un coude où je m'arrêtai. Je me retournai et Cavor apparut bientôt, barbotant à chaque pas dans le ruisseau de lumière bleue et, se précisant peu à peu, il vint trébucher contre moi. Nous nous cramponnâmes l'un à l'autre. Pour un moment, au moins, nous avions échappé à nos gardiens et nous nous trouvions seuls.

Nous étions hors d'haleine et nous parlâmes par phrases entrecoupées et haletantes.

— Qu'allons-nous faire?

— Nous cacher!

— Où?

— Dans une de ces cavernes latérales.

— Et après?

— Nous réfléchirons.

— Très bien! en avant!

Nous nous remîmes en route et arrivâmes bientôt dans une caverne vaguement éclairée, d'où partaient en tout sens des galeries; Cavor était en avant. Il hésita et choisit une ouverture noire qui semblait promettre une bonne cachette. Il s'avança dans cette direction et se retourna.

— C'est tout à fait obscur, dit-il.

— Vos jambes et vos pieds nous éclaireront. Vous êtes tout trempé de ce liquide lumineux.

— Mais...

Un tumulte de sons et, en particulier, un bruit qui semblait être le raisonnement d'un gong devint distinct du côté du tunnel principal. Nous eûmes un instant l'horrible suggestion d'une poursuite tumultueuse. Nous décampâmes immédiatement du côté de la caverne ténébreuse et notre course était éclairée par la phosphorescence des jambes de Cavor.

— Il est heureux, fis-je, qu'ils nous aient pris nos chaussures, sans quoi nous ferions un vacarme épouvantable.

Nous continuâmes à courir, prenant des élans aussi modérés que possible, de peur de heurter le plafond de la caverne. Au bout d'un instant, il sembla que nous avions pris de l'avance sur le tumulte qui s'assourdit, diminua et cessa.

Je m'arrêtai pour jeter un coup d'œil en arrière et j'entendis s'éloigner le bruit des pas de Cavor. Puis il s'arrêta aussi.

— Bedford, chuchota-t-il, il y a une sorte de lumière devant nous.

Je regardai et, tout d'abord, je ne pus rien voir. Puis j'aperçus sa tête et ses épaules faiblement silhouettées contre une obscurité moins épaisse. Je vis aussi que ces ténèbres mitigées n'étaient pas bleuâtres comme l'avaient été toutes les clartés de l'intérieur de la lune, mais d'un gris pâle, d'une pâleur très vague et très faible, la couleur de la lumière du jour. Cavor remarqua cette différence aussitôt, ou même plus tôt que moi, et je pense que cela l'emplit aussi du même espoir désordonné.

— Bedford! murmura-t-il d'une voix qui tremblait, Bedford!... Cette lumière... Serait-ce possible?...

Il n'osa pas formuler ce qu'il espérait et nous gardâmes l'un et l'autre le silence. Soudain, d'après le bruit de ses pas, je compris qu'il se remettait en marche vers cette pâleur.

Je le suivis, le cœur battant à tout rompre.

XVI

POINTS DE VUE

A mesure que nous avancions, la clarté devenait de plus en plus nette. En peu de temps, elle fut presque aussi vive que la phosphorescence des jambes de Cavor. Notre tunnel s'agrandissait en une caverne, de l'extrémité de laquelle venait cette lumière nouvelle. Quelque chose que j'aperçus surexcita toutes mes espérances.

— Cavor! cela vient d'en haut! Je suis sûr cela vient d'en haut.

Il ne répondit pas, mais accéléra son allure.

C'était indiscutable une clarté grise, une lumière argentée.

L'instant d'après, nous nous trouvions au-dessous. La lueur filtrait à travers une crevasse du plafond et, tandis que je regardais, la tête *en l'air*, jusqu'où allait cette fente, une énorme goutte d'eau me tomba à la figure. Je tressaillis et m'écartai vivement... Toc, la chute d'une autre goutte s'étendit distinctement sur le sol rocheux.

— Cavor! si l'un de nous soulève l'autre, on pourra atteindre cette fissure.

— Je vais vous soulever, me dit-il, et, immédiatement, il me haussa comme si je n'avais pas plus pesé qu'un enfant.

Je passai un bras dans la crevasse et, juste au bout de mes doigts, je trouvai un petit rebord auquel je pus m'accrocher. La lumière blanche était, à présent, beaucoup plus brillante. Avec deux doigts, je me soulevai presque sans effort, bien que sur terre, mon poids fût de soixante-quinze kilos; j'atteignis un recoin plus élevé de la roche et, de cette façon, j'installais mes pieds sur l'étroit rebord. J'étendis les bras et j'explorai le roc en tâtonnant avec les mains : la fente s'élargissait graduellement.

— On peut grimper, dis-je à Cavor, vous allez sauter après mon bras que je vous tend.

Je me calai entre les parois, posai un pied et un genou sur le rebord et abaissai ma main autant que je pus. Je ne voyais pas Cavor, mais j'entendis le léger bruit qu'il fit en s'accroupissant pour sauter. D'un seul élan, il vint, pas plus lourd qu'un chat se cramponner à mon bras. Je le tirai jusqu'à ce qu'il eût une main sur le rebord.

— C'est renversant! remarquai-je. Tout le monde pourrait être alpiniste dans la lune.

Sans plus tarder, je commençai vivement l'escalade. Pendant quelques minutes, je gravis la pente avec entrain, puis je levai de nouveau la tête. La fissure s'agrandissait d'une façon continue et la clarté devenait plus brillante. Seulement... ce n'était pas la lumière du jour.

Au bout d'un moment, je pus m'en rendre compte, et, à cette vue, mon désappointement fut tel que je me serais bien cogné la tête contre le roc. J'apercevais seulement un espace ouvert, descendant en pente irrégulière, sur lequel croissait une forêt de petits champignons, en forme de massue, dont chacun rayonnait cette lumière argentée et rosâtre. Un instant, je restai les yeux fixés sur leur éclat adouci, puis je m'élançai sur la plate-forme. J'en arrachai une demi-douzaine et les lançai contre la paroi; enfin, je m'assis, éclatant d'un rire amer, et, à ce moment, la tête rousse de Cavor émergeait.

— C'est encore cette maudite phosphorescence! dis-je. Pas besoin de tant se presser. Prenez un siége et faites comme chez vous.

Tandis qu'il se mettait à bredouiller sa désillusion, je m'amusais à faire tomber dans la fissure des poignées de ces végétaux.

— J'avais cru que c'était la clarté du soleil! dit-il piteusement.

— La clarté du soleil! m'écriai-je. L'aurore, le couchant, les nuages et les cieux orageux! Les reverrons-nous jamais?

Tandis que je parlais, tout un tableau de notre monde semblait s'élever devant mes yeux, brillant minuscule et clair comme l'arrière-plan de certaines peintures italiennes.

LA TÊTE ROUSSE DE CAVOR ÉMERGEAIT.

— Le ciel qui change, la mer qui bouge, les collines et les arbres verts, les villes et les cités resplendissant sous le soleil... Pensez, Cavor, pensez à des toits humides sous les feux du couchant!... Pensez aux fenêtres qui scintillent en reflétant l'incendie du ciel!...

Il ne me répondit rien.

— Et nous voilà blottis et terrés dans cette sale planète qui n'est pas un monde, avec son océan d'encre caché dans les abominables ténèbres de l'intérieur et, à la surface, ce jour torride et ce silence mortel des nuits. Et toutes ces choses qui nous pourchassent maintenant, ces horribles êtres de cuir, hommes-insectes et créatures de cauchemar! Après tout, ils ont raison! Qu'avons-nous à faire ici, à les briser en mille morceaux et à apporter le désordre chez eux? Autant que nous pouvons le supposer, la planète tout entière doit être déjà à nos trousses. A chaque minute, nous pouvons entendre leurs pleurnichements et le bruit de leurs gongs. Qu'allons-nous faire? Où allons-nous aller? Nous sommes ici à peu près comme des serpents dans une villa de banlieue...

— C'est votre faute, dit Cavor.

— Ma faute! hurlai-je. Ah! Seigneur!

— J'avais mon idée.

— Que le diable soit de vos idées!

— Si nous nous étions obstinés à ne pas bouger...

— Avec ces aiguillons?...

— Oui... Eh! bien, ils nous auraient portés.

— Par-dessus ce pont?

— Oui. Ils auraient bien été forcés de nous porter.

— J'aimerais mieux être porté par une mouche au long d'un plafond. Ah! oui, alors!

Je me remis à ma destruction des champignons. Soudain, une constatation inattendue me laissa stupéfait.

— Cavor! dis-je, ces chaînes sont en or!

La tête dans ses mains, il était plongé dans de profondes réflexions. Il se tourna lentement vers moi, me fixa, puis, quand j'eus répété ma phrase, il abaissa ses regards sur la chaîne tordue qui lui entourait le poignet droit.

— Mais oui!... Mais oui! En effet!

Sa figure perdit presque aussitôt la passagère expression d'intérêt qu'elle avait eue. Il hésita un instant, puis s'embarqua de nouveau dans sa méditation interrompue. Pendant longtemps, je fus étonné de n'avoir pas plus tôt observé ce fait et je finis par réfléchir que la lumière bleuâtre qui nous avait jusque-là éclairés avait altéré à nos yeux la couleur du métal. Dès que j'eus fait cette découverte, mes pensées suivirent un cours qui m'entraîna fort loin. J'oubliai que je venais de demander, quelques minutes plus tôt, ce que nous avions à faire dans la lune.

— De l'or!...

Ce fut Cavor qui parla le premier.

— Il me semble que nous avons deux voies à suivre...

— Lesquelles?

— Ou il faut essayer de nous frayer un chemin, de vive force, au besoin, jusqu'à l'extérieur et chercher la sphère jusqu'à ce que nous la trouvions, ou que le froid de la nuit lunaire vienne nous tuer, ou bien...

Il se tut.

— Ou bien? fis-je, à peu près certain de ce qui allait suivre.

— Ou bien nous pourrions tenter une fois de plus d'établir quelque sorte de relations avec ces gens de la lune.

— Pour ce qui me concerne, la première alternative est la bonne.

— J'hésite...

— Pas moi.

— Vous comprenez, dit Cavor, je ne pense pas que nous puissions juger les Sélénites par ce que nous avons déjà vu d'eux. Leur monde central, leur monde civilisé doit se trouver beaucoup plus loin, dans les profondeurs qui avoisinent leur mer. Cette région de la croûte, dans laquelle nous nous trouvons, n'est qu'un district frontière, une région pastorale. En tout cas, c'est là mon interprétation. Ces Sélénites, que nous avons vus, peuvent n'être que l'équivalent de nos bergers ou de nos ouvriers d'usine. L'usage qu'ils ont fait de leurs aiguillons — qui, selon toute probabilité, leur servent pour les veaux lunaires — le manque d'imagination dont ils ont donné la preuve en s'attendant à ce que nous soyons capables de faire exactement ce qu'ils faisaient, leur indiscutable brutalité, tout cela semble indiquer quelque chose de ce genre. Mais si nous avions supporté...

— Aucun de nous n'aurait pu supporter bien longtemps la traversée d'un gouffre sans fond sur une planche large de six pouces...

— Non, dit Cavor, mais alors...

— Mais alors, je ne veux rien savoir.

Il découvrit un nouveau filon de possibilités.

— Supposez que nous ayons pu nous réfugier dans quelque coin et nous défendre contre ces travailleurs et ces rustres... Si nous pouvions, par exemple, tenir pendant une semaine, il est probable que la nouvelle de notre arrivée pénétrerait jusqu'aux parties plus populeuses et plus intelligentes...

— S'il en existe.

— Il doit en exister. Ou alors d'où viennent ces extraordinaires machines?...

— C'est probable, mais c'est la pire de nos deux chances!

— Nous pourrions tracer des inscriptions sur les murs...

— Comment savons-nous si leurs yeux apercevraient les marques que nous tracerions?

— Si nous les gravions...

— Oui... peut-être...

Je me lançai dans une série nouvelle de pensées.

— Nous ne pouvons sortir d'embarras; nous sommes venus sans armes, nous avons perdu notre sphère, nous n'avons pas de provisions, nous nous sommes exhibés aux yeux des Sélénites, nous leur avons donné à penser que nous sommes des animaux étranges, vigoureux et dangereux, et, à moins que les Sélénites ne soient de parfaits imbéciles, ils doivent se mettre maintenant en devoir de nous chercher jusqu'à ce qu'ils nous trouvent, et, quand ils nous auront découverts, ils tâcheront de nous prendre, s'ils le peuvent, ou ils nous tueront s'ils n'y réussissent pas... et voilà le dénouement! Quand ils nous auront pris, ils nous tueront probablement quand même, par suite de quelque malentendu. Ainsi débarrassés de nous, ils pourront peut-être discuter à notre sujet sans que cela soit pour nous de grand profit...

— Continuez.

— D'un autre côté, voici de l'or qui se balance là comme de la simple fonte. Si seulement nous pouvions en emporter une certaine quantité, retrouver la sphère avant eux et repartir, alors...

— Alors...

— Nous pourrions rétablir les choses sur une base plus équitable. On pourrait revenir dans une sphère plus grande, avec des canons...

— Seigneur! s'écria Cavor, comme s'il eût entendu proférer d'effroyables hérésies.

Je me remis à jeter dans la crevasse de nouvelles poignées de champignons lumineux.

— Écoutez, Cavor, dis-je, j'ai la moitié des voix dans cette affaire où l'opinion d'un homme pratique peut prévaloir. Je suis un homme pratique, moi, et vous ne l'êtes certes pas. J'ai l'intention bien arrêtée de ne plus me confier aux Sélénites et aux diagrammes géométriques, si je peux l'éviter... voilà tout!... Repartir, révéler notre secret, ou au moins une partie, et revenir.

Cavor continua à méditer pendant quelques instants.

— J'aurais dû m'embarquer seul, fit-il tout à coup.

— La question à débattre, dis-je, est de savoir de quelle façon nous allons retrouver la sphère.

Nous nous mîmes à caresser nos genoux en silence.

Puis, Cavor sembla se décider à accepter mes raisons.

— Je pense qu'on peut avoir quelques données, dit-il. Il est clair que, pendant le temps où le soleil est de ce côté-ci de la lune, l'air doit souffler à travers cette planète-éponge du côté obscur vers le côté éclairé. De ce côté-ci, l'air arrivera et s'échappera des cavernes lunaires vers le cratère... Or, nous nous trouvons ici dans un courant...

— Et cela veut dire, reprit-il après un silence, que notre situation n'est pas sans issue; quelque part, derrière nous, cette fente continue à s'élever. Le courant d'air souffle vers en haut et c'est le chemin que nous devons suivre. Si nous essayons de grimper dans l'espèce de cheminée ou de fissure qui doit se trouver là, non seulement nous échapperons à ces galeries dans lesquelles ils nous cherchent...

— Mais supposons que la cheminée soit trop étroite?

— Nous redescendrons.

— Chut! fis-je soudain.

— Qu'est-ce qu'il y a?

Nous écoutâmes. D'abord ce fut un murmure indistinct hors duquel nous démêlâmes bientôt les sons retentissants du gong.

— Ils doivent croire que nous sommes une espèce de veaux lunaires et qu'ils vont nous effrayer avec ce vacarme!

— Ils viennent par cette galerie, dit Cavor, c'est certain.

— Ils ne penseront pas à la fissure et ils continueront leur chemin.

Nous restâmes aux écoutes pendant quelques minutes.

— Cette fois, murmurai-je, il est probable qu'ils auront avec eux quelque espèce d'arme ou d'engin.

Soudain, je me dressai d'un seul bond.

— Bonté du ciel! m'écriai-je, il vont nous découvrir! Ils verront les poignées de végétaux que j'ai jetées en bas. Ils vont...

Je ne terminai pas ma phrase. Faisant demi-tour et sautant par-dessus les cham-

JE GRAVISSAIS LA PENTE AVEC UNE GIGANTESQUE VIGUEUR.

pignons, je gagnai l'extrémité supérieure de la cavité. Je vis alors que l'espace libre remontait et se prolongeait de nouveau en une fente qui suivait le courant d'air et qui se perdait dans les ténèbres impénétrables. J'étais sur le point de recommencer mon escalade quand une heureuse inspiration me fit revenir sur mes pas.

— Qu'est-ce que vous faites? demanda Cavor.

— En avant! en avant, répondis-je.

Je pris deux champignons phosphorescents et, plaçant l'un dans la poche de côté de mon veston de flanelle, de façon à éclairer notre fuite, je donnai l'autre à Cavor.

Le tumulte que faisaient maintenant les Sélénites était tel qu'ils devaient se trouver déjà sous l'orifice de la fissure. Mais il se pouvait qu'ils éprouvassent quelques difficultés à grimper ou qu'ils hésitassent à s'y engager, à cause d'une résistance possible de notre part.

En tout cas, nous avions maintenant l'encourageante connaissance de l'énorme supériorité musculaire que nous donnait notre provenance d'une autre planète. L'instant d'après, je gravissais la pente avec une gigantesque vigueur, derrière les talons bleuâtres de Cavor.

XVII

LE COMBAT DANS LA CAVERNE DES BOUCHERS LUNAIRES

Je ne sais quelle distance nous franchîmes dans cette escalade avant d'arriver à la grille. Il se peut que nous n'ayons gravi qu'une centaine de pieds, mais il me sembla alors que nous étions hissés, pressés, soulevés, arcboutés pendant plus d'un mille d'ascension verticale. Chaque fois que le souvenir m'en revint, j'entends encore les lourds entre-chocs de nos chaînes d'or à tous nos mouvements.

Bientôt mes jointures et mes genoux furent à vif et je me fis une grave meurtrissure à la joue.

Au bout d'un certain temps, notre violence première s'apaisa et nos efforts devinrent plus circonspects et moins pénibles. Le tumulte de Sélénites lancés à notre poursuite s'était évanoui. Il semblait presque qu'ils n'avait pu, après tout, découvrir notre trace, malgré le tas de champignons révélateurs qui devait se trouver sous l'orifice de la crevasse. Parfois, les parois se rapprochait tellement qu'il nous était difficile de nous forcer un passage; d'autres fois, elles s'écartaient en formant de grandes cavités aux murs semés de cristaux saillants ou garnis de volumineuses pustules, sortes des fongoïdes ternes. Quelquefois, le passage se tortillait en spirale ou bien s'inclinait presque jusqu'à une direction horizontale. Par intermittences, nous entendions un bruit de gouttes d'eau. Une fois ou deux, il nous sembla que de petites choses vivantes s'étaient enfuies devant nous sans que nous pussions voir ce que c'était. D'après ce qu'il m'est permis de supposer, cela pouvait être des bêtes venimeuses, mais elles ne nous firent aucun mal et nous étions maintenant dans un tel état de surexcitation qu'une horreur ou une étrangeté de plus ou de moins nous importait peu.

Enfin, très haut, au-dessus de nos têtes, nous aperçûmes de nouveau la familière lueur blanchâtre et nous constatâmes bientôt qu'elle filtrait à travers une grille qui nous barrait la route.

Nous nous indiquâmes la chose à voix basse, et nous continuâmes avec plus de circonspection encore notre escalade. Bientôt nous arrivâmes sous la grille et, en me collant la figure contre les barreaux, je pus voir une portion restreinte de la caverne qu'elle fermait.

C'était évidemment un large espace, éclairé sans doute par quelque ruisseau de ce même liquide bleu que nous avions vu s'échapper du grand mécanisme haletant. Un filet d'eau intermittent coulait sur ma figure entre les barreaux.

Mon premier effort fut naturellement d'essayer de voir ce qui pouvait se trouver sur le sol de la caverne, mais la grille se trouvait placée dans un creux dont le bord obstruait la vue. Notre attention déjouée s'occupa alors d'interpréter les bruits divers qui nous parvenaient, et bientôt mes yeux découvrirent quelques faibles ombres qui s'agitaient sur le plafond obscur et très élevé.

Il devait indiscutablement y avoir dans cet espace plusieurs Sélénites, peut-être un nombre considérable de ces êtres, car nous entendions une rumeur confuse et des bruits sourds que j'identifiai avec leur marche. Il se produisit aussi, à des intervalles réguliers, une succession de chocs suggérant l'idée d'un couteau ou d'une bêche qu'on enfoncerait dans quelque substance molle. Puis, il y eut un cliquetis de chaînes, un sifflement et un grondement, comme si on avait fait courir un chariot sur un plancher creux; et sans cesse reprenait le même bruit intermittent. Les ombres dessinaient des formes qui se mouvaient rapidement et rythmiquement, selon ce bruit régulier, et elles s'arrêtaient quand il cessait.

Nous nous rapprochâmes pour discuter de ces choses à voix basse.

— Ils ont l'air affairé, dis-je. Ils sont absorbés sans doute par quelque travail.

— Oui.

— Ils ne nous cherchent pas et ne pensent pas à nous.

— Peut-être n'ont-ils pas entendu parler de notre arrivée...

— Les autres nous poursuivent là-dessous... Si tout à coup nous faisions irruption ici...

Nous nous regardâmes en silence.

— Nous pourrions avoir l'occasion d'entrer en pourparlers, dit Cavor.

— Non! répondis-je. Pas dans l'état où nous sommes.

Nous restâmes un instant plongés chacun dans nos pensées particulières.

Le même bruit continuait, et les mêmes ombres s'agitaient. J'examinai la grille.

— Elle est peu solide, remarquai-je. Nous pourrions forcer deux barreaux et nous glisser à travers.

Nous perdîmes du temps à une discussion vague. Puis, je saisis à deux mains l'une des barres, soulevai mes pieds contre la paroi rocheuse jusqu'à ce qu'ils fussent presque au niveau de ma tête et, dans cette position, j'attirai le barreau vers moi. Il céda si brusquement que je perdis presque l'équilibre. Je m'installai dans l'autre sens et je fis fléchir le barreau adjacent. Je retirai alors de ma poche le champignon lumineux et le laissai dégringoler dans la fissure.

— Ne faites rien à l'improviste, murmura Cavor, tandis que je me faufilais par l'ouverture que j'avais élargie.

Quand je fus passé entre les barreaux, j'aperçus des formes qui s'agitaient en tout sens; je me baissai immédiatement de façon que le rebord me dissimulât à leurs yeux, et, presque étendu à plat ventre, je fis signe à Cavor de s'installer dans cette position, car il se préparait aussi à sortir du trou. Bientôt nous nous trouvâmes côte à côte dans le creux de la grille, épiant la caverne et ses occupants.

C'était un espace beaucoup plus vaste que nous ne l'avions supposé d'après notre premier coup d'œil et nous nous trouvions dans la partie la plus basse de son sol en pente. La caverne s'élargissait et le toit s'abaissait de telle sorte que nous ne pouvions apercevoir la partie la plus éloignée. Rangées, en une longue ligne qui se perdait au loin dans cette terrifiante perspective, une quantité de formes immenses, d'énormes masses blanchâtres s'étalaient, autour desquelles s'empressaient les Sélénites. D'abord, cela nous parut être de grands cylindres blancs dont nous ne comprenions pas l'usage. Puis, je remarquai des têtes, tournées vers nous, sans yeux et sans peau, comme des têtes de mouton dans la boutique d'un boucher. Je compris que c'étaient là des carcasses de veaux lunaires, que l'on découpait à la façon dont les baleiniers découpent une baleine échouée. Les Sélénites arrachaient la viande par lambeaux et l'on apercevait les côtes blanches des torses les plus éloignés. Le bruit que nous avions entendu provenait des coups de hachette frappés par les bouchers. Plus loin, un véhicule, semblable à un trolley tiré par un câble et chargé de viande molle, remontait la pente de la caverne.

Cette immense avenue, avec son interminable rangée de masses de vivres, nous donna l'impression de ce que devait être la population du monde lunaire — impression qui ne le cédait qu'à l'effet produit par notre premier coup d'œil dans le puits.

Il me sembla tout d'abord que les Sélénites se trouvaient sur des planches supportées par des tréteaux. Je ne me rappelle pas avoir vu dans la lune aucun

D'ÉNORMES MASSES BLANCHÂTRES S'ÉTALAIENT AUTOUR DESQUELLES S'EMPRESSAIENT DES SÉLÉNITES.

objet qui fût en bois : les portes, les tables, tout ce qui correspond à notre menuiserie terrestre était fait de métal, et, pour la plus grande partie, je crois, d'or qui, comme métal, se recommande naturellement de lui-même — toutes choses étant égales — par sa solidité, sa dureté et la facilité avec laquelle il se travaille.

Je vis que les planches, les tréteaux et les hachettes avaient, en réalité, cette même teinte mate qu'avaient eue mes chaînes, avant que la lumière blanche ne les éclairât.

Une quantité de barres ou de leviers, d'aspect massif, étaient épars sur le sol et avaient apparemment servi à retourner la carcasse des veaux. Elles étaient longues d'environ six pieds, avec des poignées façonnées et offraient l'aspect tentant d'armes dangereuses. La caverne était éclairée par trois ruisselets du fluide bleu qui la coupaient transversalement.

Nous demeurâmes longtemps à observer ces choses en silence.

— Eh bien? dit à la fin Cavor.

Je m'accroupis plus bas encore et me tournai vers lui. Il m'était venu une idée brillante.

— A moins qu'ils ne descendent ces masses au moyen d'une grue, dis-je, nous devons nous trouver plus près de la surface que je ne le pensais.

— Pourquoi?

— Le veau lunaire ne saute pas et il n'a pas d'ailes...

Il se mit à regarder par-dessus le rebord de notre trou.

— Je me demande maintenant... commença-t-il. Après tout, nous ne nous sommes jamais beaucoup éloignés de la surface et...

Je l'interrompis en lui saisissant le bras : j'avais entendu un bruit dans la fissure au-dessous de nous!

Nous nous blottîmes contre la grille dans une immobilité absolue, tous les sens en alerte. En peu de temps, je ne pus plus douter que quelqu'un escaladait doucement la crevasse. Lentement et sans le moindre bruit, je pris ma chaîne bien en main et attendis que ce quelqu'un vînt à paraître.

— Surveillez ceux de là-bas, dis-je à Cavor.

— Ils vont bien, répondit-il.

J'essayai la portée du coup en lançant mon poing dans l'ouverture de la grille. L'on entendait distinctement le gazouillis tremblotant des Sélénites qui montaient, le frôlement de leurs appendices contre les parois et la chute des fragments de roc qu'ils faisaient tomber.

Bientôt je pus voir quelque chose s'agiter vaguement dans l'obscurité, entre les barreaux de la grille, mais je ne pouvais distinguer ce que c'était. La forme sembla me mettre en joue un instant; puis, crac!... Je me mis sur pied d'un bond, frappai sauvagement ce quelque chose qui venait de m'être lancé. C'était la pointe aiguë d'une lance. J'ai réfléchi depuis que sa longueur exagérée avait empêché qu'on l'inclinât dans l'étroite fissure, sans quoi j'eusse été sûrement atteint. Quoi qu'il en soit, elle passa comme une langue de serpent à travers la grille et manqua son but, s'abaissa soudain et reparut. Mais la seconde fois, je la saisis et l'arrachai hors du trou, non sans qu'une autre ait été dirigée sans plus d'effet contre moi.

Je poussai un cri de triomphe quand je sentis l'étreinte du Sélénite résister un instant à mon effort et céder; puis, je me mis immédiatement à cogner de toutes mes forces dans le trou avec le manche; des cris aigus montèrent de ces ténèbres et Cavor, qui s'était emparé de l'autre lance, sautait et gesticulait à côté de moi en m'imitant vainement.

Un tumulte s'élevait à travers la grille et, au même instant, une hache tournoya au-dessus de nous et vint s'abattre contre les roches, pour nous rappeler à temps les manieurs de carcasses du bout de la caverne.

Je me retournai et je les vis tous s'avancer contre nous en désordre, brandissant leurs haches. S'ils n'avaient pas entendu parler de nous auparavant, ils comprirent la situation avec une incroyable vivacité.

Je les regardai venir, un instant, ma lance à la main.

— Gardez la grille, Cavor!

Je poussai un hurlement pour les intimider et me précipitai à leur rencontre. Deux d'entre eux me lancèrent leur hachette et manquèrent leur coup; le reste s'enfuit incontinent. Mes deux agresseurs aussi détalèrent, les mains fermées et la tête basse. Je n'ai jamais vu des hommes courir aussi vite que ces êtres-là.

Je savais que la lance, dont je m'étais emparé ne pouvait m'être d'aucun secours, mince et peu solide, efficace tout au plus pour un seul coup et trop longue pour de rapides parades. Aussi je me contentai de pourchasser les Sélénites jusqu'à la première carcasse ; arrivé là, je m'arrêtai pour ramasser une des barres éparses à l'entour. Elle était convenablement lourde et capable d'écraser proprement n'importe quelle quantité de Sélénites. Je jetai de côté mon peu solide javelot et pris une seconde barre dans mon autre main. Je me sentais dix fois plus en sûreté qu'avec la lance. D'un geste menaçant, je brandis mes armes du côté des Sélénites, dont un groupe s'était arrêté dans la partie la plus éloignée de la caverne, puis je revins trouver Cavor.

Il bondissait autour de la grille, enfonçant à grands coups entre les barreaux le manche rompu de sa lance. De ce côté-là, tout allait bien. Cet exercice maintiendrait les Sélénites dans leur trou, pendant un certain temps tout au moins. Je me retournai vers l'autre extrémité de la caverne. Que diable allions-nous faire maintenant?

Nous étions, jusqu'à un certain point, cernés. Mais ces bouchers, avaient été surpris, fort probablement effrayés; ils n'avaient pas d'armes spéciales et n'étaient munis que de leurs hachettes. C'est de ce côté qu'était notre salut. Leurs petites formes trapues — car la plupart d'entre eux étaient plus courts et plus gros que les conducteurs de troupeaux que nous avions vus au dehors — se groupaient au haut de la pente d'une façon qui révélait éloquemment leur indécision. Nous profitions évidemment de l'avantage moral que possède un taureau lâché soudain au milieu d'une ville. Malgré cela, il semblait qu'il y en eût des multitudes — et il en était fort probablement ainsi.

Les Sélénites qui grimpaient par la crevasse étaient munis de lances infernalement longues; ils pouvaient nous tenir en réserve d'autres surprises...

Mais, le diable soit d'eux! Si nous poussions une charge en remontant la caverne, nous laissions ceux-ci derrière nous; si nous restions là, ces maudites petites brutes recevraient à coup sûr des renforts. Le ciel seul savait quels terrifiants engins de guerre, canons, bombes, torpilles, ce monde inconnu, caché sous nos pieds, ce vaste monde, dont nous n'avions pénétré que l'épiderme, allait mobiliser pour notre destruction.

Il devenait clair que la seule chose à faire était de charger. Cela devint encore plus certain lorsque nous vîmes une quantité de nouveaux Sélénites apparaître et descendre en courant vers nous.

— Bedford! cria Cavor.

Je me retournai et voilà qu'il était à mi-chemin entre la grille et moi.

— Voulez-vous bien retourner là-bas! lui criai-je. A quoi pensez-vous donc!

— Ils ont une sorte de... C'est comme un canon!

Emergeant avec peine hors de la grille, entre des pointes de lances défensives, parurent la tête et les épaules d'un Sélénite, singulièrement mince et angulaire, qui portait une sorte d'appareil compliqué.

Je me rendis compte de la parfaite incapacité de Cavor contre les adversaires qui se présentaient. Un moment, j'hésitai. Puis, je me précipitai en avant, faisant tournoyer mes leviers, poussant des cris et m'agitant en tout sens pour ne pas servir de but au Sélénite. Il visait d'une façon très bizarre, avec la chose contre son estomac. Un léger sifflement s'entendit : son engin n'était pas un canon; il se déchargea plutôt à la manière d'une arbalète et le projectile m'atteignit pendant un saut.

Je ne tombai pas; seulement, je touchai le sol un peu plus tôt que je ne l'eusse fait si je n'avais pas été touché, et d'après la sensation que j'éprouvai à l'épaule, la chose pouvait avoir porté et glissé. Ma main gauche heurta une tige et je m'aperçus qu'une sorte de flèche s'était enfoncée dans mes chairs, vers l'omoplate. Le moment d'après, je touchai terre, et, avec la barre que je tenais dans ma main droite, je frappai le Sélénite. Il s'écroula, s'écrasa, se mit en miettes, sa tête se brisa comme un œuf.

Je posai à terre un de mes leviers, arrachai la javeline de mon épaule et m'acharnai à frapper à grands coups dans l'obscurité au moyen de cette arme, entre les barreaux de la grille. A chaque coup, j'entendais des cris et des plaintes. Finalement, je lançai l'épieu sur eux, de toutes mes forces, me relevai en ramassant ma barre de métal et courus sus à la multitude du bout de la caverne.

— Bedford! Bedford! appela Cavor au moment où je passais près de lui.

Il me semble encore entendre le bruit de ses pas venant derrière moi...

Un élan... un bond... puis, à terre; un nouvel élan... un autre bond... Chaque saut semblait durer des âges. A mesure que nous avancions, la caverne s'élargissait, et le nombre des Sélénites augmentait visiblement. D'abord, on eût dit qu'ils couraient en tout sens comme des fourmis dans leurs galeries bouleversées; deux ou trois brandissaient des hachettes et s'aventuraient à ma rencontre, mais la plupart s'enfuyaient, se jetaient de côté entre les carcasses. Bientôt nous en vîmes arriver une troupe qui portait des lances, suivie d'une foule d'autres.

Pendant un de mes bonds, j'aperçus un animal fort extraordinaire qui semblait n'être qu'un amas de mains et de pieds et qui, affolé, cherchait un abri. La caverne s'assombrissait de plus en plus. Quelque chose passa au-dessus de ma tête. Au moment où je prenais un nouvel élan, je vis une javeline s'enfoncer, le manche vibrant, dans une des carcasses à ma gauche. Puis, comme je touchais terre, une autre frappa le sol devant moi et j'entendis le sifflement éloigné de leur espèce d'engin. Pendant un instant, ce fut une véritable averse. Ils tiraient à toute volée.

JE ME PRÉCIPITAI FAISANT TOURNOYER MES LEVIERS.

Je m'arrêtai court. Mes pensées ne durent pas être bien nettes, à cette minute-là. Une sorte de phrase stéréotypée, je me rappelle, me trottait dans l'esprit : zone dangereuse, chercher abri. Je sais que je me mettai entre deux carcasses et restai là, immobile, pantelant, en proie à un véritable accès de fureur impuissante.

Je me retournai, cherchant des yeux Cavor et, pendant un moment, il parut avoir entièrement disparu. Puis, il émergea des ténèbres, entre la rangée des carcasses et la paroi rocheuse de la caverne. Je vis sa petite figure bleuâtre et sombre, toute animée d'émotion et ruisselante de transpiration.

Il bredouillait quelque chose, mais je me souciais peu de savoir ce qu'il disait. Je venais de me rendre compte que nous pourrions en passant d'une carcasse à l'autre, remonter la caverne et nous approcher suffisamment pour pousser une charge jusqu'au bout : c'était cela qu'il fallait faire ou rien.

— En avant! dis-je en montrant le chemin.

— Bedford! implora inutilement Cavor.

Tandis que nous suivions l'allée étroite, entre les corps des veaux et la paroi de la caverne, mon esprit ne cessait de travailler. Les rochers s'incurvaient en tout sens, de façon telle que nos adversaires ne pouvaient nous prendre en enfilade. Bien que, dans cet étroit espace, il nous fût impossible de sauter, nous étions encore capables, grâce à notre vigueur terrestre, d'avancer beaucoup plus vite que les Sélénites ne reculaient. J'estimai que nous allions bientôt nous trouver au milieu d'eux. Une fois là, ils seraient à peine plus redoutables que des scarabées; seulement il y aurait à essuyer une volée de leurs projectiles.

J'imaginai un stratagème et, tout en continuant à courir, je retirai mon veston de flanelle.

— Bedford! gémit Cavor derrière moi.

— Quoi? répondis-je.

Il indiquait une direction au dessus des carcasses.

— La lumière blanche! fit-il. Encore de la lumière blanche!

Je regardai aussi et je constatai que c'était vrai : un très faible et vague crépuscule blanchâtre se devinait à l'extrémité de la voûte. Cette vue décupla mes forces!

— Suivez-moi de près! dis-je.

Un Sélénite plat et long se précipita hors des ténèbres et s'enfuit avec des cris aigus. Je fis halte et, de la main, arrêtai Cavor; j'ajustai mon veston sur une de mes barres et, courbé en deux, fis le tour de la carcasse suivante; je posai à terre le veston et la barre, fis un pas pour me laisser voir et reculai immédiatement.

Un sifflement... et une flèche passa.

Nous étions en contact avec les Sélénites réunis là, tous, les gros, les petits et les grands, derrière une batterie de leurs engins pointés vers le bas de la caverne.

Trois ou quatre autres flèches suivirent la première, puis, leur feu cessa. Je passai vivement la tête et n'échappai à leur tir que par miracle. Cette fois, je m'attirai une douzaine de traits et j'entendis les Sélénites gazouiller et pousser des cris, comme si le combat les surexcitait. Je ramassai le veston et la barre.

— Maintenant, allez-y! fis-je, et je projetai en avant le mannequin.

En un instant, mon veston fut couvert de flèches et d'autres venaient s'enfoncer dans la carcasse derrière nous. Instantanément, je laissai tomber le veston (à moins que l'on ne me prouve le contraire, il est toujours là-bas dans la lune), saisis mes deux barres et me précipitai en avant.

Pendant une minute peut-être, ce ne fut qu'un massacre. J'étais dans une telle furie que j'avais perdu tout discernement et les Sélénites furent probablement trop effrayés pour combattre. En tout cas, ils ne m'opposèrent aucune sorte de résistance. Je voyais rouge. Je me rappelle l'impression que j'avais au milieu de ces créatures couvertes de leurs enveloppes de cuir. J'avançais comme au milieu de grandes herbes, fauchant et abattant à droite et à gauche. Des éclaboussures de substance molle volaient en tout sens. Je trépignais sur des choses qui s'écrasaient, criaient et glissaient sous mes pieds. La foule de ces êtres semblait s'ouvrir et s'écouler ainsi que de l'eau, comme s'ils n'eussent eu aucun plan préalable de bataille.

Des javelines volaient autour de moi; une d'elles vint m'écorcher l'oreille. Une fois, je fus atteint au bras, une autre fois à la joue; mais je ne m'aperçus de ces blessures que longtemps après, lorsque le sang qui s'en était échappé se fut refroidi...

Quant à Cavor, je ne sais nullement ce qu'il fit pendant ce temps-là. Un moment, cette lutte me sembla durer depuis un siècle et devoir se continuer ainsi pour toujours. Puis, soudain tout fut fini et je ne vis plus rien que des nuques et des dos qui se levaient, s'abaissaient, s'enfuyaient dans toutes les directions...

J'étais en somme sain et sauf. Je fis quelques pas en courant et en poussant des cris; puis, complètement ahuri, je me retournai.

Dans mes vastes enjambées volantes, j'avais franchi toute la largeur de leurs rangs. Les Sélénites se trouvaient maintenant derrière moi, cherchant précipitamment où se cacher.

J'éprouvai un extraordinaire étonnement et une subite exultation, à voir se terminer de cette façon ce grand combat dans lequel je m'étais lancé à corps perdu. L'idée ne me vint pas que cette issue était due au peu de solidité des Sélénites, à leur débandade inattendue, mais je me figurai seulement que j'étais doué de capacités prodigieuses.

J'éclatai d'un rire stupide. Comme cette lune était fantastique!

Un instant je contemplai les corps écrasés ou secoués de spasmes qui gisaient épars sur le sol de la caverne et, avec une vague idée de violences pires encore, je rejoignis en hâte Cavor.

J'AVANÇAIS, COMME AU MILIEU DE GRANDES HERBES, FAUCHANT ET ABATTANT A DROITE ET A GAUCHE.

XVIII

AU SOLEIL.

Bientôt nous nous aperçûmes que la caverne s'ouvrait devant nous sur un espace vide et brumeux. Un moment encore et nous émergions dans une sorte de galerie en pente, un vaste espace circulaire, un immense puits cylindrique qui se dirigeait en haut et en bas. Autour de ce puits, la galerie en pente courait sans parapet ni protection d'aucune sorte pendant un tour et demi et, ensuite, beaucoup plus haut, elle s'enfonçait dans le roc, me rappelant une de ces spirales que décrit la voie ferrée du Saint-Gothard. Tout cela était de dimensions effroyables. Je n'ose espérer donner une idée des proportions titanesques de l'endroit et de l'effet qu'il produisait. Nos yeux suivaient la vaste déclivité de la paroi du puits et, très loin, au-dessus de nos têtes, nous apercevions une ouverture ronde, sertie de vagues étoiles et la moitié de son contour reflétait d'une façon aveuglante la blanche clarté du soleil.

A cette vue nous poussâmes simultanément un cri.

— En route! m'écriai-je, prenant les devants.

— Mais... là! fit Cavor en s'avançant très prudemment jusqu'au bord de la galerie.

Je suivis son exemple et, tendant le cou, je regardai dans le puits; mais j'étais ébloui par le reflet de la lumière du haut et mes yeux s'arrêtèrent seulement sur d'insondables ténèbres dans lesquelles flottaient des taches spectrales d'écarlate et de pourpre.

Cependant, si je ne voyais rien, je pouvais entendre. De ces ténèbres un bruit montait, un bruit semblable au bourdonnement menaçant que l'on entend auprès des ruches d'abeilles, une rumeur sortant de cet énorme trou, venant peut-être d'une distance de quatre milles sous nos pieds...

Pendant un instant, je restai l'oreille tendue, puis, serrant mes barres dans mes mains, je me mis à gravir la galerie.

— Ceci doit être le puits dans lequel nous avons jeté un coup d'œil quand le couvercle s'est ouvert, dit Cavor.

— Et les lumières que nous avons vues sont là-dessous...

— Les lumières! fit-il. Oui... les lumières d'un monde que maintenant nous ne verrons plus jamais!...

— Nous reviendrons! déclarai-je, car maintenant que nous avions réussi jusqu'à ce point, je ne désirais plus que retrouver la sphère.

Je ne pus saisir ce qu'il répondit.

— Eh? demandai-je.

— Oh! rien, rien, fit-il, et nous continuâmes à marcher en silence.

Je suppose que cette voie latérale avait quatre ou cinq milles de long, en tenant compte de ses sinuosités, et elle montait avec une pente qui l'aurait rendue presque impossible à gravir sur la terre, mais que l'on escaladait facilement dans les conditions lunaires de pesanteur.

Pendant toute cette partie de notre fuite, nous n'aperçûmes que deux Sélénites et, aussitôt qu'ils furent avertis de notre présence, ils disparurent à toutes jambes. Il était clair qu'ils avaient entendu parler de notre vigueur et de nos violences.

La route que nous suivîmes jusqu'à l'extérieur ne nous offrit aucun obstacle. La galerie en spirale finit par se rétrécir en un tunnel, montant en pente très accentuée et dont le sol portait d'abondantes traces du passage des veaux lunaires, si resserré en proportion de sa voûte aux arches vastes qu'aucune partie n'en était obscure. Presque immédiatement, nous commençâmes à voir de plus en plus clair; puis, loin encore, au-dessus de nous et absolument aveuglante, nous aperçûmes l'ouverture extérieure surmontée d'une crête de hautes herbes baïonnettes, écrasées par endroits, sèches et mortes, silhouettes épineuses contre le soleil.

Il est étrange que nous, hommes à qui cette végétation avait paru, peu de temps auparavant, si sauvage et si horrible, ayons pu la revoir maintenant avec l'émotion qu'un exilé éprouverait en revenant à son pays natal. Nous accueillîmes même avec joie l'air trop rare qui nous faisait haleter en courant et qui rendait notre conversation tout à l'heure facile, plutôt pénible à présent si nous voulions parler assez fort pour nous entendre.

Le cercle ensoleillé s'agrandissait de plus en plus et, derrière nous, le tunnel s'enfonçait dans une impénétrable obscurité. Les touffes de végétations n'avaient plus aucune teinte verte, mais elles étaient d'une couleur brune, toutes sèches et durcies, et l'ombre des branches supérieures montait à perte de vue, projetant un enchevêtrement de formes sur les roches bouleversées.

A la sortie du tunnel se trouvait un espace où les végétaux avaient été écrasés par les veaux lunaires.

Nous parvînmes enfin à ce passage, au milieu d'une clarté et d'une chaleur qui nous blessaient et nous oppressaient. Nous traversâmes péniblement l'air sans ombre, et, ayant escaladé une pente entre des touffes de végétations, nous nous assîmes, essoufflés, dans un endroit élevé, abrités du soleil par une masse de lave surplombante. Même à l'ombre, le roc était brûlant.

Il faisait une chaleur torride et nous éprouvions un grand malaise physique, mais malgré cela nous étions soulagés de n'être plus enfouis dans cet effroyable souterrain.

Il nous semblait qu'ainsi revenus sous les étoiles nous nous trouvions dans notre élément. Tout l'effroi et la détresse de notre évasion à travers les crevasses et les passages obscurs nous avaient quittés. Le dernier combat livré nous avait remplis d'une énorme confiance en nous-mêmes, pour tout ce qui concernait nos relations personnelles avec les Sélénites. Nous considérions maintenant, avec une sorte d'incrédulité, l'ouverture noire de laquelle nous venions d'émerger.

Je me frottais les yeux, me demandant si vraiment, après avoir mangé les fongosités rouges, je ne m'étais pas endormi et je n'avais pas rêvé ces choses, lorsque je sentis soudain le sang séché sur ma figure, ma chemise collée contre mon bras et mon épaule endolorie.

— Le diable soit d'eux! m'écriai-je, palpant mes blessures d'une main tâtonnante.

Tout à coup, le trou béant du puits me sembla un œil énorme qui épie.

— Cavor, que vont-ils faire à présent? demandai-je. Et nous, qu'allons-nous faire aussi?

Il secoua la tête, le regard fixé sur l'ouverture noire.

— Comment présumer ce qu'ils sont capables de faire maintenant?

Je jetai autour de nous des regards scrutateurs.

Le caractère du paysage s'était entièrement transformé sous la fantastique croissance des végétations qui avaient séché depuis. La crête sur laquelle nous étions assis était fort élevée et commandait une perspective étendue. Nous voyions maintenant le fond du cratère desséché et flétri sous l'automne attardée de l'après-midi lunaire.

S'élevant les uns derrière les autres, ondulaient des champs et des pentes, couverts de végétations brunes écrasées sous le passage des veaux lunaires, et, au lointain, dans le plein éclat du soleil, une troupe de ces animaux s'ébattaient, lourdement, formes épaisses projetant chacune sa tache d'ombre, comme des moutons au flanc d'un talus. Mais on ne voyait pas la moindre trace de Sélénites, soit qu'ils eussent pris la fuite à notre sortie des passages intérieurs, soit qu'ils eussent coutume de se retirer après avoir amené les troupeaux.

Sur le moment, je ne songeai qu'à la première hypothèse.

— Si nous mettions le feu à toutes ces broussailles, nous serions sûrs ainsi de retrouver la sphère parmi les cendres.

Cavor ne parut pas m'avoir entendu. La main au-dessus de ses yeux, il observait les étoiles qui, malgré l'intense clarté du soleil, étaient encore visibles en grand nombre dans le ciel.

— Depuis combien de temps pensez-vous que nous sommes ici? demanda-t-il enfin.

— Où, ici?

— Dans la lune.

— Deux jours terrestres, peut être.

— Une dizaine probablement. Voyez donc! le soleil a passé le zénith et il descend vers l'ouest! Dans moins de quatre jours nous serons en pleine nuit.

— Allons donc!... nous n'avons mangé qu'une fois!

— Je le sais bien et... Il y a les étoiles!

— Mais pourquoi le temps nous semblerait-il différent malgré les dimensions moindres de la planète?...

— Je n'en sais rien et je me borne à constater le fait.

— De quelle façon vous rendez-vous compte du temps, alors?

— Par la faim, la fatigue... Mais tout cela, ici, s'éprouve différemment... Toutes choses sont différentes... Il me semble même que, depuis notre sortie de la sphère, il ne s'est écoulé que quelques heures au plus... de longues heures.

— Dix jours! cela nous en laisse encore... quatre, fis-je, regardant un instant le soleil et m'apercevant qu'il était déjà à la moitié de sa course, entre le zénith et la cime occidentale des monts.

— Cavor! continuai-je, nous sommes fous de rester là à bavarder et à rêvasser... Par quoi commençons-nous?

A ces mots je me redressai.

— Nous allons établir un point fixe que nous pourrons reconnaître, repris-je; par exemple, attacher un mouchoir, quelque chose, pour faire une sorte de drapeau, et diviser ensuite l'étendue du cratère par parties que nous explorerons tour à tour.

— Oui! fit-il en se relevant aussi, nous n'avons pas d'autre ressource, aucune autre..., oui, chercher la sphère... Nous pouvons la retrouver... sinon... Nous ne devons pas perdre de vue notre pavillon.

Il regarda de droite et de gauche, leva les yeux au ciel, les abaissa vers le tunnel, puis fit un soudain geste d'impatience qui m'étonna.

— Nous nous sommes conduits comme des imbéciles! Se mettre dans une pareille passe! Alors qu'on peut s'imaginer si bien qu'il aurait pu en être autrement et qu'on aurait pu accomplir tant de merveilles!

— Nous pouvons encore faire bien des choses.

— Mais jamais ce qu'il eût été possible de faire. Là, sous nos pieds, il y a un monde! Songez à ce que ce monde doit être! Rappelez-vous cette machine que nous avons vue!... Et le puits!... Et le couvercle!... Tout cela n'était que l'extrême bord, une infime partie de la croûte! Et ces créatures, contre lesquelles nous nous sommes battus, n'étaient que des paysans ignorants, des habitants de la lisière extérieure, des rustres encore voisins de la brute... Là-dessous!... Des cavernes, des galeries, des voies, des constructions accumulées les unes au-dessus des autres! Et cela doit s'élargir, s'agrandir, s'étendre et devenir plus populeux à mesure que l'on descend... Assurément!... Jusqu'à la mer centrale qui s'agite au cœur même de la lune... Pensez à ces flots noirâtres sous la morne clarté, sous les rares lumières... si même leurs yeux ont besoin de lumières! Songez aux cours d'eau tributaires qui descendent en cascade l'alimenter. Pensez à la houle de sa surface, aux tourbillons et au mouvement de son flux et de son reflux! Qui sait? Ils ont peut-être des vaisseaux qui naviguent dessus! Peut-être qu'au centre de puissantes cités fourmillent d'habitants régis par des institutions d'une sagesse qui dépasse l'imagination humaine. Et nous sommes exposés à mourir ici et à ne jamais voir quels maîtres existent à coup sûr pour gouverner et diriger toutes ces choses. Nous mourrons de froid ici, l'air se congèlera et fondra ensuite sur nous... Et alors!... Alors ils nous découvriront, ils trouveront nos corps raidis, ils trouveront la sphère introuvable pour nous et comprendront enfin, mais trop tard, toute la pensée et tout l'effort qui est venu aboutir ici, en vain!

Pendant tout ce discours, sa voix résonnait faible et lointaine comme celle de quelqu'un qui parlerait dans un téléphone.

— Et les ténèbres? demandai-je.

— On pourrait surmonter cela.

— Comment?

— Je ne sais pas... Comment le saurais-je!... On pourrait porter une torche... se procurer une lampe... Et puis, ils pourraient comprendre...

Il resta un moment les bras pendants et la figure lamentable, les yeux fixés devant lui, sur cet espace qui le narguait. Puis, avec un geste de renonciation, il se tourna vers moi et fit diverses propositions en vue d'une recherche systématique de la sphère.

— Nous reviendrons, dis-je pour le consoler.

Il promena son regard sur ce qui nous entourait.

— Tout d'abord il nous faut retourner sur la terre.

— Nous rapporterons des lampes, des outils, tout ce qu'il faut pour grimper, et cent autres choses nécessaires.

— Oui, dit-il, et nous emporterons ces barres d'or comme gage de succès.

Il considéra un instant en silence la paire de leviers. Il était debout, les mains derrière le dos, et il se mit à parcourir du regard l'étendue du cratère. A la fin il poussa un soupir et parla.

— C'est moi qui ai trouvé le moyen de venir ici, mais trouver un moyen ne signifie pas qu'on en soit toujours le maître. Si je remporte mon secret sur la terre, qu'arrivera-t-il? Je ne vois pas comment je pourrais garder ce secret pendant toute une année, ni même pendant une partie d'année. Tôt ou tard, il sera découvert. D'autres hommes peuvent faire la même invention. Et alors... Les gouvernements feront tous leurs efforts pour venir ici. Les nations se battront entre elles pour cette conquête et extermineront ces créatures lunaires. Cela ne fera qu'étendre et développer les industries guerrières et multiplier les conflits. Si je révèle mon secret, en peu de temps, cette planète, jusqu'à ses galeries les plus profondes, sera jonchée de cadavres humains... On peut douter du reste, mais cela est au moins certain! Ce n'est pas comme si les hommes avaient besoin de la lune. A quoi leur servirait-elle? Qu'ont-ils fait même de leur propre planète? Un champ de bataille et le théâtre de crimes et de folies innombrables. Si petit que soit son monde et si brève que soit son existence, l'homme a encore dans sa courte vie beaucoup plus qu'il ne peut faire. Non!... La science a travaillé trop longtemps à forger des armes dont se servent des fous. Il est temps qu'elle s'arrête. Que l'homme retrouve mon secret lui-même!... Quand ce ne serait que dans mille ans!

— Il y a bien des moyens de garder un secret, dis-je.

Il leva les yeux sur moi en souriant.

— Après tout, dit-il, à quoi cela sert-il de se tourmenter? Il y a peu de chances pour que nous retrouvions la sphère, et là-dessous il doit se préparer bien des choses. C'est simplement l'habitude humaine d'espérer jusqu'à la mort, qui nous fait parler de retour. Nos embarras ne font que commencer. Nous nous sommes montrés violents envers ces gens, nous leur avons donné un avant-goût de nos qualités, et nos chances valent à peu près celles d'un tigre qui se serait échappé et aurait tué un homme dans Hyde-Park. La nouvelle de nos ravages doit courir de galerie en galerie, jusqu'aux parties centrales... Il n'y a pas d'être sain d'esprit qui, après ce qu'ils ont vu de nous, nous laisserait ramener la sphère sur la terre.

— Nous n'améliorons pas la situation en ne bougeant pas d'ici.

— Enfin, dit-il, il faut nous séparer. Nous allons attacher un mouchoir sur une de ces hautes tiges et le fixer solidement; avec ceci comme centre nous explorerons le cratère.

— Et si l'un de nous rencontre la sphère?

— Il devra revenir au mouchoir et, de là, faire des signes à l'autre.

— Et si ni l'un ni l'autre ne la...

Cavor se mit à observer le soleil.

— Nous continuerons ces recherches jusqu'à ce que la nuit et le froid nous arrêtent...

— Supposez que les Sélénites aient trouvé la sphère et l'aient cachée?

Il haussa les épaules.

— Ou, continuai-je, s'ils sortent pour nous poursuivre et nous prendre?

Il ne répondit rien.

— Vous feriez bien d'emporter un levier, conseillai-je.

Il secoua la tête et promena de nouveau ses regards sur l'étendue déserte.

— En route! fit-il.

Cependant, il resta un moment sans bouger, puis, se tournant vers moi, avec un air timide, il parut hésiter.

— Au revoir! articula-t-il soudain.

Je ressentis inopinément une émotion bizarre. J'eus le sentiment de toutes les vexations que nous avions pu nous faire réciproquement, et, en particulier, je me rendis compte que j'avais pu souvent l'irriter et le froisser.

« Au diable tout cela, pensai-je, nous aurions pu mieux faire! »

Je fus sur le point de lui demander d'échanger une poignée de main pour exprimer en quelque sorte mon présent état d'âme, lorsque, prenant son élan, il s'éloigna d'un bond dans la direction du nord. Il sembla flotter à travers l'espace à la façon d'une feuille morte. Il toucha terre légèrement et repartit.

Je demeurai un moment à le regarder s'éloigner; puis, me tournant à regret vers l'ouest, je me rassemblai sur moi-même avec l'appréhension d'un homme qui va sauter dans l'eau glacée; je choisis un point d'atterrissage et commençai l'exploration de ma part du désert lunaire. J'allai tomber assez maladroitement dans un amas de rochers, me relevai, et, ayant cherché un nouveau but, je me hissai sur une sorte de dalle rocheuse et me remis en route.

Bientôt, je cherchai à apercevoir Cavor, mais il avait disparu; seul, le mouchoir se dressait vaillamment sur son promontoire, très blanc sous l'ardeur du soleil.

Je me résolus, quoi qu'il pût arriver, à ne pas perdre de vue notre pavillon.

XIX

M. BEDFORD SEUL

Au bout de quelque temps, il me sembla que j'avais toujours été seul dans la lune. Je poursuivis mes recherches d'abord avec une certaine application, mais la chaleur était encore très grande et la rareté de l'air m'oppressait péniblement. Bientôt, j'arrivai dans un vaste ravin dont l'abord était encombré de hautes frondaisons brunies et sèches sous lesquelles je m'assis pour me reposer et reprendre haleine. Mon intention était de ne m'arrêter qu'un instant. Posant mes barres près de moi, je m'assis et me pris la tête dans les mains.

IL SEMBLA FLOTTER A LA FAÇON D'UNE FEUILLE MORTE.

Avec une sorte d'indifférente curiosité, je vis qu'aux endroits où les lichens secs et croquants les laissaient apparaître, les roches étaient veinées et éclaboussées d'or, et que, par places, des bosses jaunes arrondies et plissées surgissaient d'entre les végétations affaissées.

Qu'importait maintenant? Une sorte de langueur s'était emparée de mes membres et de mon esprit. Un instant, je désespérai de retrouver jamais la sphère dans ce vaste camp retranché. Il me sembla que, hors la venue des Sélénites, je n'avais plus aucun mobile pour agir. Puis, je me persuadai que je devais quand même tenter quelques efforts, obéissant ainsi à cet impératif irraisonné qui pousse avant toute chose un homme à préserver et à défendre sa vie, encore qu'il ne la conserve souvent que pour mourir plus douloureusement après.

Pourquoi étions-nous venus dans la lune?

Assis là, au milieu de cet or inutile, devant ces choses d'un autre monde, je fis le compte de toute ma vie. Présumant que j'allais mourir, irrémédiablement perdu dans la lune, je ne pus voir, en aucune façon, quel but j'avais atteint. Il me fut impossible d'éclaircir ce point, mais, en tout cas, il m'apparut, d'une façon plus évidente que jamais, que je ne tendais pas vers mon propre but, que, dans toute mon existence, je n'avais, à vrai dire, jamais atteint un but qui me fût personnel. Quel objet, quel dessein remplissais-je?

Quand, enfin, je fus éveillé de mon assoupissement par une clameur lointaine, je me sentis de nouveau capable d'agir. Je me frottai les yeux et m'étirai. Puis, me levant, les membres quelque peu raides, je me disposai immédiatement à reprendre mes recherches. Mettant sur chaque épaule une de mes barres d'or, je sortis du ravin des rocs aurifères.

Le soleil était certainement plus bas, beaucoup plus bas, et l'air s'était aussi beaucoup rafraîchi. Je me rendis compte que j'avais dû dormir un temps assez long. Une faible brume bleutée flottait devant la muraille occidentale. Je sautai sur un petit monticule rocheux pour surveiller l'étendue du cratère. Je ne trouvai plus aucune trace des veaux lunaires ni des Sélénites, et je n'aperçus pas non plus Cavor; mais je pus voir au loin, mon mouchoir étalé par la brise, au-dessus du fourré d'épines. Je jetai un coup d'œil autour de moi, et bondis jusqu'à un belvédère plus convenable.

Je continuai à avancer, décrivant d'abord un arc de cercle, et revenant ensuite à mon point de départ, formant ainsi, une série de croissants toujours plus étendus. C'était ennuyeux et désespérant. L'air était véritablement très rafraîchi et il me sembla que l'ombre de la muraille occidentale s'allongeait. De temps en temps, je m'arrêtais pour examiner l'étendue, mais il n'y avait n'y trace de Cavor ni trace de Sélénites, et les veaux lunaires devaient avoir été reconduits à l'intérieur, car je n'en apercevais plus aucun.

J'éprouvais de plus en plus le désir de revoir Cavor. Le disque du soleil s'était abaissé maintenant jusqu'à n'être plus séparé de l'horizon que par une distance égale à peine à son diamètre. J'étais oppressé par l'idée que les Sélénites allaient bientôt refermer leur valve et nous laisser dehors, exposés à l'inexorable nuit lunaire. Il me parut être grand temps d'abandonner les recherches et de nous concerter. Je sentais combien il était urgent que nous prissions une prompte décision. Nous n'avions pas trouvé la sphère et il ne nous restait plus le temps de la chercher; une fois ces valves closes en nous laissant dehors, nous étions perdus. La grande nuit de l'espace, ces ténèbres du vide qui, seules, sont la mort absolue, descendraient sur nous. Tout mon être frissonnait en pensant à cette approche. Il nous fallait rentrer de nouveau dans la lune; quand même ce serait pour y être tués. J'étais hanté par la vision de nos corps se raidissant sous le froid, pendant qu'avec nos dernières forces nous ferions résonner, sous nos coups, la grande valve du puits.

Je ne pensais plus du tout à la sphère, et me préoccupais seulement de retrouver Cavor. J'étais presque décidé à rentrer dans la lune sans lui, plutôt que de le chercher jusqu'à ce qu'il fût trop tard.

Déjà, j'avais parcouru la moitié de la distance qui me séparait du mouchoir quand inopinément... j'aperçus la sphère! Levant les bras au ciel je poussai un cri qui résonna à peine dans la ténuité de l'atmosphère et me dirigeai, en quelques

J'APERÇUS LA SPHÈRE!

vastes enjambées, du côté de ma trouvaille.

Je calculai mal un de mes sauts et j'allai tomber, en me foulant la cheville, au fond d'un ravin profond; après ce fâcheux accident, je trébuchai presque à chaque bond. J'étais dans un état de surexcitation extraordinaire, secoué de tremblement violents et hors d'haleine. Trois fois au moins, je dus m'arrêter, pressant de mes deux mains ma poitrine, et, en dépit de la sécheresse et de la rareté de l'air, des gouttes de sueur me coulaient sur la figure.

Jusqu'à ce que je l'eusse atteinte, la sphère occupa seule mon esprit; j'oubliai même mon inquiétude au sujet de Cavor. Mon dernier saut m'envoya atterrir debout, les mains à plat sur la boule de verre, et, m'appuyant alors contre la sphère, j'essayai vainement de crier :

— Cavor! la voilà!

Quand j'eus un peu repris haleine, je regardai à travers la glace épaisse et les objets intérieurs me parurent avoir été bouleversés. Je me baissai pour voir de plus près, puis tentai de m'y introduire, mais il me fallut la soulever un peu pour passer ma tête par l'ouverture. Le stoppeur était en dedans, et je pus voir, alors, que rien n'avait été touché, que rien n'avait souffert. La sphère était là, telle que nous l'avions laissée quand nous nous étions risqués sur le tapis de neige. Pendant un moment cet inventaire m'absorba tout entier; je m'aperçus qu'un violent tremblement me secouait. Je ne puis vous dire combien il était réconfortant de revoir cet espace familier et sombre. Bientôt, je me glissai à l'intérieur, et m'assis à côté de nos bagages, frissonnant et regardant à travers la paroi de verre l'étrange contrée lunaire. Je plaçai mes barres d'or sur le ballot, cherchai et pris un peu de nourriture, non pas parce que j'avais faim, mais parce qu'il s'en trouvait là. Puis, il me vint à l'esprit qu'il était temps de sortir pour faire à Cavor les signaux convenus.

Je cherchai des yeux quelque endroit d'où je pourrais faire des signaux à Cavor, et j'aperçus, encore dénudé et stérile, ce même sommet de rocher, sur lequel, du point où je me trouvais maintenant, il avait pour la première fois sauté. Un moment, je craignis de m'aventurer si loin de la sphère, mais, avec une angoisse de honte à cette hésitation, je m'élançai...

De cette position, j'inspectai attentivement le cratère. Au loin, au sommet de mon ombre énorme, se trouvait le mouchoir blanc flottant au-dessus des buissons. Il était très petit et fort éloigné, mais nulle part je n'aperçus Cavor; il me semblait pourtant qu'il eût dû à ce moment être là-bas à m'attendre : telles étaient bien nos conventions. En aucun endroit du cratère, je ne voyais trace de lui.

Je demeurai là, anxieux et attentif, les mains au-dessus des yeux, m'attendant à chaque instant à le découvrir. Très probablement, je dus rester ainsi un espace de temps assez long. Je voulus appeler, mais je me souvins de la ténuité de l'air. Je fis un pas indécis du côté de la sphère. Mais une secrète crainte des Sélénites me faisait hésiter à signaler mes faits et gestes en hissant une de nos couvertures au sommet de quelque buisson adjacent. De nouveau, j'inspectai le cratère. Il me produisit une impression de vide absolu qui me glaça. Tout était immobile. Les bruits du monde intérieur s'étaient évanouis et partout régnait un silence de mort. A part le très faible murmure d'une brise naissante qui caressait les végétations, aucun son ne s'entendait... Et la brise qui soufflait était glaciale.

Le diable soit de Cavor!

J'aspirai l'air à pleins poumons et, les mains de chaque côté de ma bouche, j'appelai de toutes mes forces : « Cavor! »

On eût dit la voix d'un pygmée qui aurait, au loin, poussé un cri.

Il me fallait agir sans plus tarder, si je voulais sauver Cavor.

Je regardai le mouchoir; je regardai derrière moi, l'ombre agrandie de la falaise, en protégeant mes yeux avec la main, je regardai le soleil, il me sembla qu'il s'abaissait dans le ciel presque à vue d'œil.

Je retirai mon gilet et le jetai comme point de repère sur les cimes des végétations et me mis en route, en droite ligne, vers le mouchoir; il se trouvait environ à une distance de deux milles qui pouvait être franchie en quelques centaines de bonds et d'enjambées.

J'ai déjà dit comment, pendant ces sauts, on paraissait demeurer suspendu au-dessus du sol. A chaque suspension, je cherchais Cavor, me demandant pour quelle raison il se serait caché. A chaque élan je sentais que le soleil descendait derrière moi, et que l'ombre allait me rattraper. Chaque fois que je touchais terre j'étais tenté de retourner sur mes pas.

Un dernier saut, et je me trouvai dans une dépression de terrain au-dessous du rocher sur lequel s'élevait notre pavillon : un élan encore et j'étais debout sur ce belvédère. Me redressant autant que je le pus, je scrutai le vaste désert jusqu'aux traînées d'ombre qui accouraient. Très loin, au bas d'une déclivité, s'ouvrait le tunnel hors duquel nous nous étions enfuis; mon ombre fantastiquement allongée s'étendit jusque vers le trou et, comme le doigt de la nuit, vint en toucher le bord.

Dans tout ce silence, pas un bruit, pas trace de Cavor, seuls, le frémissement des végétations et la vitesse de l'ombre s'augmentèrent. Soudain je fus secoué d'un violent frisson.

— Cav...! commençai-je, pour comprendre une fois de plus l'inutilité de la voix humaine dans cet air raréfié.

Le silence!... Le silence de la mort!

Ce fut alors que mon regard errant découvrit quelque chose... un petit objet gisant à cinquante mètres environ plus bas, au milieu de branchages tordus et brisés.

Qu'était-ce?

Je le savais et cependant, pour quelque raison inavouée, je voulais l'ignorer.

Je m'approchai. C'était la petite casquette dont Cavor ne se séparait jamais. Je restai debout à l'examiner sans oser y toucher.

Je m'aperçus alors que les végétaux environnants avaient été trépignés et écrasés avec force. Hésitant encore, je fis un pas et ramassai la casquette. Puis j'examinai les tiges et les branches brisées et aplaties. Par endroits, il y avait de petites taches d'une certaine substance noirâtre que je n'osais pas toucher. A une vingtaine de pas peut-être, la brise qui s'élevait fit voltiger quelque chose de blanc.

C'était un morceau de papier, froissé comme s'il avait été serré dans la main. J'allai le ramasser : il portait des taches rougeâtres et j'y découvris, presque aussitôt, de faibles traces de crayon. Je l'étalai en le défroissant ; il était couvert d'une écriture inégale et interrompue, se terminant par un brusque crochet qui avait rayé tout le papier.

Je me mis en devoir de déchiffrer ce document. Il commençait d'une façon à peu près distincte :

« *J'ai été blessé au genou — je crois que ma rotule est endommagée et je ne puis ni courir ni ramper.* »

Puis cela continuait moins lisiblement.

« *Ils me poursuivent depuis un bon moment et c'est seulement une question de...* »

Le mot *temps* semblait avoir été écrit ici, puis biffé en faveur d'un autre mot complètement indéchiffrable.

« *... avant qu'ils ne me prennent. Ils sont en train de battre les environs.* »

A cet endroit l'écriture devenait convulsive.

« *Je les entends d'ici...* »

Ce fut du moins ce que je devinai; après cela, il y avait une ou deux phrases tout à fait illisibles. Ensuite, venait une série de mots absolument distincts.

« *... Une espèce de Sélénites entièrement différents qui semblent diriger les...* »

De nouveau l'écriture n'était plus qu'une confusion hâtée.

« *Ils ont des boîtes crâniennes plus larges — un corps plus grand et plus élancé — des jambes très courtes. Ils font en marchant des bruits très doux et vont et viennent comme s'ils obéissaient à un plan... Bien que je sois ici*

JE ME MIS EN DEVOIR DE DÉCHIFFRER.

blessé et impuissant, leur aspect me donne bon espoir. »

C'était bien là Cavor.

« *Ils n'ont lancé aucun projectile et n'ont pas tenté de me blesser. J'ai l'intention...* »

C'est alors qu'intervenait le brusque crochet qui rayait le papier ; au dos et sur les bords, il y avait des taches brunes... Du sang!

Tandis que je restais là, stupéfait et perplexe, avec cette ahurissante relique à la main, quelque chose de très doux, de très léger et de très froid me toucha un instant la main, et fondit : puis un autre petit point blanc passa en biais devant mes yeux. C'étaient de minuscules flocons de neige, les premiers flocons, hérauts de la nuit.

Tressaillant, je levai la tête : le ciel

s'était assombri presque jusqu'aux ténèbres, s'était épaissi d'une multitude croissante de froides et vigilantes étoiles. Je tournai mes regards vers l'est où la clarté de ce monde recroquevillé avait pris une sorte de teinte bronzée; vers l'ouest, où le soleil perdait maintenant de son ardeur et de son éclat sous d'épaisses brumes blanches, se posait sur le haut de la muraille du cratère, sombrait hors de vue tandis que les tiges des végétaux et les rocs bouleversés et déchiquetés se dressaient contre son disque en un désordre hérissé de formes noires. Dans le grand lac des ténèbres, vers l'ouest, une immense guirlande de brouillard s'abaissa; un vent glacé fit frissonner le cratère. Tout à coup, je me trouvai pris dans une rafale de neige et le monde autour de moi ne fut plus qu'une confusion grise.

C'est alors que j'entendis, non plus retentissant et pénétrant comme la première fois, mais faible et vague comme une voix mourante, ce fracas, ce même fracas qui avait accueilli la venue du jour.

Boum... Boum... Boum...

Ce bruit se promena à travers le cratère; il sembla palpiter à l'unisson des grandes étoiles et le croissant rouge-sang du disque solaire continuait à s'enfoncer derrière la haute muraille.

Boum... Boum... Boum...

Qu'était-il arrivé à Cavor? Au milieu de ce tapage, je demeurai hésitant et stupide. Enfin tout bruit cessa.

Soudain l'orifice béant du tunnel, au bas de la pente, se ferma comme un œil.

Je me trouvai définitivement seul. Au-dessus de moi, m'enfermant et m'étreignant de plus en plus, existait *l'Éternel*, ce qui fut avant le commencement et ce qui triomphera de la fin, ce vide énorme dans lequel la lumière, la vie et l'être ne sont que la mince et fuyante splendeur d'une étoile filante; le froid, la paix, le silence, la nuit de l'espace, infinie et finale!

Mon impression de solitude et de désolation fit place au sentiment d'une présence accablante qui s'inclinait vers moi, qui me touchait presque.

— Non! m'écriai-je. Non! Pas encore! Attendez! Attendez! Oh! Attendez!

Ma voix s'éleva jusqu'à un cri perçant... Je jetai à terre le papier froissé, je regrimpai sur la crête pour y retrouver ma direction, puis, avec toute l'énergie dont j'étais capable, je me mis à bondir vers la marque que j'avais laissée, vague et lointaine maintenant, sur la marge même de l'ombre.

Mes bonds se précipitaient et chacun d'eux duraient un siècle... Devant moi, le segment pâle du soleil diminuait sans cesse et l'ombre rampait pour s'emparer de la sphère avant que je puisse l'atteindre. Une distance de deux milles m'en séparait encore que je pouvais franchir en une centaine de grands sauts; l'air se raréfiait comme sous l'aspiration d'une pompe pneumatique et le froid me paralysait les membres. Mais si je devais mourir, je mourrais en sautant.

A plusieurs reprises, mon pied glissa sur la couche de neige qui s'épaississait, brisant mon élan et abrégeant mon saut. Une fois, j'allai tomber au milieu de buissons qui s'écrasèrent et se brisèrent en fragments poussiéreux; une autre fois, je culbutai et allai rouler dans un ravin d'où je me relevai contusionné et sanglant sans plus connaître ma direction.

Mais ces incidents n'étaient rien à côté de ces intervalles, ces horribles pauses pendant lesquelles je volais vers le flot montant de la nuit...

Ma respiration devenait sifflante et l'on eût dit que des lames de couteaux me transperçaient chaque fois les poumons. Les battements de mon cœur résonnaient douloureusement contre le sommet de mon crâne...

Tout mon être n'était qu'angoisse.

« Couche-toi là! Couche-toi là! » — me hurlaient mes souffrances et mon désespoir...

Plus mes efforts étaient grands pour me rapprocher et plus impossiblement inaccessible paraissait mon but! J'étais engourdi et je trébuchais, je me meurtrissais, je me coupais, et je ne saignais pas.

La sphère apparut à ma vue.

Je tombai sur les mains et les genoux... Mes poumons m'arrachaient des plaintes...

Je me mis à ramper, le givre s'accumulait sur mes lèvres et des glaçons pendaient à mes moustaches. Mon sang s'arrêtait dans cette atmosphère glaciale.

Je n'étais plus qu'à une douzaine de mètres de la sphère. Mes yeux se troublaient...

« Couche-toi là! criait le désespoir. Couche-toi là! »

Je touchai la sphère et m'arrêtai.

« Trop tard! hurla le désespoir. Couche-toi-là! »

JE N'ÉTAIS PLUS QU'A UNE DOUZAINE DE MÈTRES DE LA SPHÈRE.

Dans un dernier effort, je me raidis contre cette agonie, j'atteignis l'ouverture, stupéfié et à moitié mort. Autour de moi, la neige s'étendait. Je me laissai tomber à l'intérieur où s'attardait encore un peu d'air tiède.

Les flocons de neige, les flocons d'air congelé dansaient partout.

Avec mes mains glacées, je me mis à refermer la valve et à la revisser à fond. Je sanglotais...

— Je veux! balbutiai-je entre mes dents qui claquaient.

Puis avec mes doigts raidis et que je sentais cassants, j'appuyai sur les boutons qui fermaient les stores de *Cavorite*.

Tandis que je tâtonnais en essayant de les manœuvrer, car c'était la première fois que j'y touchais, j'aperçus vaguement, à travers la glace qui s'embuait, les traînées rougeoyantes du soleil dansant et palpitant à travers les rafales de neige et les formes noires des végétaux se déformant, se ployant et se rompant sous la neige accumulée. Les flocons tourbillonnaient de plus en plus épais, noirs contre la lumière.

Qu'arriverait-il si maintenant les stores n'allaient pas obéir aux ressorts?

Mais alors j'entendis sous ma main un déclic et, en moins d'un instant, cette dernière vision du monde lunaire disparut à mes yeux.

J'étais enfermé dans le silence et les ténèbres de la sphère interplanétaire.

XX

DANS L'ESPACE INFINI

C'était presque comme si j'avais été mort. A vrai dire, je m'imagine très bien qu'un homme soudainement et violemment mis à mort éprouverait, de l'autre côté, les mêmes sensations que moi.

Un moment, ce fut une agonie d'épouvante et un désir passionné d'exister; l'instant d'après, l'obscurité et le silence sans lumière ni vie, sans soleil, sans lune et sans étoiles — le vide infini.

Bien que la chose se fût accomplie de mon propre gré, bien que j'eusse déjà ressenti ce même effet en compagnie de Cavor, j'étais étonné, stupéfié et accablé. Il me semblait que j'étais lancé dans d'énormes ténèbres. Je cessai d'appuyer mes doigts sur les boutons et je flottai comme si j'étais annihilé; finalement, j'arrivai très doucement et sans heurt contre le ballot, la chaîne et les pinces d'or qui étaient venus à ma rencontre vers notre commun centre de gravité.

Je ne sais pas combien de temps il me fallut pour y parvenir. Dans la sphère, naturellement, plus encore que sur la lune, le sens terrestre du temps était inefficace. Au contact du ballot, ce fut comme si je m'étais éveillé d'un sommeil sans rêves.

Je me rendis immédiatement compte que si je voulais rester éveillé et vivant, il me fallait une lumière, ouvrir une fenêtre de façon que mes yeux pussent se poser sur quelque chose. De plus, j'étais transi; je donnai au ballot une poussée qui m'envoya contre la glace, et je saisis l'un des minces cordages intérieurs; je rampai alors jusqu'à ce que je parvinsse au bord de l'ouverture; de là, je pus me reconnaître pour retrouver les boutons de la lumière et des stores; je repris un nouvel élan en passant contre le ballot et, me heurtant contre quelques objets sans consistance qui flottaient aussi, je posai ma main sur la corde qui avoisinait les boutons des stores. J'allumai tout d'abord la petite lampe pour voir contre quel objet j'étais venu me cogner et je découvris que le vieux numéro de *Lloyd's News* s'était glissé hors du ballot et flottait dans le vide. Cela me ramena de l'infini à mes propres dimensions. Je ne pus m'empêcher de rire un instant, mais les secousses me furent pénibles et me suggérèrent l'idée de faire un emprunt au cylindre d'oxygène.

Après cela j'allumai le chauffoir et pris quelque nourriture. Je me mis ensuite à manœuvrer aussi délicatement que possible les stores de *Cavorite*, pour voir si je pourrais, en quelque façon, deviner comment la sphère voyageait. Je dus aussitôt refermer le premier store que j'ouvris et je restai pendant un certain temps ébloui et aveuglé par l'éclat du soleil qui m'avait soudain frappé. Après un instant de réflexion, je me mis en devoir d'atteindre les fenêtres qui se trouvaient à angle droit avec celle-ci; cette fois, j'aperçus l'immense croissant de la lune, et, derrière, le minuscule croissant de la terre.

Je fus stupéfait de me trouver déjà si loin de la lune. J'avais, il est vrai, compté que non seulement je n'éprouverais cette fois que peu ou pas du tout la violente poussée que l'atmosphère nous avait donnée au départ, mais aussi que l'essor tangentiel de la rotation de la lune serait vingt-huit fois moindre que celui de la terre. Je m'étais attendu à rester au-dessus du cratère, en marge de la nuit lunaire; mais tout cela n'était plus maintenant qu'une partie du contour de ce pâle croissant qui emplissait le ciel.

Quant à Cavor?... Il était déjà infinitésimal.

J'essayai de m'imaginer ce qui avait bien dû lui arriver, mais je ne pus alors penser à autre chose qu'à sa mort. Je me le représentais, affaissé et brisé, au pied de quelque interminable cascade de fluide bleu tandis qu'autour de lui les stupides insectes inclinaient leurs têtes sans visages...

Après le contact inspirateur du numéro du journal, je redevins, pour un certain temps, un homme pratique. Il m'apparaissait clairement que ce que j'avais à faire était de retourner vers la terre; mais, autant que je pouvais m'en rendre compte, je m'en éloignais.

Quoi qu'il ait pu arriver à Cavor, même s'il était encore vivant — ce qui me paraissait incroyable après le papier taché de sang — j'étais impuissant à lui venir en aide. Il était là-bas, vivant ou mort derrière le manteau de ces impénétrables ténèbres et il y devait au moins rester jusqu'à ce que je pusse ramener quelques-uns de nos semblables à la rescousse. Était-ce cela que je ferais? En tout cas, j'avais dans l'esprit quelque projet de ce genre : revenir sur la terre et, selon que de plus mûres réflexions pourraient m'y déterminer, soit montrer et expliquer la sphère à quelques personnes discrètes pour agir avec elles, soit garder mon secret, vendre mon or, me procurer des armes, des provisions et un aide, et, ainsi avantageusement équipé, repartir pour aller traiter sur le pied d'égalité avec ces fragiles habitants de la lune, délivrer Cavor si cela était encore possible, ou tout au moins me procurer une quantité d'or suffisante, pour établir sur une base plus solide ma conduite à venir.

Mais c'était là voir les choses d'un peu loin et il me fallait tout d'abord regagner la terre. Je m'occupai donc de décider exactement de quelle façon devait s'opérer mon retour.

Je pus enfin déchiffrer, dans cette ténébreuse énigme, que ma meilleure chance serait de redescendre vers la lune aussi près que je pouvais l'oser, afin de reprendre de la vitesse, de fermer ensuite mes fenêtres, de passer de l'autre côté du globe lunaire, puis, une fois là, ouvrir mes stores du côté de la terre et partir ainsi à une bonne allure vers notre planète. Mais il m'eût été impossible d'affirmer ou de démontrer que, par ce moyen, j'atteindrais jamais la terre et que je ne me trouverais pas simplement entraîné dans quelque gravitation ou rotation hyperboliques ou paraboliques.

Plus tard, j'eus une heureuse inspiration, et, en ouvrant certaines fenêtres du côté de la lune qui, dans le ciel, m'était apparue en face de la terre, je modifiai ma course de façon à avancer droit sur la terre, derrière laquelle je serais passé si je ne m'étais pas avisé de cet expédient.

Je me livrai sur ces problèmes à toute une série de raisonnements compliqués, car je ne suis pas un mathématicien, et je suis persuadé, en somme, que ce fut ma bonne chance, beaucoup plus que mes facultés, qui me ramena sur la terre.

Si j'avais connu alors, comme je les ai apprises depuis, toutes les chances mathématiques que j'avais contre moi, je doute fort que j'eusse pris la peine de toucher les boutons pour tenter de me diriger. Ayant pu démêler ce que je considérais comme la chose à faire, j'ouvris toutes les fenêtres donnant sur la lune : l'effort me souleva pendant un instant à quelques pieds en l'air, où je restai suspendu de la plus bizarre façon. Je revins m'accroupir alors contre la paroi de verre attendant que le croissant eût pris des dimensions suffisantes et que je m'en fusse convenablement rapproché. Alors, je fermerais les fenêtres, passerais derrière la lune avec la vélocité ainsi acquise — à moins que je n'allasse me briser à sa surface — et me mettrais ensuite en route vers la terre.

Et c'est ce que je fis.

Je sentis enfin que mon allure était suffisante et, d'un seul coup, je fis disparaître à mes yeux le croissant lunaire. Dans cet état d'esprit qui était, je me le rappelle maintenant, singulièrement libre de toute anxiété et de toute détresse, je m'installai pour commencer, dans cette petite boule tournoyant à travers l'espace infini, une veille qui durerait jusqu'à mon arrivée sur terre. Le chauffoir avait donné à la sphère une chaleur tolérable; l'air avait été rafraîchi par l'oxygène et, à part cette faible congestion qui ne me quitta pas tant que dura mon absence de la terre, je me sentais en excellent état physique. J'avais éteint la lumière de peur d'en manquer plus tard, et j'étais dans une obscurité d'où j'apercevais, au-dessous de moi, la clarté de la terre et le scintillement des étoiles.

Tout était si absolument calme et silencieux que j'aurais pu me croire véritablement le seul être vivant de tout l'univers; et cependant, chose assez étrange, je n'éprouvais aucun sentiment de solitude ni de crainte, pas plus que si j'eusse été étendu sur mon lit, dans ma propre maison. Cela me semble maintenant d'autant plus étrange que, pendant les dernières heures passées dans le cratère, la sensation de mon isolement absolu avait été une agonie.

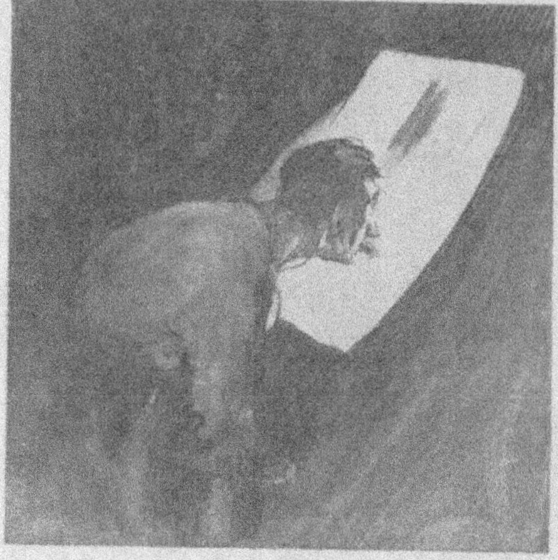

Si incroyable que cela paraisse, le laps de temps que je demeurai dans l'espace n'est en aucune façon proportionné à tout autre intervalle de mon existence.

Quelquefois je me figurais durer pendant d'incommensurables éternités ainsi qu'une divinité assise sur une feuille de lotus, et, parfois, je croyais qu'il se produisait un arrêt momentané dans mon voyage de la lune à la terre. En réalité, je passai ainsi plusieurs semaines de notre temps terrestre. Mais pendant cette période au moins, j'en eus fini avec l'inquiétude et l'anxiété, avec la faim et l'épouvante. Je flottais dans la sphère, pensant, avec un étrange détachement, à tout ce que nous avions subi, à toute ma vie, aux mobiles de mes actions et aux résultats de mon existence. Il me semblait, à flotter ainsi au milieu des étoiles, que je devenais de plus en plus grand, que je perdais tout sens du mouvement, et sans cesse l'impression de la petitesse de la terre et de la petitesse plus infinie encore de ma vie sur la planète resta implicite dans mes pensées.

Finalement, je sentis l'attrait de la terre sur mon corps, et cette sensation me ramena à la vie réelle des hommes.

Je me mis en devoir de démêler dans quelles conditions il me fallait tomber sur la terre.

J'APERCEVAIS AU-DESSOUS DE MOI LA CLARTÉ DE LA TERRE.

XXI

DESCENTE A LITTLESTONE

En arrivant dans les couches supérieures de l'atmosphère terrestre, la sphère se mit à graviter selon une courbe à peu près parallèle à la surface de la terre. La température commença immédiatement à s'élever. Je compris qu'il convenait de descendre sans tarder, car, au-dessous de moi, dans un crépuscule assombri, s'étendait un vaste bras de mer.

J'ouvris autant de fenêtres qu'il me fût possible et je tombai du soleil dans le soir et du soir dans la nuit. Plus vaste devenait la terre, dont la masse absorbait peu à peu les astres scintillants, et le voile argenté d'ombre translucide et piquée d'étoiles qui la revêtait se développait comme pour me capturer.

Enfin, notre monde ne m'apparut plus sphérique, mais plat, puis, au bout de peu de temps, concave. Il ne fut plus une planète dans le ciel, mais le Monde... le Monde de l'homme. Je fermai toutes les fenêtres qui donnaient du côté de la terre, sauf une que je laissai à demi ouverte pour me permettre de voir, et je dégringolai avec une rapidité croissante. La mer s'élargissait, si proche maintenant que je voyais le sombre scintillement des vagues se précipiter à ma rencontre. Le dernier store fut baissé et je m'assis farouche, me mordant les poings et attendant le choc...

La sphère frappa la surface des flots avec un énorme éclaboussement. L'eau dut sauter à des centaines de mètres. Au moment du choc, j'ouvris tous les stores de *Cavorite*. J'enfonçai... mais de plus en plus lentement; je sentis sous mes pieds la pression de l'eau contre la paroi et je remontai comme une bulle.

Finalement, je me trouvai flottant et ballotté à la surface de la mer... Mon voyage dans l'espace était achevé.

La nuit était sombre et le ciel couvert de nuages. Deux points jaunes au loin indiquèrent un navire qui passait et, plus près, un rayon rouge allait et venait. Si l'électricité qui alimentait ma lampe n'eût pas été épuisée, j'aurais pu être recueilli cette nuit-là. En dépit de la fatigue peu commune que je commençais à ressentir, j'étais surexcité maintenant, et j'éprouvai un instant l'espoir furieux et impatient que mon voyage se terminât ainsi.

Mais je cessai bientôt de m'agiter et restai les poings sur les genoux, observant dans la distance cette lumière rouge. Le rayon se balançait de haut en bas, sans s'arrêter jamais. Ma surexcitation se calma. Je compris que j'avais encore à passer toute cette nuit au moins dans la sphère et je me sentis infiniment lourd et las; bientôt le sommeil m'eût gagné.

Un changement dans le rythme de mes mouvements m'éveilla. Je regardai à travers la paroi de verre et je constatai que j'avais atterri sur un large bas-fond de sable. Il me sembla voir au loin des maisons et des arbres, et, du côté de la mer, l'image dénaturée et vague d'un navire, entre ciel et eau.

Avec effort, je me mis debout. Mon unique désir était de quitter ma prison. La valve de l'ouverture se trouvait à la partie supérieure de la sphère et je m'attaquai à l'écrou. Lentement je parvins à ouvrir la valve. De nouveau l'air s'infiltrait en sifflant à l'intérieur comme déjà, avec ce même bruit, il s'en était échappé. Mais, cette fois, je n'attendis pas que la pression se fût équilibrée. Un moment je laissai tomber le poids de l'ouverture et je vis au-dessus de ma tête, large et libre, le vieux ciel familier de la terre.

L'air m'entra si violemment dans les poumons que je perdis haleine; je lâchai l'écrou, et, poussant un cri, je pressai mes mains contre ma poitrine et m'assis. Pendant quelques instants, j'éprouvai de violentes douleurs. Puis je me mis à respirer largement et enfin je pus me redresser et me mouvoir. Je voulus passer ma tête par l'ouverture, mais à ce moment la sphère bascula. On eût dit que quelque chose m'avait tiré la tête par en bas; je rentrai bien vite sans quoi j'aurais été cloué la face sous l'eau. Après quelques oscillations et quelques poussées, je parvins à me glisser sur le sable où les vagues de la marée descendante arrivaient encore.

Je n'essayai pas de me mettre debout. Il me sembla que mon corps s'était soudain changé en plomb. Notre mère la terre avait de nouveau remis sa lourde main sur moi — sans cavorite intermédiaire. Je m'assis où j'étais, ne me souciant pas des flots qui me baignaient les pieds.

C'était l'aube, une aube grise, plutôt nuageuse, mais laissant voir ici et là de longues traînées de gris verdâtre. Devant moi, un navire était à l'ancre, pâle silhouette tachée d'une lumière jaune. Les vagues arrivaient sur le sable en longues brisures transparentes. Au loin vers la droite, la côte s'incurvait en une plage où s'élevaient de petites maisonnettes, et à l'horizon, un phare au bout d'une pointe de terre. Une étendue de sable uni s'avançait vers l'intérieur, interrompue ici et là par des étangs et se terminant, à un mille environ, en une bande coupée de buissons bas.

Au nord-est, une plage isolée s'apercevait, avec des groupes de maisons et de chalets qui étaient les constructions les plus hautes que j'aperçusse, taches mornes contre le ciel qu'illuminait l'aurore. Quelles étranges créatures pouvaient avoir construit ces piles verticales dans un espace aussi vaste? Elles ressemblaient à des fragments de villes égarées dans un désert.

Longtemps je restai là, bâillant et me frottant les yeux. Enfin j'essayai de me relever. Il me sembla que je soulevais un poids énorme, mais je parvins néanmoins à reprendre mon équilibre.

J'examinai les maisons éloignées. Pour la première fois depuis notre inanition

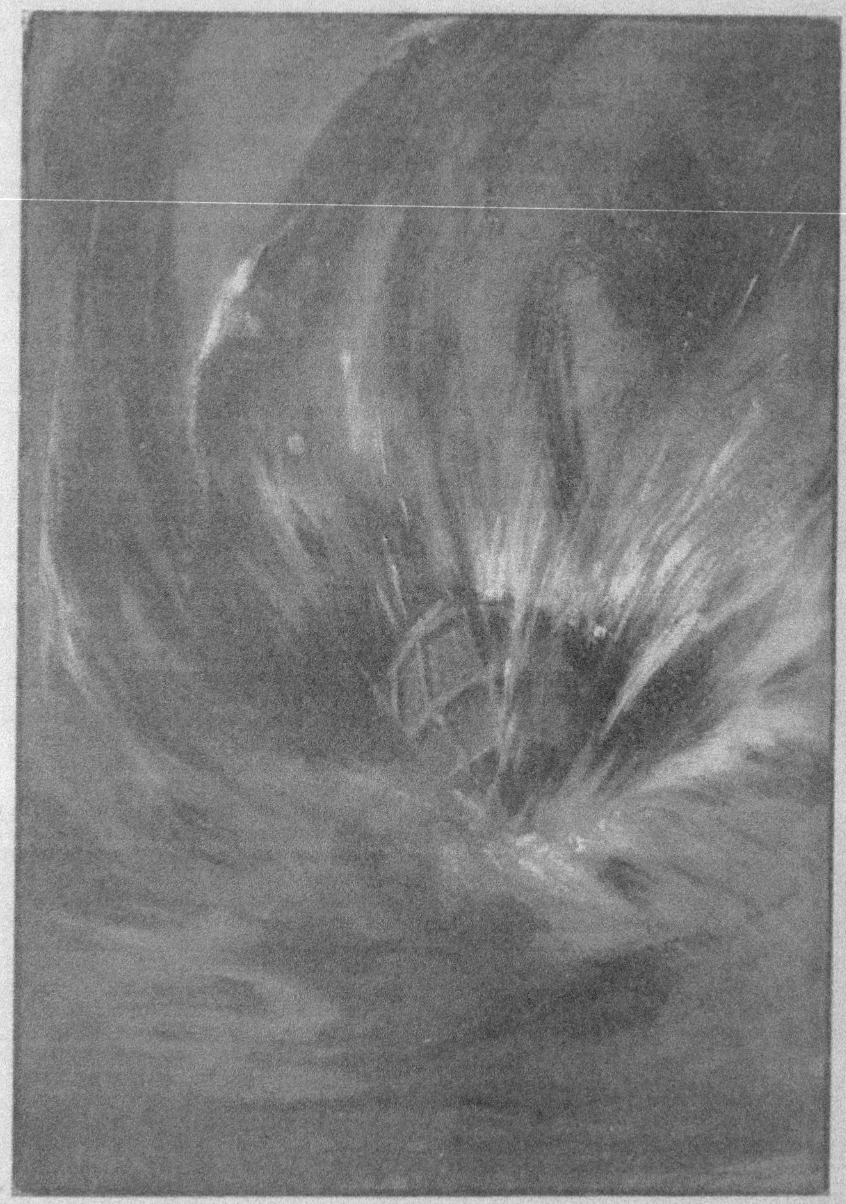

LA SPHÈRE FRAPPA LA SURFACE DES FLOTS AVEC UN ÉNORME ÉCLABOUSSEMENT.

dans le cratère, je pensai à des nourritures terrestres.

— Du jambon! murmurai-je, des œufs!... du bon pain rôti!... du bon café!... Et comment diable vais-je faire pour transporter tout mon bagage à Lympne?

Je me demandais où j'étais. En tout cas, je me trouvais sur une côte est et, avant de tomber, j'avais aperçu l'Europe.

Soudain j'entendis des pas écraser le sable et un petit homme à la figure ronde et à l'aspect amical, vêtu de flanelle, une serviette autour du cou et son maillot de bain sur le bras, apparut non loin du rivage. Je reconnus immédiatement que je devais être en Angleterre. L'homme regardait tour à tour la sphère et moi, avec ébahissement. Il s'avança. Je devais avoir l'air d'un sauvage féroce, sale, échevelé, déguenillé d'une indescriptible façon... mais je ne pensai à rien de tout cela pour le moment. L'homme s'arrêta à une distance d'une vingtaine de mètres.

— Hé! là-bas? fit-il d'un ton incertain.

— Hé! là-bas, vous même! répliquai-je.

Rassuré par ma voix, il se rapprocha de quelques pas.

— Que peut bien être cette chose? demanda-t-il en me montrant la sphère.

— Pouvez-vous me dire où je suis? — questionnai-je.

— Ici, c'est Littlestone, dit-il, indiquant du doigt les maisons, là-bas, c'est Dungeness. Est-ce que vous venez seulement d'aborder? Qu'est-ce que c'est que cette chose que vous avez là? Quelque espèce de machine?

— Oui.

— Est-ce que vous êtes venu échouer là? Êtes-vous naufragé ou quoi? Qu'est cette chose?

Je réfléchis rapidement, tâchant de me faire une opinion sur ce petit homme qui s'avança plus près.

— Diantre! fit-il, vous avez dû passer un mauvais moment? Je croyais... Ma foi... A quel endroit avez-vous fait naufrage? Est-ce que cette machine est un appareil de sauvetage?

Je me décidai à confirmer pour l'instant cette explication et lui répondis quelques phrases vagues.

— Mais j'ai besoin de secours, continuai-je d'une voix rauque. Je voudrais débarquer diverses choses que je ne peux guère abandonner là.

A ce moment j'aperçus trois autres jeunes gens d'aspect sympathique, munis eux aussi de serviettes et qui, coiffés de chapeaux de paille, descendaient de notre côté, — évidemment la section matinale des baigneurs de Littlestone.

— Du secours, s'écria mon interlocuteur. Certes!

Il fit quelques gestes empressés pour

POUVEZ-VOUS ME DIRE OÙ JE SUIS?

indiquer sa bonne volonté à me venir en aide.

— Que voulez-vous que je fasse?

Il se retourna en agitant les bras. Les trois jeunes gens accélérèrent leur pas et tous quatre m'entourèrent bientôt, m'accablant de questions auxquelles je n'étais guère disposé à répondre.

— Je vous conterai tout cela plus tard, les interrompis-je. Je meurs de besoin et je suis en loques.

— Venez à l'hôtel, dit le petit homme à figure ronde. Nous allons garder votre machine.

J'hésitai.

— Je n'y tiens pas... Dans cette sphère, il y a deux grandes barres d'or.

Ils échangèrent quelques regards incrédules et m'observèrent avec une nouvelle attention.

J'allai jusqu'à la sphère, m'introduisis à l'intérieur et bientôt je déposai devant eux la chaîne brisée et les leviers des Sélénites.

Si je n'avais pas été si horriblement fatigué, j'aurais pu éclater de rire à leur surprise. On eût dit de jeunes chats autour d'un escargot. Ils ne savaient que faire de ce bagage. Le petit homme se baissa, souleva l'extrémité d'une des barres et la laissa tomber avec un grognement. Tous l'imitèrent.

— C'est du plomb ou de l'or, dit l'un.

— Oh! c'est de l'or, fit l'autre.

— De l'or à coup sûr, affirma le troisième.

Ils m'examinèrent tous trois fort étonnés et portèrent ensuite leurs regards sur le navire à l'ancre.

— Mais enfin! s'écria le petit homme, mais enfin! où avez-vous eu cela?

J'étais trop fatigué pour imaginer quelque histoire.

— Je l'ai eu dans la lune.

Ils s'entre-regardèrent avec étonnement.

— Écoutez! dis-je, je ne vais pas me mettre à discuter et à expliquer. Aidez-moi à emporter ces morceaux d'or jusqu'à l'hôtel. Je suppose qu'avec des repos vous pourrez, à vous quatre, emporter les deux barres, et moi je traînerai la chaîne. Je vous raconterai le reste quand je serai restauré.

— Et qu'allez-vous faire de cette chose ronde?

— Elle ne prendra pas mal, répliquai-je. En tout cas, le diable soit d'elle. Il faut bien qu'elle reste là maintenant. A la marée montante elle flottera sans encombre.

Dans un état de prodigieux émerveillement, les quatre jeunes gens, d'une façon fort obéissante, soulevèrent mes trésors sur leurs épaules, et, avec des membres de plomb me semblait-il, je pris la tête de la procession vers le groupe éloigné des maisons de la plage.

A mi-chemin, nous fûmes renforcés par deux petites filles craintives, portant des seaux et des pelles de bois, et, un instant après, un jeune garçon maigre, qui reniflait régulièrement, apparut. Je me rappelle qu'il menait à la main une bicyclette et il nous accompagna sur notre flanc droit pendant une centaine de mètres; puis, ne nous trouvant plus, je suppose, suffisamment intéressants il remonta sur sa bicyclette et partit dans la direction de la sphère.

Je ne pus m'empêcher de me retourner pour voir où il allait.

— Il n'y touchera pas! affirma le petit homme d'un ton rassurant.

Je ne désirais que trop être rassuré.

Tout d'abord, quelque chose des teintes grises du matin pesa sur mon esprit; mais bientôt le soleil se dégagea des nuages unis de l'horizon et illumina le monde; la nuance plombée de la mer disparut et les flots scintillèrent. Mon esprit s'éveilla. Je compris toute la vaste importance des choses que j'avais accomplies et celles qu'il me restait encore à faire. Un des porteurs trébucha, chancelant sous le poids de l'or, et cela me fit éclater de rire.

Quand je prendrai ma place dans le monde, combien le monde sera surpris!

Si je n'avais pas été dans un tel état d'épuisement, le propriétaire de l'hôtel eût été pour moi l'inépuisable source du plus comique amusement. Il hésitait entre mon cortège respectable chargé d'or et mon apparence malpropre.

Enfin, je me trouvai une fois de plus dans une salle de bains terrestre, avec de l'eau chaude et des habits de rechange, à vrai dire ridiculement trop courts pour moi, mais propres, que le généreux petit homme m'avait prêtés. Il m'envoya aussi un rasoir, mais je ne pus me décider à attaquer en ce moment le poil hirsute qui me couvrait la figure.

Je préférai m'installer devant un breakfast bien anglais que j'attaquai avec une sorte d'appétit languissant, vieux de plusieurs semaines et fort décrépit. Je me mis en devoir de répondre aux quatre jeunes gens, leur avouant simplement la vérité.

— Eh bien! puisque vous insistez, je l'ai trouvé dans la lune.

— Dans la lune?

— Oui! la lune du ciel.

— Mais que voulez-vous dire?

— Rien autre que ce que je dis, ma foi!

— Alors vous arriveriez de la lune?

— Exactement!... A travers l'espace!... Dans cette boule...

Ce disant j'avalai une délicieuse bouchée d'œuf. Je notai tout bas que lorsque je retournerais chercher Cavor, j'emporterais une boîte d'œufs.

Je voyais clairement qu'ils ne croyaient pas un mot de ce que je leur avais dit, mais ils me considéraient évidemment comme le plus respectable menteur qu'ils aient jamais rencontré. Ils se regardaient tour à tour, puis concentraient leur attention sur moi.

Ces masses d'or aux formes étranges sous lesquelles ils avaient ployé occupaient leur esprit. Là, devant moi, étaient posées ces barres et ces chaînes, chacune valant des centaines de mille francs et aussi peu faciles à voler qu'une maison ou qu'un champ. Tandis qu'en buvant ma tasse de café j'observais leur figure curieuse, je me fis une idée de l'immense désert d'explications dans lequel je devais m'aventurer pour rendre mes paroles compréhensibles.

— Vous ne prétendez pas réellement..., commença le plus jeune de mes compagnons, du ton de quelqu'un qui parle à un enfant obstiné.

— Voulez-vous avoir l'obligeance de me passer le porte-tartines? dis-je en lui coupant la parole.

— Enfin, voyons, commença un autre, nous n'allons pas croire cela, vous savez!

— Ah! bien! fis-je en haussant les épaules.

— Il ne veut rien nous dire, remarqua le plus jeune en s'adressant aux autres, et il ajouta avec une apparence de grand sang-froid : — Vous me permettez d'allumer une cigarette?

Je lui fis de la main un geste de cordial assentiment tout en continuant à manger. Deux de mes compagnons se levèrent, gagnèrent la fenêtre la plus éloignée et se mirent à causer à voix basse.

Une pensée me frappa soudain.

— Est-ce que la marée monte? demandai-je.

Ma question fut suivie d'un moment de silence pendant lequel ils semblèrent se demander lequel d'entre eux devait me répondre.

— Le reflux commence dit le petit homme.

— Bah! en tout cas, elle ne flottera pas loin, répliquai-je.

Je décapitai un troisième œuf et entrepris un petit discours.

— Écoutez! dis-je, n'allez pas vous imaginer que je veuille me montrer désagréable ou que je m'amuse à vous raconter des histoires malhonnêtes... Non, rien de la sorte. Je suis obligé d'être quelque peu bref et mystérieux. Je comprends parfaitement que cela soit pour vous extrêmement étrange et que vos imaginations soient surexcitées. Je puis vous assurer que vous êtes les témoins d'un événement mémorable. Mais je ne peux pas vous rendre les choses plus claires maintenant, c'est impossible! Je vous donne ma parole d'honneur que j'arrive de la lune et c'est tout ce qu'il m'est permis de vous dire... Tout de même, je vous suis infiniment obligé, vous savez..., oui, infiniment. J'espère que mes manières ne vous ont en aucune façon offensés.

— Oh! pas le moins du monde, dit le plus jeune d'un ton affable. Nous comprenons parfaitement.

Sans me quitter des yeux, il se renversa en arrière avec sa chaise et manqua de culbuter; il ne recouvra son équilibre qu'après quelques efforts.

— Pas la moindre offense! réitéra le petit homme.

— N'allez pas croire cela! renchérit un troisième.

A ces mots ils se levèrent tous, allant et venant dans la pièce, allumant des cigarettes, essayant de mille façons de montrer qu'ils étaient dans des dispositions parfaitement aimables et n'éprouvaient pas la moindre curiosité à propos de moi et de la sphère.

— Quoi qu'il en soit, je vais avoir l'œil sur ce navire, entendis-je l'un d'eux murmurer.

S'ils avaient pu trouver un prétexte pour sortir, ils l'eussent fait. J'achevai mon troisième œuf.

— Le temps, remarqua bientôt le petit homme a été merveilleux, n'est-il pas vrai? Je ne me rappelle pas que nous ayons eu depuis longtemps un été pareil...

Au même moment un sifflement s'entendit, semblable à celui d'une énorme fusée... Quelque part des vitres se brisèrent...

UNE BOUFFÉE DE NUAGES TOURBILLONNAIT COMME UNE FUMÉE QUI SE DISPERSE.

— Qu'est cela? m'écriai-je.

— Ce n'est pas?... fit le petit homme en courant vers la fenêtre.

Les autres firent de même, et je restai les yeux fixés sur eux.

Tout à coup je bondis, renversant mon œuf, et courus aussi à la fenêtre. Une pensée m'avait traversé l'esprit.

— On ne voit rien de ce côté, fit le petit homme en se précipitant vers la porte.

— C'est ce gamin! hurlai-je, braillant d'une voix rauque et furieuse. C'est ce maudit gamin!

Me retournant, je bousculai le garçon qui me rapportait des tartines et, en deux enjambées, j'étais hors de la pièce et j'arrivais en bas sur la petite terrasse de l'hôtel.

La mer qui, l'instant d'auparavant, était calme, s'agitait maintenant de vagues pressées et, à l'endroit où avait été la sphère, l'eau bouillonnait comme dans le sillage d'un navire. Au-dessus, une bouffée de nuages tourbillonnait comme une fumée qui se disperse, et les trois ou quatre personnes qui se trouvaient sur le rivage, regardaient avec des figures interrogatives le lieu où venait de se produire cette détonation inattendue. Et c'était tout. Le garçon et les jeunes gens accoururent derrière moi. Des cris partirent des fenêtres et des portes, et toutes sortes de mortels inquiets apparurent bouche bée.

Un instant je restai là, trop abasourdi par cet incident inopiné pour penser à ces individus.

Tout d'abord ma surprise fut trop vive pour que je pusse envisager la chose comme un désastre certain... J'étais dans l'état d'un homme qui reçoit, par accident, un coup violent, et qui ne vient à se rendre compte que peu à peu du dommage dont il a souffert.

— Seigneur!

Un frisson me passa comme si l'on m'avait versé quelque corrosif au long du dos. Mes jambes faiblirent. Je me faisais une idée de ce que signifiait pour moi ce malheur. Là haut, dans le ciel, flottait

que n'y puis rien. Je ne suis pas de force!... Cherchez vous-même et... et... allez au diable!

Je gesticulais convulsivement. Le petit homme recula d'un pas comme si je l'avais menacé, et je traversai les rangs des curieux en m'enfuyant vers l'hôtel. Je saisis le garçon comme il entrait.

— Entendez-vous? hurlai-je. Faites-vous

JE GESTICULAIS CONVULSIVEMENT.

déjà ce maudit gamin. J'étais entièrement délaissé.

Il y avait bien de l'or dans la salle à manger... mon seul bien terrestre. Comment tout cela allait-il s'arranger? L'effet produit dans mon cerveau n'était qu'une confusion gigantesque et sans issue.

— Dites donc? fit derrière moi la voix du petit homme, dites donc, savez-vous ce que c'est?

Je me retournai pour faire face à vingt ou trente personnes qui m'entouraient et me bombardaient d'interrogations muettes et de regards indécis et soupçonneux. La contrainte de tous ces yeux me fut intolérable et je poussai un gémissement.

— Je n'y puis rien m'écriai-je, je vous dis

aider et portez immédiatement ces barres dans ma chambre.

Il ne paraissait pas comprendre et je continuai à m'égosiller et à m'emporter contre lui. Un petit vieux parut, l'air affairé, avec un tablier vert et, derrière lui, deux des jeunes gens en costume de flanelle. Je m'élançai vers eux et leur demandai leurs services. Aussitôt que l'or fut dans ma chambre, je me sentis libre de leur chercher noise.

— Et maintenant, fichez-moi le camp! vociférai-je. Tous! Sortez! si vous ne tenez pas à me voir devenir fou furieux.

Je poussai le garçon par les épaules pendant qu'il hésitait sur le seuil. Puis, aussitôt que j'eus refermé la porte sur eux, je me dépouillai des vêtements que m'avait prêtés le petit homme, en les jetant de droite et de gauche et je me mis immédiatement au lit. Je restai très longtemps couché ainsi, pantelant, jurant et me calmant peu à peu.

Enfin je fus suffisamment apaisé pour sortir du lit et sonner le garçon aux yeux ronds. Je lui demandai une chemise de flanelle, du whisky, une bouteille de soda et quelques bons cigares. Après un délai exaspérant, qui me ramena plusieurs fois à la sonnette, ces diverses choses me furent procurées, je refermai la porte et me mis délibérément à examiner sans détours ma situation.

Le résultat net de notre grande expérience se présentait comme un échec indiscutable, une déroute dont j'étais le seul survivant. C'était un écroulement absolu, et l'accident de tout à l'heure complétait le désastre. Il n'y avait autre chose à faire pour moi que d'essayer de me tirer de là et de sauver de notre lamentable débâche autant d'espérances qu'il en pourrait rester. Au coup fatal qui couronnait l'affaire, toutes mes vagues résolutions de tenter un autre voyage pour secourir Cavor s'évanouissaient. Mon intention d'aller chercher dans la lune une cargaison d'or, de faire ensuite analyser un fragment de *Cavorite* pour redécouvrir le grand secret, peut-être de retrouver finalement le corps de Cavor... Tout cela s'écroulait.

J'étais le seul survivant et c'était tout...

Me mettre au lit dans une circonstance critique est, je pense, l'une des plus fameuses idées que j'aie jamais eue.

Je m'endormis. Sans doute, c'était là pour le premier homme de retour de la lune une chose bien prosaïque à faire, et je me figure parfaitement que le jeune lecteur imaginatif sera fort désappointé par une semblable conduite. Mais j'étais horriblement fatigué et ennuyé... et, en somme, qu'y avait-il d'autre à faire? Je n'avais certainement pas la plus petite chance d'être cru, si je racontais mon histoire, et j'aurais été, en ce cas, exposé aux plus intolérables ennuis.

Je dormis. Quand, enfin, je me réveillai, je me trouvai de nouveau prêt à affronter le monde, comme j'ai toujours eu coutume de le faire depuis que j'ai atteint l'âge de raison.

C'est ainsi que je me décidai à partir pour l'Italie, où je suis en ce moment, occupé à relater cette histoire. Si le monde ne veut pas l'accepter comme un fait, qu'on la prenne alors comme une fiction. Peu m'importe!

J'en ai achevé la narration — et je suppose qu'il va me falloir à présent m'accommoder de nouveau des tourments et des misères de la vie terrestre.

Même quand on a été dans la lune, il faut gagner sa vie, et c'est pourquoi je suis installé ici à Amalfi, recomposant le scénario de cette pièce que j'avais esquissée avant que Cavor ne vînt faire intrusion dans mon existence, et j'essaie de réorganiser ma vie, comme elle l'était auparavant.

Me voici donc en cet endroit dans une situation un peu plus aisée que lorsque j'étais à Lympne et c'est tout. Et Cavor s'est suicidé d'une façon plus compliquée que jamais humain n'avait pu le faire. Ainsi l'histoire se termine, aussi définitivement et aussi complètement qu'un rêve. Cela s'accorde si peu avec les autres événements de l'existence, une telle part en fut si absolument étrangère à l'expérience humaine : les bonds, la nourriture, la respiration de ces moments impondérables qu'à vrai dire, par instants, malgré tout mon or lunaire, je doute à demi moi-même que l'histoire entière ne soit autre chose qu'un rêve...

Ici se terminait primitivement la relation de cette aventure; mais pendant que l'ouvrage était sous presse une communication des plus extraordinaires nous est parvenue qui donne, certes, au récit un surprenant cachet de véracité. Nous l'avons résumée dans les chapitres suivants, pour l'offrir à la curiosité du lecteur.

XXII

L'ÉTONNANTE COMMUNICATION DE M. JULIUS WENDIGEE

Quand j'eus terminé le récit de mon retour sur la terre, à Littlestone, j'écrivis en grosses lettres le mot : FIN, le soulignai d'un paraphe compliqué et jetai ma plume de côté, absolument persuadé que l'histoire des « Premiers Hommes dans la Lune » était achevée. Je ne m'étais pas seulement borné à cela, mais j'avais remis mon manuscrit entre les mains d'un agent littéraire, qui l'avait placé, et j'en avais vu paraître une grande partie dans le *Strand Magazine*; j'allais me remettre à travailler le scénario de la pièce que j'avais commencée à Lympne, quand je m'aperçus que je n'étais pas encore au bout de mes aventures. Car alors me fut renvoyée d'Amalfi à Alger (il y a de cela six semaines) l'une des plus surprenantes communications qu'il ait été en mon destin de recevoir.

En résumé, j'étais informé que M. Julius Wendigee, électricien hollandais qui expérimentait certain appareil du genre de celui employé en Amérique par M. Testa dans l'espoir de découvrir quelque méthode de communication avec Mars, recevait, jour après jour, de curieux fragments de messages, en anglais, qui devaient indiscutablement émaner de M. Cavor, dans la Lune.

D'abord, je me dis que la chose n'était qu'une farce laborieusement élaborée par quelqu'un qui avait vu le manuscrit de mon récit. Je répondis sur le ton de la plaisanterie à M. Wendigee, mais il me répliqua d'une façon qui dissipait entièrement tout soupçon d'imposture et, dans un état de surexcitation bien concevable, je quittai en toute hâte Alger pour me rendre au petit observatoire du Saint-Gothard, dans lequel il se livrait à ses travaux. Après sa relation et en présence de son matériel et par-dessus tout des messages de M. Cavor qui nous parvenaient, mes derniers doutes s'évanouirent.

Je résolus immédiatement d'accepter la proposition qu'il me fit de rester avec lui pour l'assister dans la tâche d'enregistrer journellement les communications et d'essayer avec lui d'envoyer un message dans la lune.

Cavor, apprîmes-nous, était non seulement vivant, mais libre, au milieu d'une inimaginable communauté de ces êtres au corps de fourmi et marchant debout comme les hommes, dans l'obscurité bleue des caves lunaires. Il était resté boiteux, semblait-il, mais autrement en parfaite santé, meilleure, disait-il distinctement, qu'elle ne l'était habituellement sur terre. Il avait eu une fièvre qui ne lui avait laissé aucun effet fâcheux, mais, chose curieuse, il paraissait avoir la conviction que j'étais mort dans le cratère de la lune ou perdu dans l'abîme de l'espace.

Mes connaissances scientifiques, je dois l'admettre, ne sont pas très étendues, mais autant qu'elles me permettent d'en juger, les combinaisons imaginées par M. Wendigee pour surprendre et enregistrer le moindre trouble dans les conditions électro-magnétiques de l'espace sont particulièrement originales et ingénieuses. Par une heureuse coïncidence, ses appareils furent montés et mis en marche environ deux mois avant que Cavor ait fait sa première tentative de communication avec la terre. Nous avons donc, depuis le commencement, les fragments de ces messages. Par malheur, ce ne sont que des fragments, et les plus importantes de toutes les choses qu'il avait à dire à l'humanité, — entre autres, les instructions qui permettraient de fabriquer à nouveau la cavorite, si, à vrai dire, il les transmit jamais, — se sont perdues dans l'espace.

Nous ne réussîmes jamais à envoyer une réponse à Cavor. Il lui est, par conséquent, impossible de savoir ce que nous avons reçu et ce qui nous manque, de même qu'il ignore certainement que quelqu'un sur terre soit averti de ses tentatives. Et la persistance qu'il montra en envoyant dix-huit longues descriptions des affaires lunaires, — ce qu'elles seraient, si nous les avions complètes, — indique combien son esprit doit s'être tourné vers sa planète native, depuis qu'il l'a quittée il y a deux ans.

On peut s'imaginer combien surpris dut être M. Wendigee quand il découvrit ses enregistreurs de troubles électro-magnétiques entremêlés des phrases nettes de Cavor. M. Wendigee ne savait rien de notre fol voyage dans la lune et soudain, ces mots anglais qui sortent du vide!

Il est bon que le lecteur comprenne dans quelles conditions on peut supposer que Cavor envoya ses messages. Il dut, à coup sûr, pendant un certain temps, avoir accès dans quelque caverne intérieure de la Lune, renfermant une masse considérable d'appareils électriques, et il est possible qu'il ait rééquipé, peut-être furtivement, un mécanisme transmetteur du type Marconi, dont il eut le loisir de se servir à intervalles irréguliers, parfois pendant une demi-heure au moins, d'autres fois pendant trois ou quatre heures d'affilée. C'est à ces moments qu'il envoya ses messages vers notre planète, sans penser que la position relative de la lune et des divers points de la surface de la terre se modifie constamment. En conséquence de cela et des imperfections inévitables de nos instruments, ses communications vont et viennent sur nos enregistreurs d'une manière absolument incohérente; elles deviennent tout à coup confuses, elles s'effacent d'une façon mystérieuse et réellement exaspérante. Il faut dire aussi qu'il n'était pas un opérateur très expert; il avait en partie oublié, ou même n'avait jamais complètement su, le code en usage général et, à mesure qu'il se fatiguait, il sautait des mots ou les transmettait incomplètement.

En somme, nous avons probablement perdu une bonne moitié de ses communications, et une grande partie de ce que nous en avons est endommagée, interrompue et souvent effacée. Dans l'extrait qui suit, le lecteur doit s'attendre, par conséquent, à une quantité considérable d'interruptions, de lacunes, et de changements inattendus de sujet.

XXIII

EXTRAIT DES SIX PREMIERS MESSAGES TRANSMIS PAR M. CAVOR

Les deux premiers messages de M. Cavor relatent avec brièveté et, dans certains détails, avec des différences qui sont intéressantes mais ne présentent aucune importance essentielle, la façon dont nous construisîmes la sphère et quittâmes notre planète. D'un bout à l'autre, Cavor parle de moi comme d'un homme mort.

Voici comme il termine son récit : « Nous retrouvâmes le chemin de l'extérieur et nous nous séparâmes dans le cratère où nous étions tombés, pour augmenter nos chances de retrouver la sphère. Mais bientôt je fus entouré par une bande de Sélénites, conduits par deux êtres curieusement différents, même de forme, de ceux que j'avais vus jusqu'alors, avec des têtes plus grandes, et des corps plus petits, bien plus soigneusement enveloppés. Après leur avoir échappé pendant quelque temps, je fis une chute dans une crevasse, me blessai assez gravement à la tête et me déplaçai la rotule, trouvant alors qu'il m'était trop pénible de ramper, je résolus de me rendre s'ils voulaient encore me permettre de le faire... Ils parurent y consentir et, s'apercevant de mon incapacité de marcher, ils m'emportèrent avec eux dans la lune. Je n'ai plus, dès lors, rien su ni vu de Bedford, et, autant que j'ai pu m'en assurer, les Sélénites ne l'ont pas revu, soit que la nuit l'ait surpris dans le cratère, ou bien, ce qui est plus probable, qu'il ait découvert la sphère et, désirant me jouer un vilain tour, se soit enfui avec elle pour constater, je le crains, qu'il ne savait la diriger et pour trouver une mort plus lente dans l'abîme de l'espace. »

Il faut croire que les Sélénites qui l'avaient surpris le portèrent à quelque endroit de l'intérieur, descendant « un grand puits » au moyen de ce qu'il décrit comme « une sorte de ballon ». Nous inférons, d'après le passage assez confus dans lequel il raconte ce fait et d'après un certain nombre d'allusions occasionnelles, que ce « grand puits » fait partie d'un énorme système de tubes artificiels qui se dirigent vers la partie centrale de notre satellite, partant chacun de ce que nous appelons un « cratère » lunaire, jusqu'à une profondeur d'une centaine de milles. Ces puits communiquent entre eux par des tunnels transversaux, ils s'évasent en cavernes immenses et en grands espaces sphériques. La totalité de la substance solide de la lune n'est, jusqu'à plus de cent milles à l'intérieur, qu'une simple éponge de roc.

« Cette nature spongieuse, dit Cavor, est en partie naturelle, mais due, dans une large proportion, à la gigantesque industrie des Sélénites des temps passés. Les énormes monts circulaires de roc et de terre extraits du globe lunaire forment autour des puits ces grands cercles que les astronomes terrestres, trompés par une fausse analogie, appellent des volcans. »

C'est dans un de ces puits qu'on le descendit, au moyen de cette « sorte de ballon » dont il parle; une obscurité absolue régna d'abord, puis ils parvinrent dans une région où la clarté phosphorescente augmentait continuellement. Les dépêches de Cavor nous le révèlent singulièrement peu soucieux de détails

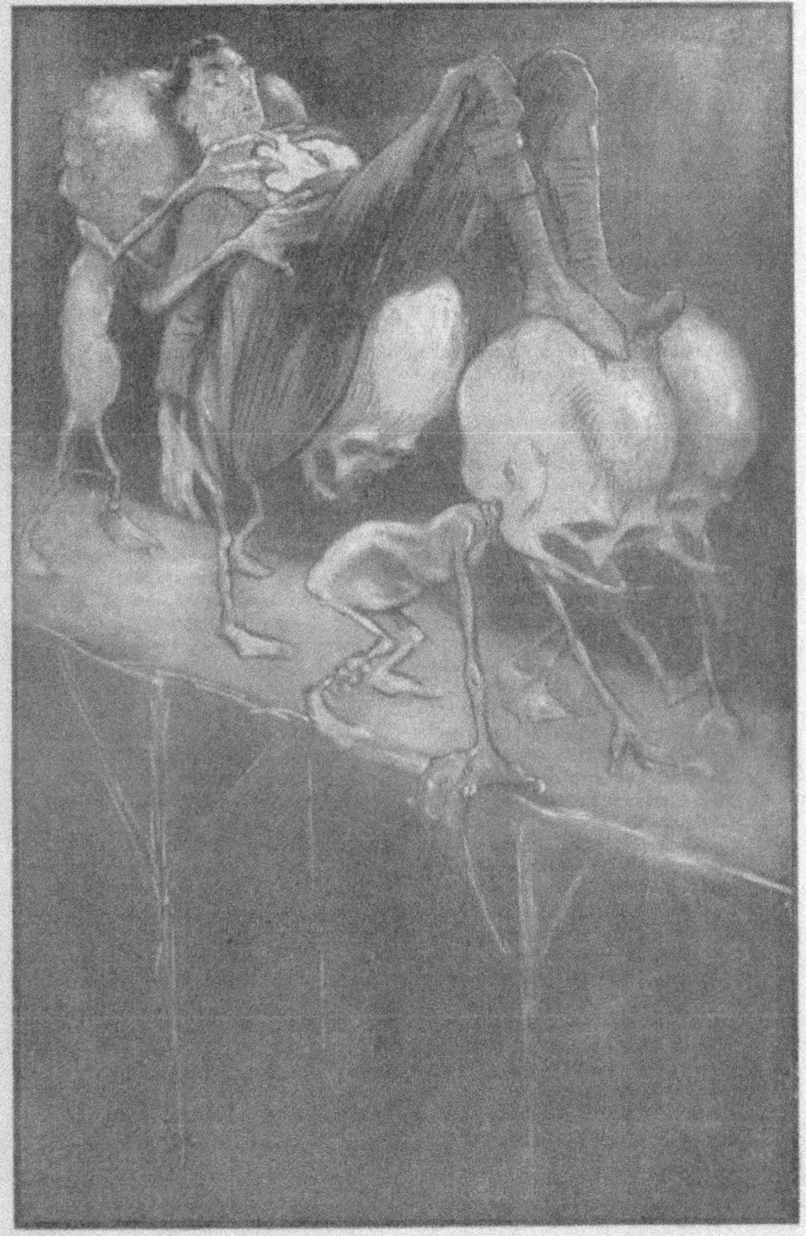

ILS M'EMPORTÈRENT AVEC EUX DANS LA LUNE.

pour un homme de science, mais il laisse entendre que cette lumière était due aux ruisseaux et aux cascades de liquide — « contenant, sans aucun doute, quelque organisme phosphorescent » — qui coulaient toujours plus abondants vers la mer centrale. « A mesure que je descendais, dit-il, les Sélénites aussi devenaient lumineux. »

Enfin, très loin au-dessous de lui, il vit pour ainsi dire un lac de feu sans chaleur, les eaux de la Mer Centrale, resplendissant et s'agitant dans une étrange perturbation « comme un lait bleu lumineux qui est juste sur le point de bouillir ».

« Cette mer lunaire, dit Cavor, dans un autre passage n'est pas un océan stagnant; une marée solaire lui fait décrire un perpétuel mouvement autour de l'axe de la lune; des tempêtes, des bouillonnements, des débordements étranges de ses eaux ont lieu, et, parfois, des vents froids et des grondements s'en élèvent jusque dans les voies affairées de l'énorme fourmilière. C'est seulement quand l'eau est en mouvement qu'elle répand une clarté; dans ses rares saisons de calme, elle est noire. Communément, quand on la voit, des flots s'élèvent et retombent dans un gonflement huileux, des flaques et des masses d'écume bouillonnante et scintillante dérivent avec le courant lent et faiblement lumineux. Les Sélénites naviguent à travers ses détroits caverneux et ses lagunes dans des petits bateaux plats d'une forme assez semblable à celle de nos canots; avant même mon voyage aux galeries environnant le Grand Lunaire, qui est maître de la Lune, on me permit de faire une brève excursion sur ses eaux.

« Les cavernes et les passages sont naturellement très tortueux. Une large proportion de ces voies n'est connue que de pilotes experts parmi les pêcheurs et il arrive fréquemment que des Sélénites se perdent pour toujours dans ces labyrinthes. Dans les retraites les plus éloignées, m'a-t-on dit, d'étranges créatures se cachent, dont quelques-unes sont redoutables et dangereuses et toute la science lunaire a été incapable de les exterminer. On cite particulièrement le Rapha, masse inextricable de tentacules voraces que l'on taille en morceaux pour les voir seulement se multiplier, et le Tzie, créature foudroyante qu'on ne voit jamais, tant elle tue subtilement et soudainement...

« La surface de cette nappe d'eau doit se trouver à près de deux cents milles, sinon plus, au-dessous du niveau de la croûte extérieure de la lune; toutes les villes, ainsi que je l'appris, sont situées immédiatement au-dessus de cette Mer Centrale, en des espaces caverneux et des galeries artificielles tels que je les ai décrits, et elles communiquent avec l'extérieur par d'énormes puits verticaux qui ouvrent invariablement dans ce que les astronomes terrestres appellent les « cratères » de la lune. J'avais déjà vu, lors des courses qui précédèrent ma capture, le couvercle qui fermait la bouche d'un de ces puits.

« Sur les conditions de la partie moins centrale de la lune, je ne suis pas encore arrivé à savoir quelque chose d'absolument précis. Il y a un énorme système de cavernes dans lesquelles les veaux lunaires s'abritent pendant la nuit, il y a des abattoirs et autres établissements semblables — c'est dans l'un de ceux-ci que Bedford et moi nous nous battîmes avec les bouchers sélénites — et j'ai vu, depuis cela, des ballons chargés de viandes descendre des ténèbres supérieures. Jusqu'ici, je ne suis guère plus renseigné sur ces choses qu'un Zoulou échoué à Londres ne le serait, dans la même période de temps, sur les ressources de grains de l'Angleterre. Il est clair cependant que ces puits verticaux et la végétation de la surface doivent jouer un rôle essentiel dans la ventilation et le rafraîchissement de l'atmosphère lunaire. Plusieurs fois, et particulièrement lorsque je sortis de ma prison, un vent froid soufflait certainement de haut en bas du puits et il y eut plus tard une sorte de sirocco montant vers l'extérieur et qui correspondit à mon accès de fièvre. Car, au bout de trois semaines environ, je tombai malade d'une sorte de fièvre indéfinissable et malgré le sommeil et les tablettes de quinine que fort heureusement j'avais conservées dans ma poche, je restai souffrant et misérablement agité, presque jusqu'au moment où je fus mené au palais du Grand Lunaire, qui est le Maître de la Lune.

« Je ne veux pas, remarque-t-il, m'étendre sur l'état pitoyable dans lequel je me trouvai pendant ces jours de maladie. » Et il continue à donner une quantité de détails minutieux que j'omets ici.

« Ma température conclut-il resta anormalement élevée pendant longtemps et je perdis toute envie de manger. J'eus des intervalles de veille hébétée, et des sommeils tourmentés de rêves; je me rappelle avoir passé par une crise de faiblesse telle que j'eus la nostalgie frénétique de la terre. J'éprouvais l'intolérable désir qu'une autre couleur vînt rompre ce bleu perpétuel... »

Il se reprend alors à parler de l'atmosphère lunaire, emprisonnée dans cette éponge.

XXIV

L'HISTOIRE NATURELLE DES SÉLÉNITES

Du sixième au seizième, les messages de Cavor sont, pour la plupart, tellement incohérents et interrompus, ils abondent tellement en répétitions qu'ils peuvent difficilement former une narration consécutive. Ils seront donnés, en entier cela va sans dire, dans le rapport scientifique, mais il sera ici beaucoup plus commode de continuer simplement à résumer et à citer comme dans le chapitre précédent. Nous avons soumis chaque mot à un sérieux examen critique, et mes brèves impressions et mes souvenirs des choses lunaires ont été d'un secours inestimable pour interpréter ce qui eût été autrement impénétrablement obscur. En tant qu'êtres vivants, notre intérêt naturellement, converge beaucoup plus sur l'étrange communauté des insectes lunaires au milieu de laquelle il vit, semble-t-il, comme un hôte honoré, que sur les simples conditions physiques de leur monde.

J'ai déjà clairement relaté, je pense, que les Sélénites que je vis ressemblaient à l'homme en ce qu'ils conservaient l'attitude debout et avaient quatre membres, et j'ai comparé l'aspect général de leur tête et les jointures de leurs membres à ceux des insectes. J'ai mentionné aussi la conséquence particulière sur leur fragile constitution de la gravitation moindre de la lune. Cavor confirme mes dires sur tous ces points. Il les appelle « animaux » bien qu'ils ne tombent sous aucune division de la classification des créatures terrestres et il remarque que « le type insecte anatomique n'avait jamais, heureusement pour les hommes, excédé sur la terre des dimensions relativement minimes ». Les plus grands insectes terrestres, actuels ou disparus, n'ont, en réalité, jamais mesuré plus de six pouces de longueur; « mais ici, avec la gravitation moindre de la lune, une créature, qui est certainement autant un insecte qu'un vertébré, semble avoir été capable d'atteindre et même, de dépasser des dimensions humaines.

Il ne fait pas mention de la fourmi, mais toutes ses allusions me suggèrent continuellement l'idée de la fourmi, avec son activité sans sommeil, son intelligence, son organisation sociale, sa structure, et plus particulièrement à cause de ce fait qu'elle possède en plus des deux formes mâle et femelle, que presque tous les animaux possèdent, un certain nombre d'autres créatures asexuées, travailleurs, soldats et autres, différant les uns des autres par la structure, le caractère, la puissance et l'emploi et cependant tous membres de la même espèce. Car ces Sélénites ont une grande variété de formes; ils ne sont pas seulement de dimensions colossales comparés aux fourmis, mais aussi de l'avis de Cavor, en ce qui concerne l'intelligence, la moralité et la sagesse sociales, ils sont colossalement plus grands que les hommes.

Au lieu des quatre ou cinq formes différentes de fourmis que l'on a trouvées, il y a des formes innombrables de Sélénites. Je me suis efforcé d'indiquer les différences très considérables que l'on observe chez les divers Sélénites de la croûte extérieure que j'ai rencontrés. Les différences de dimensions, de teintes, de conformation sont certainement aussi tranchées que les disparités entre les races d'hommes les plus largement séparées. Mais les dissemblances que je vis ne sont absolument rien en comparaison des énormes diversités dont parle Cavor. Il semble que les Sélénites extérieurs avec lesquels je fus en contact étaient, pour ainsi dire, d'une couleur unique et se livraient chacun à une seule occupation — bergers, bouchers, dépeceurs, et autres. Mais à l'intérieur de la lune, pratiquement insoupçonnés par moi, il se trouve, paraîtrait-il, un grand nombre d'autres sortes de Sélénites, différant de dimensions, de formes, de facultés, d'aspect, sans qu'il y ait plusieurs espèces de ces créatures, mais seulement des formes diverses d'une seule espèce. La lune est, en vérité, une vaste fourmilière, seulement, au lieu qu'il n'y ait que quatre ou cinq sortes de fourmis — soldat, travailleur, mâle ailé, reine et esclave — il se trouve des centaines de variétés de Sélénites et presque chaque gradation entre une sorte et une autre.

On peut supposer que Cavor en fit sans tarder la découverte. J'infère, plutôt que je n'apprends d'après son récit, qu'il fut capturé par les bergers des veaux lunaires dirigés par ces autres Sélénites qui « avaient des boîtes crâniennes (des têtes?) beaucoup plus grosses, et des jambes beaucoup plus courtes ». S'apercevant qu'il ne pouvait marcher même avec l'aiguillon, ils l'emportèrent au milieu des ténèbres, s'engagèrent sur un pont étroit, une sorte de planche, qui peut bien avoir été celui-même que j'avais refusé de traverser, et le déposèrent dans quelque chose qui dut lui paraître tout d'abord une espèce d'ascenseur. C'était ce ballon — il avait dû sans aucun doute rester pour nous dans l'obscurité absolument invisible — et ce qui m'avait semblé n'être qu'une planche se projetant au dessus du vide était, en réalité, une passerelle d'embarcadère. Dans ce véhicule, ils descendirent vers des couches constamment plus lumineuses de la lune, d'abord en silence — à part le chuchotement des Sélénites — puis ils pénétrèrent dans une confusion de mouvements. En peu de temps, les ténèbres profondes avaient rendu son œil si sensible qu'il aperçut de mieux en mieux les choses qui l'entouraient et finalement les contours vagues se précisèrent.

« Concevez un énorme espace cylindrique, — dit Cavor dans son septième message, — d'un diamètre d'un quart de mille, peut-être, très confusément éclairé d'abord, puis tout à fait illuminé, avec de grandes plates-formes s'enroulant autour de ses parois en une spirale qui disparaît au-dessous dans un abîme de bleu; la clarté devenait de plus en plus brillante — sans qu'on puisse dire comment ni pourquoi. Pensez à la cage du plus vaste escalier ou montée d'ascenseur dans laquelle vous ayez jamais regardé, et agrandissez-la cent fois. Imaginez-la, vue au crépuscule, à travers des lunettes bleues; votre regard plonge dedans, et vous vous sentez, aussi, extraordinairement léger et vous êtes affranchi du vertige que vous pourriez ressentir sur la terre — ainsi vous éprouverez quelque chose qui ressemble à ma première impression. Autour de cet énorme puits, figurez-vous une large galerie descendant en une spirale beaucoup plus rapide qu'il ne serait croyable sur terre et formant un chemin en pente, séparé du gouffre seulement par un petit parapet qui s'efface dans la perspective une couple de milles plus bas.

» Levant les yeux, j'aperçus l'inverse de la vision d'en bas, et cela donnait l'effet, naturellement, de regarder dans un cône très pointu. Une brise s'abattait dans le puits, et très loin au-dessus de ma tête je crus entendre, s'affaiblissant peu à peu, les mugissements des monstres lunaires qu'on ramenait de leur pâturage. Et tout au long des galeries étaient épars de nombreux Sélénites, insectes falots et légèrement lumineux, contemplant notre apparition ou affairés à des occupations inconnues.

» À moins que ce ne soit illusion de ma part, un flocon de neige descendit rapidement avec la brise glaciale. Puis, tombant comme un grêlon, une petite figure, homme-insecte, cramponnée à un parachute, nous dépassa à toute vitesse, se rendant vers les parties centrales de la lune.

» Le Sélénite à grosse tête qui était assis à côté de moi, me voyant avancer la tête, indiqua de sa main tronquée une sorte de jetée qu'on apercevait beaucoup plus bas, une sorte de passerelle de débarcadère, pour ainsi dire, se projetant dans le vide; à mesure qu'elle semblait monter vers nous, notre allure diminuait sensiblement et en peu d'instants nous étions arrêtés par son travers. Une amarre fut lancée et je me trouvai attiré au niveau d'une grande foule de Sélénites qui se bousculaient pour me voir.

» C'était une multitude incroyable. Soudainement et violemment s'imposa à mon attention l'innombrable quantité de différences qui existent entre ces habitants de la lune.

» A vrai dire, il ne semblait pas y en avoir deux de semblables dans toute cette cohue bondissante. Ils différaient de forme, ils différaient de dimensions! Certains étaient arrondis et haut perchés, d'autres couraient entre les jambes de leurs compagnons ou s'enroulaient et s'entrelaçaient comme des serpents. Tous suggéraient d'une façon grotesque et inquiétante l'idée d'un insecte qui aurait en un certain sens voulu caricaturer l'humanité; tous offraient une inconcevable exagération de quelque trait particulier ; l'un avait un vaste avant-bras droit, une immense antenne, pouvait-on dire; l'autre semblait tout en jambes, comme équilibré sur des béquilles; celui-ci projetait un énorme organe en forme de nez à côté d'un œil vif qui lui donnait un surprenant aspect humain tant qu'on ne voyait pas le bas de sa face sans expression. Il faisait penser à ces polichinelles y avait certaines boîtes crâniennes distendues comme des vessies jusqu'à des dimensions formidables. Les yeux aussi étaient étrangement variés, certains tout à fait éléphantins dans leur petitesse alerte; d'autres, des trous de ténèbres. On voyait des formes déconcertantes avec des

UNE FOULE DE SÉLÉNITES SE BOUSCULAIT POUR ME VOIR.

fabriqués avec des pinces de homard. L'étrange tête d'insecte (à part le manque de mandibules et de palpes) des gardeurs de bétail lunaire subissait d'étonnantes transformations : ici elle était large et aplatie; là, longue et étroite; ici, le front absent était remplacé par des cornes et d'autres appendices; là, le visage était entouré d'une espèce de barbe et avait un profil grotesquement humain. Il têtes réduites à des proportions microscopiques et des corps en boule, ainsi que des choses fantastiques et sans consistance qui paraissaient n'exister que pour servir de base à de vastes yeux fixes et bordés de blanc. Et la chose qui me sembla un moment la plus bizarre de toutes ce fut de voir deux ou trois de ces fantastiques habitants d'un monde souterrain abrité du soleil et de la pluie par d'innombrables milles de rochers, qui portaient des ombrelles dans leurs mains à tentacules — des ombrelles qui avaient une parfaite ressemblance à celles de la terre! Mais je pensai bientôt au parachutiste que j'avais vu descendre dans le puits.

» Ces gens de la lune se conduisaient absolument comme une foule humaine l'eût fait en de semblables circonstances; ils se poussaient et se bousculaient, s'écartaient et montaient les uns sur les autres pour jeter un coup d'œil sur moi. A chaque minute leur nombre augmentait et ils se pressaient plus violemment contre les disques de mes gardiens, » — Cavor n'explique pas ce qu'il veut dire par là; — « à tout instant des formes nouvelles s'imposaient à mon attention désemparée. Bientôt on me fit signe d'avancer et l'on m'aida à m'installer dans une sorte de litière que des porteurs aux bras solides soulevèrent sur leurs épaules et je fus emporté à travers ce cauchemar vers les appartements qui m'étaient préparés. J'étais entouré d'yeux, de faces, de masques, de tentacules, d'un bruissement, assourdi comme le frottement d'ailes de grillons et de bêlements et de gloussements produits par les voix des Sélénites..... »

Nous concluons qu'il fut mené dans un « appartement hexagonal » où il resta confiné pendant un certain temps. Plus tard, on lui accorda une liberté plus considérable; à vrai dire, presque autant d'indépendance que dans une ville civilisée sur la terre. Et il semble que l'être mystérieux qui gouverne et possède la lune dût charger deux Sélénites « à grosse tête » de le garder, de l'étudier et d'établir avec lui toute communication mentale qui serait possible. Si surprenant et incroyable que cela paraisse, ces deux créatures, ces hommes-insectes, ces êtres d'un autre monde, communiquaient en réalité avec Cavor au moyen d'un langage terrestre.

Cavor les désigne sous les noms de Phi-ou et de Tsi-pouf. Phi-ou, dit-il, avait environ cinq pieds de haut. Sur des jambes grêles d'environ 18 pouces de long et des pieds minces de l'ordinaire modèle lunaire se balançait un petit corps, secoué par les pulsations du cerveau. Il avait de longs bras mous à jointures nombreuses se terminant par une griffe tentaculée et son cou était articulé à la façon commune, mais exceptionnellement court et épais.

Sa tête, indique Cavor, faisant apparemment allusion à quelque préalable description égarée dans l'espace — « est du type lunaire courant, mais étrangement modifié. La bouche a l'habituel bâillement sans expression, mais elle est extraordinairement petite et pointée vers en bas, et le masque est réduit aux dimensions d'un large museau plat. De chaque côté, se trouvent de petits yeux de poule.

» Le reste de la tête distendu en un immense globe et l'espèce de cuir rugueux des gardiens de troupeaux s'amincit en une simple membrane à travers laquelle les mouvements pulsatifs du cerveau étaient distinctement visibles. Phi-ou était une créature, à vrai dire, affligée d'un cerveau terriblement hypertrophié et le reste de son organisme à la fois relativement et absolument diminué. »

Dans un autre passage, Cavor compare Phi-ou, vu de dos, à Atlas supportant le monde.

Tsi-pouf, semble-t-il, était un insecte fort similaire, mais sa « face » était considérablement allongée et, le cerveau étant hypertrophié en différentes régions seulement, la tête n'était pas ronde, mais de la forme d'une poire dont le pédoncule serait en bas. Il y avait aussi, au service de Cavor, des porte-litière, êtres déjetés aux épaules énormes, des espèces d'huissiers aux membres d'araignée, et un valet de pied trapu.

La façon dont Phi-ou et Tsi-pouf s'attaquèrent au problème du langage est assez simple. Ils vinrent dans l'appartement hexagonal où Cavor était détenu et se mirent à imiter tous les bruits qu'il faisait, à commencer par un accès de toux. Cavor semble avoir saisi leur attention avec une extrême rapidité et il se décida à leur articuler des mots en indiquant du doigt les objets auxquels ils s'appliquaient; le procédé fut probablement toujours le même. Phi-ou écoutait Cavor pendant un instant, puis indiquait l'objet et répétait les syllabes qu'il avait entendues.

Le premier terme qu'il apprit fut *homme* et le second *lunaire* dont, sur l'inspiration du moment, Cavor dut se servir au lieu de Sélénite pour désigner la race des habitants de la lune. Dès que Phi-ou était certain de la signification d'un vocable, il le répétait à Tsi-pouf qui s'en souvenait infailliblement. Ils acquirent ainsi plus d'une centaine de noms pendant la première séance.

Par la suite, ils amenèrent avec eux un artiste pour les assister, dans le travail d'explication, au moyen d'esquisses et de diagrammes — les dessins de Cavor étant plutôt rudimentaires. Cet artiste était — dit Cavor — « un être muni d'un bras actif et d'un œil pénétrant », et dessinant avec une vitesse incroyable.

Le onzième message n'est indubitablement qu'un court fragment d'une longue communication. Après quelques phrases inachevées dont le sens est inintelligible, il continue :

« C'est Phi-oo qui se charge de tout ce qui est pourparler, et il le fait avec une énorme quantité de provisoires et méditatifs : hum! hum! et il a attrapé une ou deux phrases : — Si je puis dire, — et — Si vous comprenez, — dont il émaille ses discours.

» Imaginez-vous ce qu'il disait pour me présenter l'artiste.

» — Hum! hum!... Lui... Si je puis dire... Dessine. Mange peu... Boit peu... Dessine... Aime dessiner... Rien autre... Déteste tous ceux qui ne dessinent pas comme lui... Coléreux... Déteste tous ceux qui dessinent comme lui mieux... Déteste la plupart des gens. Déteste tous ceux qui ne croient pas que le monde est fait pour dessiner. Coléreux. Hum... Tout le reste n'est rien pour lui... Seulement dessiner. Lui estime vous... Si vous comprenez... Nouvelle chose à dessiner. Laid... frappant... hein?

» — Lui disait-il, se tournant vers Tsi-pouf aime se rappeler les mots, se rappelle merveilleux plus que personne. Pense non, dessine non... se rappelle, dit — (il se réfère ici à son assistant pour le mot qui lui manque) — des histoires — toutes choses. Il entend une fois... dit toujours.

» C'est pour moi la chose la plus merveilleuse que j'aie jamais pu rêver, d'entendre ces extraordinaires créatures car la familiarité même ne parvient pas à diminuer l'effet inhumain de leur aspect — rapprocher sans cesse leurs sifflotements d'une langue terrestre cohérente, posant des questions, faisant des réponses. »

Tandis que ces exercices linguistiques se poursuivaient, Cavor semble avoir été gratifié d'un relâchement considérable des rigueurs de sa captivité. La méfiance

CAVOR ARTICULA DES MOTS EN INDIQUANT LES OBJETS.

et la crainte qu'avait soulevées notre malheureux conflit étaient, dit-il, « peu à peu effacées par la logique délibérée de tout ce que je fais »... « Je puis maintenant aller et venir à mon gré, et les quelques restrictions auxquelles je dois me soumettre me sont imposées dans mon intérêt. C'est ainsi qu'il m'a été possible de découvrir cet appareil et, à l'aide d'une heureuse trouvaille au milieu des innombrables matériaux qui encombrent cet énorme magasin, j'ai eu le moyen d'envoyer ces messages. Jusqu'ici on n'a nullement essayé de se mêler de ce que je fais, bien que j'aie nettement déclaré à Phi-oo que je communiquais avec la terre.

» — Vous parlez à autre? demanda-t-il, examinant l'instrument.

» — A d'autres, dis-je.

» Et je continuai ma transmission. »

Cavor corrigeait continuellement ses précédentes descriptions des Sélénites à mesure qu'il connaissait de nouveaux faits qui pouvaient modifier ses conclusions; aussi donnons-nous avec certaines réserves les citations qui suivent. Nous les empruntons aux neuvième, treizième et seizième messages, et, si vagues et fragmentaires qu'ils soient, ils donnent probablement un tableau de la vie sociale de cette étrange communauté aussi complet que l'humanité peut en espérer maintenant avant de nombreuses générations.

« Dans la lune dit Cavor chaque citoyen connaît sa place et la discipline compliquée de l'éducation, de l'entraînement et de la chirurgie à laquelle il doit se soumettre le dispose enfin si complètement à son rôle qu'il n'a ni les idées ni les organes pour aucun autre but que celui-là. Pourquoi serait-ce autrement? demanderait Phi-ou. Si par exemple un Sélénite est destiné à devenir un mathématicien, ses éducateurs et ses professeurs l'y disposent dès le début. Ils répriment toute naissante disposition à d'autres poursuites; ils encouragent ses goûts mathématiques, avec une habileté psychologique parfaite. Son cerveau se développe ou du moins ses facultés mathématiques croissent avec juste ce qui est nécessaire de sa personne pour soutenir cette partie essentielle. Finalement, en dehors du repos et des repas, son seul délice est dans l'exercice et le déploiement de sa faculté particulière; il s'intéresse uniquement à son application, et fait exclusivement sa société des autres spécialistes de son genre. Son cerveau s'accroît constamment, au moins les seules parties qui sont occupées par les mathématiques; elles se gonflent toujours plus et semblent aspirer toute la vie et la vigueur du reste de sa carcasse. Ses membres se recroquevillent, son cœur et les organes de la digestion diminuent, sa face d'insecte disparaît sous ses contours enflés. Sa voix devient un simple murmure pour l'exposé des formules, et il est sourd à tout ce qui n'est pas un problème proprement énoncé. La faculté du rire, sauf en cas de la découverte soudaine de quelque paradoxe, est atrophiée chez lui; son émotion la plus profonde est le développement d'un nouveau calcul, et il remplit ainsi son but.

» Ou bien encore, un Sélénite, désigné pour être gardien de troupeaux, est, dès ses plus jeunes années, habitué à penser au bétail, à vivre avec lui, à trouver son plaisir dans ce qui le concerne et à s'exercer à les soigner et les diriger. On l'entraîne pour le rendre actif et nerveux, son œil est endurci aux étroites enveloppes, aux contours anguleux qui constituent l'uniforme de l'emploi, il finit par ne plus prendre aucun intérêt aux régions profondes de la lune; il regarde avec indifférence, dérision ou hostilité tous les Sélénites qui ne sont pas également versés dans l'art des troupeaux. Il ne pense qu'à des pâturages et son dialecte est composé des termes techniques de son métier. De cette façon, il aime son ouvrage et remplit avec une parfaite satisfaction les devoirs qui justifient son existence, et il en est de même avec les Sélénites de tout genre et de toute condition — chacun est une unité parfaite dans un monde mécanique...

» Ces êtres à grosse tête, auxquels les travaux intellectuels sont dévolus, forment, dans cette étrange société, une sorte d'aristocratie — et comme chef, ils ont — puissance quintessentielle de la lune, — ce merveilleux et gigantesque ganglion, le Grand Lunaire, dans la présence duquel je dois bientôt être admis. Le développement illimité des esprits de la classe intellectuelle est rendu possible par l'absence de tout crâne osseux dans l'anatomie lunaire, de cette étrange boîte qui jugule le développement du cerveau humain, et signifie impérieusement « jusqu'ici et pas plus loin » à toutes ses possibilités.

» Ces intellectuels lunaires se divisent en trois classes principales, différant grandement quant à l'influence et à la considération. Il y a les administrateurs, dont Phi-ou fait partie, Sélénites d'une versatilité et d'une initiative considérables, qui ont à répondre d'une certaine quantité cubique de la masse lunaire; les experts, comme le penseur à tête ovoïde, qui sont destinés à remplir certaines opérations spéciales, et les érudits qui sont les dépositaires de toute science. A cette dernière classe appartient Tsi-pouf, le premier qui professa dans la lune un langage terrestre. En ce qui concerne ces derniers, il est curieux de noter que la croissance illimitée du cerveau lunaire a rendu inutile l'invention de tous ces adjuvants mécaniques du travail cérébral qui ont marqué la carrière de l'homme. Il n'y a ni livres, ni annales d'aucune sorte, ni bibliothèques, ni inscriptions. Toute connaissance s'emmagasine dans ces cerveaux distendus à la façon dont les fourmis du Texas emmagasinent le miel dans leurs abdomens boursouflés. Leurs bibliothèques sont des collections de cerveaux vivants...

« Mais quelques-uns des plus profonds savants ont des dimensions qui leur interdisent la locomotion et on les transporte de place en place dans une sorte de tonneau à porteurs, ballottantes gelées de science qui soulèvent chez moi un étonnement respectueux.

» J'ai déjà mentionné les cortèges qui accompagnent la plupart des intellectuels, huissiers, porteurs, valets qui, ainsi que des muscles et des tentacules extérieurs, remplaçaient les facultés physiques restreintes de ces esprits hypertrophiés. Les porteurs les suivent presque invariablement — parfois aussi des messagers extrêmement rapides avec des jambes comme des araignées, des domestiques chargés de recevoir des parachutes et d'autres individus munis d'organes vocaux qui pourraient vraisemblablement éveiller les morts. En dehors de leur intelligence spéciale, ces subordonnés sont aussi inertes et impuissants que des parapluies dans une antichambre. Ils n'existent que pour les ordres auxquels ils doivent obéir, les devoirs qu'ils ont à remplir.

» Cependant la masse de ces insectes, qui sillonnent les voies en spirale, remplissent les ballons ascendants et descendants et passent auprès de moi cramponnés à de frêles parachutes, appartiennent à la classe ouvrière. Servants ou fragments de machines, tels sont en réalité certains de ces êtres — sans métaphore — ; l'unique tentacule du berger des veaux lunaires est remplacé par d'immenses faisceaux, uniques ou en paire, de trois, cinq ou sept doigts pour saisir, soulever, guider — le reste n'étant autre chose que des appendices secondaires strictement nécessaires aux parties importantes. Certains, qui, je suppose, s'occupent de mécanismes à battements de cloches, ont d'énormes oreilles, comme des lièvres, placées juste derrière les yeux ; d'autres qui ont pour labeur de délicates opérations chimiques projettent en avant un vaste organe olfactif ; d'autres encore ont des pieds plats commes des pédales avec des jointures ankylosées, et certains qui, m'a-t-on dit, sont souffleurs de verre, ont des poumons comme des soufflets. Mais chacun de ces Sélénites ordinaires que j'ai vus est excellemment adapté à la fonction sociale qu'il remplit. Les ouvrages fins sont confiés à des ouvriers affinés, miraculeusement rapetissés et conditionnés. Il en est que j'aurais pu tenir sur la paume de ma main. Il existe même une espèce de Sélénite tournebroche, très commun, dont le devoir et l'unique délice est de fournir la force motrice à de petits appareils variés. Et pour gouverner cela, pour réprimer toute tendance fâcheuse de quelque nature égarée, il y a les êtres les mieux musclés que j'aie vus dans la lune, une sorte de police lunaire, dont les membres sont entraînés dès leurs plus tendres années à obéir aux têtes gonflées et à les respecter parfaitement.

» La confection de ces diverses sortes de travailleurs doit avoir lieu par des procédés curieux et intéressants. Je ne sais encore rien de bien clair à ce sujet, mais très récemment je tombai sur un certain nombre de jeunes Sélénites confinés dans des espèces de bocaux d'où sortaient seuls les membres supérieurs ; on préparait ces êtres à devenir servants de machines d'un genre spécial. Le membre ainsi étendu, dans ce système hautement développé d'éducation technique, est stimulé par des irritants et nourri par des injections, tandis que le reste du corps est privé de subsistance. Phi-ou, à moins que je l'aie mal compris, m'expliqua qu'au début ces bizarres petites créatures sont disposées à laisser voir des signes de souffrance dans leurs diverses positions recroquevillées, mais ils s'endurcissent facilement à leur sort ; il m'emmena alors dans un endroit où l'on étirait et dressait des messagers aux membres flexibles. C'est parfaitement déraisonnable, je le sais, mais ces aperçus des méthodes d'éducation auxquelles sont soumis ces êtres m'affecta désagréablement. J'espère cependant que cela me passera et qu'il me sera possible de voir encore de semblables aspects de ce merveilleux ordre social.

» Cette main misérable, sortant de ce bocal, semblait en appeler faiblement de ses possibilités perdues; j'en suis encore hanté, bien que ce soit, en somme, un procédé beaucoup moins cruel que notre méthode terrestre de laisser les enfants devenir des hommes et de les transformer alors en machines.

» Il y a peu de temps encore, — c'était je crois lors de ma onzième ou douzième visite à cet appareil — j'eus une curieuse révélation de la vie que mènent ces ouvriers. J'étais venu ici par un raccourci qui m'évitait les voies en spirale et les quais de la mer centrale. Des sinuosités d'une longue galerie sombre, nous émergeâmes dans une caverne vaste et basse où flottait une odeur terrestre et qui était assez brillamment éclairée. La lumière provenait d'une tumultueuse végétation de formes fongoïdes livides — dont quelques-unes, à vrai dire, ressemblaient singulièrement à nos champignons, mais dépassaient la taille d'un homme.

QUELQUES-UNES RESSEMBLAIENT A NOS CHAMPIGNONS.

» — Les lunaires mangent ceci? demandai-je à Phi-oo.

» — Oui, nourriture.

» — Seigneur, m'écriai-je tout à coup qu'est cela?

» Je venais d'apercevoir un Sélénite exceptionnellement grand et mal bâti qui gisait immobile entre les tiges, la face tournée vers le sol. Nous nous arrêtâmes.

» — Mort? questionnai-je. (Car jusqu'ici je n'avais jamais vu de mort dans la Lune, et cela avait excité ma curiosité.)

» — Non! exclama Phi-oo. Lui travailleur... pas travail à faire — prend petite boisson alors... fait dormir... jusqu'à ce qu'on ait besoin de lui. A quoi bon lui éveillé, hein?... Pas besoin lui aller et venir pour rien.

» — En voici un autre! m'écriai-je.

» En fait, toute cette vaste étendue de sol à champignons était encombrée de ces formes prostrées, endormies par un narcotique jusqu'à ce que la lune ait de nouveau besoin d'elles. Il y en avait des quantités de toute sorte et nous pûmes en retourner quelques-uns et les examiner de plus près que je n'avais été capable de le faire auparavant. Ils respiraient bruyamment quand on les remuait, mais ils ne se réveillaient pas. Il en est un dont je me souviens très distinctement; il me laissa, je pense, une impression plus profonde, parceque, par suite de quelque jeu de lumière, sa pose donnait l'idée d'une forme humaine allongée à terre. Ses membres supérieurs étaient de longs et délicats tentacules — il était manipulateur d'objets fins — et son attitude faisait penser à une souffrance acceptée avec résignation. Sans aucun doute, c'était de ma part une erreur absolue que d'interpréter ainsi cette expression — mais je le fis, et tandis que Phi-ou le repoussait dans les ténèbres parmi les végétations livides et charnues, je ressentis de nouveau et très distinctement une sensation désagréable, bien qu'en le voyant rouler de côté on ne pût douter que ce ne fût un insecte.

« Cela ne fait qu'éclairer la façon inconsidérée dont nous acquérons nos habitudes de penser et de sentir. Droguer l'ouvrier dont on n'a pas besoin et le mettre en réserve vaut sûrement beaucoup mieux que de le chasser de son atelier pour qu'il aille mourir de faim par les rues. Dans chaque communauté sociale compliquée, il y a nécessairement des intermittences dans l'emploi de toute énergie spécialisée et sous ce rapport l'inquiétude du problème des sans-travail est absolument abolie par les Sélénites.

» Sur la condition des sexes dans la lune, sur les mariages et les naissances parmi les Sélénites, je n'ai pu apprendre jusqu'à présent que fort peu de chose. Avec les progrès rapides que Phi-ou fait en langue anglaise, mon ignorance disparaîtra sans doute bien vite. Je suis d'avis que, de même que chez les fourmis et les abeilles, il y a une grande majorité des membres de cette communauté qui appartient au sexe neutre. »

Juste à ce point malheureusement le message fut interrompu. Si fragmentée et si peu satisfaisante que soit la matière qui constitue ce chapitre, il donne néanmoins une vague et large impression d'un monde absolument étrange et passionnant — un monde avec lequel le nôtre doit maintenant se préparer à compter bientôt.

XXV

LE GRAND LUNAIRE

L'avant-dernier message décrit, avec des détails parfois excessifs, la rencontre de Cavor et du Grand Lunaire qui est le Maître de la Lune. Cavor semble en avoir envoyé la plus grande partie sans interruption, mais avoir été dérangé dans sa conclusion. La fin nous parvint après un intervalle d'une semaine.

Le message commence ainsi : « Je puis enfin reprendre ce... » puis il est soudain illisible et reprend plus loin au milieu d'une phrase.

Les mots qui manquaient à cette phrase sont probablement : « la foule » — après quoi on lit clairement ; — « devenait de plus en plus dense à mesure que nous nous approchions du palais du Grand Lunaire — si je puis appeler palais une série d'excavations. Partout des visages me regardaient — faces et masques pâles et boursouflés, de gros yeux fixes au-dessus de terribles narines tentaculaires ou de petits yeux sous de monstrueux frontaux; au-dessus, un fourmillement de créatures plus petites se pressaient et glapissaient et des têtes grotesques plantées sur des cous sinueux se glissaient entre deux épaules ou sous des bras. Maintenant autour de moi un espace libre, marchait un cordon de solides gardes, avec des têtes en seau à charbon, qui s'étaient joints à nous quand nous quittâmes le bateau dans lequel nous étions venus à travers les canaux de la Mer Centrale. L'artiste au petit cerveau nous rejoignit aussi et une bande compacte de maigres porteurs ployèrent sous la multitude d'objets qu'on avait jugés convenir à mon état. Pendant cette dernière phase de notre voyage, je fus porté dans une litière, faite d'un métal très ductile qui me sembla sombre et tissé par mailles avec des barreaux d'un métal plus pâles et autour de moi, à mesure que j'avançais, une longue procession se groupa.

» En tête, à la manière des hérauts, marchaient quatre créatures à la face en trompette qui faisaient des braiements dévastateurs; puis venaient, devant et derrière, des huissiers trapus ressemblant assez à de gros scarabées; de chaque côté, une file de têtes savantes, sorte d'encyclopédie animée, qui, m'expliqua

Phi-ou, devaient se trouver à portée du Grand-Lunaire pour lui servir de référence. Il n'était pas un fait de la science lunaire, pas un point de vue, pas une méthode de pensée que ces êtres merveilleux ne tinssent pas renfermés dans leurs têtes. Des gardes et des porteurs suivaient, précédant le cerveau frémissant de Phi-ou porté aussi sur une litière; derrière, dans une litière légèrement moins importante reposait Tsi-pouf; et enfin moi sur une litière plus élégante que les autres et entouré de mes serviteurs. Sur mes talons, d'autres hérauts-trompettes déchiraient mes oreilles de clameurs véhémentes; puis s'avançaient plusieurs grands cerveaux, correspondants spéciaux, pourrait-on les appeler ou historiographes chargés d'observer et de se rappeler chaque détail de cette inoubliable entrevue. Une troupe de gens portant et traînant des bannières, des masses fongueuses parfumées et de curieux symboles, complétaient le cortège. Le chemin était bordé d'huissiers et d'officiers couverts de parures qui scintillaient comme de l'acier, et, derrière eux, de chaque côté, surgissaient les têtes et tentacules de cette énorme foule.

EN TÊTE MARCHAIENT QUATRE CRÉATURES A LA FACE EN TROMPETTE.

« Nous gravîmes pendant quelque temps la spirale d'un des puits verticaux et nous traversâmes ensuite une série de salles immenses au plafond en dôme et magnifiquement décorées. On avait certainement disposé l'approche du Grand Lunaire de façon à donner une vive impression de sa grandeur. Les salles — toutes par bonheur suffisamment lumineuses pour mon œil terrestre — formaient un habile crescendo d'espace et de décoration. L'effet de leurs dimensions progressives était rehaussé par la constante diminution de la lumière et par une fine brume de parfum brûlés qui s'épaississait à mesure qu'on avançait. Dans les premières, la clarté brillante rendait les choses nettes et concrètes, et il me semblait que j'avançais continuellement vers quelque chose de plus vaste, de plus obscur et de moins matériel.

» Imaginez la salle la plus vaste que vous ayez jamais vue, artistement décorée de majolique bleu-foncé et bleu-pâle, éclairée de lumière bleue, sans que vous sachiez comment, et emplie de créatures métalliques et livides présentant cette affolante diversité dont j'ai déjà parlé. Figurez-vous que ce hall se termine en une voûte au bout de laquelle se trouve une salle plus grande encore, dans laquelle s'ouvre une autre plus vaste et ainsi de suite à perte de vue. A l'extrémité de la perspective, une série de degrés, comme ceux de l'Ara Cœli, à Rome, qui montent plus haut qu'on ne peut voir et qui semblent s'élever de plus en plus à mesure qu'on s'approche de leur base. Mais j'arrivai finalement sous une immense voûte et aperçus le sommet de ces degrés, sur lequel trônait le Grand Lunaire.

» Il était assis dans un resplendissement de bleu incandescent. Une atmosphère brumeuse emplissait ce lieu, de sorte que les murs semblaient invisiblement reculés. Cela vous donnait l'impression de flotter dans un vide bleu-obscur. Le Grand Lunaire parut d'abord être un petit nuage lumineux d'où rayonnait toute la clarté ambiante. Il méditait sur son trône glauque et son cerveau pouvait mesurer plusieurs mètres de diamètre. Pour quelque raison que je ne saurais approfondir, un certain nombre de faisceaux de lumière irradiaient d'un foyer situé derrière le trône, comme si le Grand Lunaire eût été une étoile, et un halo l'encerclait. Autour de lui, minuscules et indistincts dans cette splendeur, des serviteurs le soutenaient et le supportaient; plus bas, éclipsés et debout en un vaste demi-cercle, étaient ses subordonnés intellectuels, ses mémorateurs, ses calculateurs, ses chercheurs, ses flatteurs et ses serviteurs et tous les insectes distingués de la cour lunaire. Plus bas encore, se tenaient des huissiers et des messagers; puis, échelonnés sur les innombrables degrés, étaient les gardes et à la base grouillait l'énorme, diverse et indistincte multitude des moindres dignitaires et fonctionnaires de la lune. Leur piétinement produisait un murmure confus sur le sol rocheux et leurs membres s'agitaient avec un bruissement frémissant.

» Quand je pénétrai dans l'avant-dernière salle, une musique s'éleva et s'étendit en une impériale magnificence de son et les clameurs des crieurs de nouvelles s'apaisèrent...

» J'entrai dans la dernière et la plus vaste des salles...

» Mon cortège se déploya comme un éventail... Les huissiers et les gardes qui me précédaient s'écartèrent à droite et à gauche et les trois litières qui portaient Phi-oo, Tsi-puff et moi s'avancèrent sur un sol poli et brillant, jusqu'au pied de l'escalier géant. Alors commença un vaste et haletant bourdonnement qui se mêla à la musique. Les deux Sélénites mirent pied à terre, mais l'on m'ordonna de rester assis — comme une marque spéciale d'honneur, j'imagine. La musique cessa, mais le bourdonnement continua, et, par le mouvement simultané de dix mille têtes respectueuses, mon attention fut dirigée vers le halo de suprême intelligence qui planait au-dessus de nous.

» D'abord, quand j'essayai de le mieux distinguer dans l'éblouissante clarté, ce cerveau quintessentiel me parut fort semblable à une vessie opaque et sans traits avec des ombres vagues et onduleuses de circonvolutions qui s'agitaient visiblement. Puis au-dessous de cette énormité et juste au-dessus du bord du trône on apercevait, en tressaillant, de minuscules yeux pénétrants qui vous examinaient du milieu de ce rayonnement. Pas de visage, mais des yeux réfugiés dans deux trous. Au premier moment je ne pus voir que ces petites prunelles fixes au-dessous desquelles je distinguai un corps de nain aux membres d'insecte, pâles et recroquevillés. Le regard de cet être s'abaissait vers moi avec une étrange intensité et la partie inférieure du globe céphalique était plissée. De petites mains, tentacules d'aspect inutile, maintenaient cette forme sur son trône...

» C'était grand, c'était pitoyable. On oubliait le vaste hall et la foule.

» Par saccades, on me fit monter l'escalier. Il me semblait que le cerveau à reflets pourpres surplombait au-dessus de moi et, à mesure que j'approchais, il absorbait de plus en plus l'effet de l'ensemble. Les rangées de serviteurs et d'aides paraissaient s'amoindrir et s'effacer dans le resplendissement de ce centre. Je m'aperçus que d'indistincts personnages faisaient couler un liquide rafraîchissant sur ce grand cerveau, le frictionnant et le soutenant. Pour ma part, je demeurais cramponné à ma litière, les regards fixés sur le Grand Lunaire et incapable de les en détourner.

D'INDISTINCTS PERSONNAGES FAISAIENT COULER UN LIQUIDE RAFRAÎCHISSANT SUR CE GRAND CERVEAU.

Enfin, quand j'eus atteint le palier qui n'était séparé du siège suprême que par une dizaine de degrés, la magnificence confondue de la musique atteignait le sommet de ses gradations et cessa; et je restai *nu*, pour ainsi dire, dans cette vastitude, sous les yeux scrutateurs du Grand Lunaire.

« Il examinait le premier homme qu'il ait jamais contemplé...

» Cependant, je parvins à détacher ma vue de sa grandeur et à porter mes regards sur les vagues figures effacées dans le brouillard bleu qui l'entourait, puis, au bas des degrés, sur les Sélénites massés là par milliers, immobiles et attentifs. Une fois de plus, monta, vers

LE GRAND LUNAIRE EXAMINAIT LE PREMIER HOMME QU'IL AIT JAMAIS CONTEMPLÉ.

moi de cette cohue une horreur irraisonnée... qui passa...

» Après un arrêt, vint la salutation. On m'aida à descendre de ma litière et je restai gauchement debout tandis qu'un certain nombre de gestes curieux et sans doute profondément symboliques étaient, par délégation, accomplis pour moi par deux frêles fonctionnaires. Le cortège encyclopédique des savants qui m'avaient accompagnés jusqu'à l'entrée du dernier hall apparut rangé à droite et à gauche, deux au-dessus de moi, prêt aux besoins du Grand Lunaire. Le cerveau blanc de Phi-ou alla se placer environ à mi-chemin du trône dans une position telle qu'il pouvait aisément communiquer entre nous sans être obligé de tourner le dos à l'un ni à l'autre. Tsi-pouf prit place derrière son compagnon. D'adroits huissiers s'avancèrent de côté vers moi, gardant toujours la face entièrement tournée vers la Présence. Je m'assis à la turque et Phi-ou et Tsi-pouf s'agenouillèrent aussi un peu plus haut que moi. Il y eut une pause. Les yeux des courtisans les plus proches allaient de moi au Grand Lunaire et revenaient à moi; un sifflement et une rumeur d'attente passa sur les multitudes presque invisibles au-dessous, puis tout bruit cessa.

» Tout se tut.

» Pour la première et dernière fois, pendant la durée de mon séjour, la lune fut silencieuse.

» Je perçus une sorte de murmure faible et chevrotant. Le Grand Lunaire s'adressait à moi. Sa voix semblait produite par le frottement d'un doigt sur un panneau de verre.

» Je l'examinai attentivement pendant quelques minutes, puis jetai un coup d'œil vers l'alerte Phi-ou. Au milieu de ces êtres membraneux je me sentais ridiculement épais, charnu et solide, avec ma tête qui n'était que mâchoires et poil noir. Mon regard retourna vers le Grand Lunaire. Il s'était tu. Ses serviteurs étaient affairés et ses superficies luisantes brillaient sous un liquide rafraîchissant dont on les arrosait.

» Phi-ou médita un instant; il consulta Tsi-pouf, puis se mit à pépier des mots reconnaissables — d'abord un peu nerveusement, de sorte qu'il n'était pas très intelligible:

» — Hum! Hum!... Le Grand Lunaire... souhaite dire... il comprend que vous êtes... hum... homme... que vous êtes un homme de la planète Terre. Il souhaite dire que vous êtes le bienvenu... le bienvenu... et souhaite apprendre... apprendre, si je puis employer ce mot... l'état de votre monde... et la raison qui vous a amené ici...

» Il s'arrêta. J'étais sur le point de répondre, quand il reprit la parole. Il émit des remarques dont l'enchaînement n'était pas très clair, bien que j'incline à penser que c'était une série de compliments. Il me dit que la terre était à la lune ce que le soleil est à la terre et que les Sélénites désiraient vivement s'instruire des choses de la terre et de ses habitants. Il mentionna alors, par manière de compliment aussi sans doute, les dimensions et le diamètre relatifs de la terre et de la lune et dit avec quel émerveillement et quelle curiosité les Sélénites avaient toujours observé notre planète. Je réfléchis un instant, les yeux baissés, et me décidai à répondre que les hommes aussi se demandaient ce que contenait la lune et la croyaient morte, ne soupçonnant pas toute la magnificence que j'avais contemplée ce jour-là. Le Grand Lunaire, en signe de remerciement, fit tourner ses faisceaux de lumière d'une façon des plus déconcertantes, et dans toute l'immense salle coururent les pépiements, les murmures et les gazouillements qui répétaient ce que je venais de dire. Le Grand Lunaire continua alors en posant à Phi-ou des questions auxquelles il était facile de répondre.

» Il parut s'étonner que nous ne trouvions pas la lumière solaire trop intense pour nos yeux et m'écouta attentivement quand j'expliquai que cette lumière était tempérée jusqu'à une couleur bleuâtre par la réfraction de l'air, bien que je ne sois pas très sûr qu'il ait clairement compris cela. Je lui exposais comment l'iris de l'œil humain peut contracter la pupille et protéger la délicate structure interne contre les excès de clarté et il me fut permis de m'approcher à quelques pas de la Présence, afin qu'elle examinât elle-même cette structure. Cela amena une comparaison entre les yeux terrestres et les yeux lunaires. Ces derniers ne sont pas seulement extrêmement sensibles à toutes les lumières que l'œil humain perçoit, mais ils peuvent aussi *voir* la chaleur, et, dans la lune, chaque différence de température se voit dans les objets.

JE PERÇUS UNE SORTE DE MURMURE FAIBLE ET CHEVROTANT.

« L'iris fut un organe entièrement nouveau pour le Grand Lunaire, un moment il s'amusa à m'envoyer ses rayons sur la figure pour voir mes pupilles se contracter. Comme conséquence, je fus ébloui et aveuglé pendant quelques minutes...

» Mais, en dépit de ce désagrément, je trouvai, par degrés insensibles, quelque chose de rassurant dans la rationalité de cet échange de questions et de réponses. Je pouvais fermer mes yeux, réfléchir et presque oublier que le Grand Lunaire n'avait pas de visage...

» Quand je fus redescendu à ma place, le Grand Lunaire me demanda comment nous nous abritions de la chaleur et des tempêtes et je lui parlai de l'art de bâtir et du mobilier. Ici nous nous égarâmes dans des malentendus et des contradictions, dus largement, je dois l'avouer, au vague de mes expressions.

Je lui parlai de lions et de tigres et il me parut que nous arrivions ici à une impasse. Car, sauf sous les eaux, il n'y a pas dans la lune de créatures qui ne soient absolument domestiquées et assujetties, et il en a été ainsi depuis d'immémoriales époques. Ils ont des créatures aquatiques monstrueuses, mais aucune bête de proie et l'idée de quelque chose de grand et de fort existant au dehors, dans la nuit, est pour eux très difficile à admettre... »

Pendant une vingtaine de mots, la relation est ici trop entrecoupée pour être transcrite.

« Le Grand Lunaire s'entretint avec ses savants, selon ce que je suppose, sur l'étrange superficialité et la déraison de (l'homme) qui se contente de vivre à la surface d'un monde, créature soumise aux tempêtes, aux vents et à tous les hasards de l'espace, qui ne sait même pas s'unir pour triompher des bêtes qui dévorent sa race, et qui cependant ose envahir une autre planète. Durant cet *a parte*, je réfléchissais; puis, sur son désir, je lui parlai des diverses espèces d'hommes. Il m'accabla de question.

» — Pour toutes sortes d'ouvrages, vous avez la même sorte d'hommes? Mais qui pense? qui gouverne?

Je lui donnai un aperçu de la méthode démocratique.

» Quand j'eus fini il ordonna qu'on répandît sur son front des liquides rafraîchissants; après quoi il me pria de répéter mon explication, croyant n'avoir pas tout saisi.

» — Ils font, alors, des choses différentes? interrogea Phi-oo.

» — Il en est, répliquai-je, qui sont des penseurs et d'autres des fonctionnaires; certains sont mécaniciens, d'autres sont artistes ou travailleurs, mais *tous* gouvernent, — ajoutai-je.

» — N'ont-ils pas des formes différentes qui les adaptent à leurs devoirs différents?

» — Aucune que l'on puisse voir, dis-je, excepté, peut-être, pour les vêtements. Leurs esprits diffèrent sans doute quelque peu, continuai-je.

» — Leurs esprits doivent différer beaucoup reprit le Grand Lunaire ou ils voudraient tous faire les mêmes choses.

» Afin de me mettre en plus intime harmonie avec ses idées préconçues, je répondis que sa conjecture était vraie. Tout est dissimulé dans le cerveau et c'est là que sont les différences. Si l'on pouvait voir les esprits et les âmes des hommes, on les trouverait aussi variés et inégaux que ceux des Sélénites. Il y a de grands hommes et de petits hommes, des hommes qui ont des membres à longue portée et d'autres qui les ont rapides; des hommes bruyants, à l'esprit en trompette, et des hommes qui ont des souvenirs et pas d'idées... »

Trois mots du récit sont indistincts ici.

« Il m'interrompit pour me rappeler une de mes précédentes phrases.

» — Vous avez dit que tous les hommes gouvernent? insista-t-il.

» — Jusqu'à un certain point, dis-je, et rendis, je le crains, par mon explication, ses idées encore plus confuses.

» Il se rattrapa à un fait saillant.

» — Voulez-vous dire par là, demanda-t-il, qu'il n'y a pas de Grand Terrestre?

» Je pensai à divers personnages, mais l'assurai finalement qu'il n'en existait pas. J'expliquai que les autocrates et empereurs que nous avions essayés sur terre avaient habituellement fini dans la boisson, le vice ou la violence et que la section influente du peuple terrestre à laquelle j'appartenais, les Anglo-Saxons, n'avaient pas l'intention d'essayer à nouveau de cette sorte de choses. Ce à quoi le Grand Lunaire fut plus que déconcerté.

» — Mais alors, comment conservez-vous la sagesse que vous pouvez acquérir?

» Je lui exposai de quelle façon nous aidions notre... (ici, un mot omis qui est probablement cerveau) limité, au moyen de livres et de bibliothèques. Je lui contai comment notre science se développait par le labeur uni d'innombrables petits hommes. Il ne fit aucun commentaire, remarquant seulement qu'il était évident que nous avions acquis beaucoup en dépit de notre sauvagerie sociale, sans quoi je n'aurais pas pu venir à la lune. Cependant le contraste était des plus marqués. Avec la connaissance, les Sélénites se développent et changent; l'humanité emmagasine sa science et les hommes restent des brutes équipées. Le Grand Lunaire déclara... »

Ici un fragment du message est incompréhensible.

« Il me fit alors lui décrire par quels moyens nous nous transportions sur cette terre et je le renseignai sur nos chemins de fer et nos vaisseaux. De là, j'en arrivai à lui dire que l'humanité n'habitait dans des villes que depuis neuf ou dix mille ans et que les hommes n'étaient pas encore unis en une fraternité unique, mais groupés sous de nombreuses formes de dominations. Cela étonna beaucoup le Grand Lunaire, quand il eut saisi. D'abord, il avait pensé qu'il s'agissait seulement de divisions administratives.

» — Nos États et nos Empires ne sont encore que de grossières esquisses d'un ordre de choses qui existera quelque jour repris-je et je continuai en... »

A cet endroit une longueur de transmission qui représente probablement trente ou quarante mots, est complètement indéchiffrable.

« Le Grand Lunaire fut singulièrement impressionné par la folie qu'ont les hommes de s'obstiner à l'inconvénient de langues diverses.

» — Ils veulent communiquer entre eux et en même temps ils ne le veulent pas, dit-il, puis pendant assez longtemps il me questionna de près sur la guerre.

» Il fut d'abord perplexe et incrédule.

» — Vous prétendez, fit-il, voulant être confirmé que vous parcourez la surface de votre monde — ce monde, dont vous avez à peine commencé à racler les richesses — vous tuant les uns les autres pour des bêtes à manger?

» Je lui répondis que cela était parfaitement correct.

» Il me demanda des détails pour aider son imagination.

» — Mais est-ce que vos navires et vos pauvres petites villes ne sont pas endommagées?

» A ma réponse, je m'aperçus que la destruction et la ruine l'impressionnaient presque autant que le meurtre.

» — Dites-m'en plus, insista le Grand Lunaire. Dépeignez-moi ce qui se passe. Je ne puis concevoir ces choses.

» Ainsi, bien qu'à contre-cœur, je lui racontai l'histoire des guerres terrestres.

» A mesure que j'avançais et que Phi-ou traduisait, les Sélénites grondaient et murmuraient, sous le coup d'une émotion graduellement intensifiée.

» J'expliquai qu'un cuirassé peut envoyer à une distance de douze milles un projectile d'une tonne qui pénètre une plaque de fer de vingt pieds d'épaisseur — et de quelle façon nous faisons évoluer sous l'eau des torpilleurs. Je me mis à décrire un canon Maxim en action et ce que je pus m'imaginer de la bataille de Colenso.

» Le Grand Lunaire restait si incrédule qu'il interrompit la traduction de Phi-ou pour me demander de confirmer mon récit. Il doutait particulièrement de la description que je lui fis d'hommes poussant des acclamations et des cris de joie en allant à la (bataille?).

» — Mais certainement ils n'y prennent pas plaisir, traduisit Phi-ou.

» Je lui assurai que des hommes de ma race considéraient une bataille comme la plus glorieuse expérience de la vie : à quoi l'assemblée tout entière fut frappée de stupeur.

» — Mais à quoi est bonne cette guerre? demanda le Grand Lunaire, insistant sur le sujet.

» — Oh! quant à être *bonne*... dis-je. Elle réduit et éclaircit la population!

» — Mais à quoi cela sert-il...?

» Il y eut une pause, les liquides rafraîchissants lui aspergèrent le crâne, puis il parla. »

A cet endroit, devient apparente dans le message une série d'ondulations qui sont visibles comme une embarrassante complication dès la première mention que fait Cavor du silence qui règne avant que le Grand Lunaire ait pris la parole. Ces ondulations sont évidemment le résul-

LES SÉLÉNITES GRONDAIENT ET MURMURAIENT SOUS LE COUP D'UNE ÉMOTION GRADUELLEMENT INTENSIFIÉE.

tat de radiations procédant d'une source lunaire et leur perpétuel rapprochement des signaux alternants de Cavor suggère curieusement l'idée de quelque opérateur cherchant délibérément à les mêler à son message pour le rendre illisible. D'abord, elles sont petites et régulières, de sorte qu'avec un peu de soin et la perte de quelques mots nous avons pu y démêler le message de Cavor. Ensuite, elles deviennent plus larges et plus grandes, puis soudain elles sont irrégulières, d'une irrégularité qui fait penser à quelqu'un qui griffonnerait et raturerait une ligne d'écriture. Sur une certaine longueur, on ne peut rien déchiffrer de cette trace follement zigzagnante; très brusquement l'interruption cesse, laissant quelques mots clairs, puis elle reprend et continue pendant tout le reste du message, oblitérant complètement ce que Cavor essayait de transmettre. Si c'est là, en fait, une intervention voulue, pourquoi les Sélénites auraient-ils préféré laisser Cavor envoyer ses messages dans l'heureuse ignorance de l'oblitération à laquelle ils se livraient alors qu'il était parfaitement en leur pouvoir — ainsi que plus facile et plus commode pour eux — d'interrompre et de supprimer sa transmission à n'importe quel moment. C'est là un problème auquel je ne puis apporter aucune solution. La chose paraît s'être passée ainsi et c'est tout ce que je puis dire. Le dernier lambeau de sa description du Grand Lunaire reprend, au milieu d'une phrase, en ces termes :

« ... m'interrogea très étroitement sur mon secret. Je pus en peu de temps m'entendre avec lui, et finalement élucider ce qui était resté une énigme pour moi depuis que je m'étais rendu compte de l'étendue de leur science; c'est-à-dire, comment il se faisait qu'ils n'aient pas découvert eux-mêmes la Cavorite. J'ai donc trouvé qu'ils la connaissent en tant que substance théorique, mais ils l'ont toujours regardée comme une impossibilité pratique, pour cette raison qu'il n'y a pas d'helium dans la lune et que l'helium... »

A travers les dernières lettres d'*helium* reparaît soudain la trace oblitérante. Remarquez ce mot : « secret », car sur lui seul je base mon interprétation du dernier message, — M. Wendigee et moi le considérons comme tel — qu'il doive vraisemblablement nous envoyer.

XXVI

LE DERNIER MESSAGE DE M. CAVOR

De cette peu satisfaisante façon l'avant-dernier message de Cavor se termine. Il semble qu'on le voit, là-bas, auprès de son appareil éclairé de lumière bleue, continuant jusqu'au dernier moment ses signaux, sans rien soupçonner du rideau qui s'était interposé entre lui et nous, sans se douter non plus des dangers qui, même alors, devaient le menacer. Son désastreux manque d'ordinaire bon sens l'avait fait se trahir absolument. Il avait parlé de guerre, il avait parlé de toute la force et la violence irrationnelle des hommes, de leurs insatiables agressions, de l'éternelle futilité de leurs conflits. Il avait donné au monde lunaire tout entier cette impression de notre race, et il est très plausible, à mon avis, qu'il dût admettre que sur lui seul reposait la possibilité — du moins pour longtemps — que d'autres hommes vinssent à la lune. La ligne de conduite que la raison froide et impitoyable de la lune adopterait me semble assez claire, et Cavor dut en avoir une vague idée, ou peut-être même qu'il s'en rendit tout à coup nettement compte.

On se l'imagine allant deçà et delà par la lune avec le remords de son indiscrétion fatale s'imposant à son esprit. Pendant un certain temps assurément le Grand Lunaire délibéra sur la situation nouvelle et, pendant ce répit, Cavor dut rester aussi libre que jamais. Nous pouvons croire que les obstacles de quelque sorte empêchèrent Cavor de se servir de son appareil électro-magnétique après qu'il eut envoyé le dernier message que j'ai transcrit.

Plusieurs jours se passèrent sans que rien ne nous parvînt. Peut-être comparaissait-il à de nouvelles audiences, essayant d'éluder l'effet de ses premières révélations. Qui peut espérer le deviner?

Puis soudain, comme un cri suivi d'un mortel silence, arriva le dernier message. C'est le fragment le plus court que nous ayons — les commencements interrompus de deux phrases.

Voici le premier : « J'ai été fou de faire connaître au Grand Lunaire... »

Il y eut un intervalle d'une minute environ, dû, peut-on croire, à quelque intervention extérieure ; — il s'éloigne de l'instrument, — pris d'une horrible hésitation parmi les masses confuses d'appareils entassés dans cette caverne obscurément bleue, — il y revient précipitamment, plein d'une résolution qui vient trop tard. Alors, parvient ceci, comme transmis en hâte : « Cavorite fabriquée comme suit : prenez... »

Ici vient un mot, un mot qui, tel que nous l'avons, est absolument dénué de sens : — « Inut... »

Et c'est tout.

Il se peut que Cavor ait voulu rapidement épeler le mot « inutile » lorsque son destin devint imminent. Quoi que ce fût qui se soit produit autour de l'appareil, nous ne saurions le dire. En tout cas, nous ne recevrons plus, j'en ai la certitude, de nouveau message de la lune. Pour ma part, un rêve des plus nets est venu à mon aide, et je vois, presque aussi distinctement que si j'avais assisté à la chose, un Cavor échevelé, dans une uniforme lumière bleue, se débattant sous l'étreinte d'une multitude de ces insectes sélénites, luttant de plus en plus désespérément à mesure qu'ils fourmillent plus nombreux autour de lui, criant, suppliant, peut-être même à la fin se défendant, et refoulé pas à pas hors de toute portée de ceux de sa race, rejeté pour toujours dans l'Inconnu — dans les Ténèbres, dans le Silence qui n'a pas de fin...

515-13. — Coulommiers. Imp. PAUL BRODARD. — 8-13.

Vient de paraître :

NOUVELLE COLLECTION ILLUSTRÉE
CALMANN-LÉVY

L'ouvrage complet, **95** centimes. Relié, **1** fr. **50**

ANDRÉ THEURIET

DE L'ACADÉMIE FRANÇAISE

Cœurs Meurtris

Illustrations de Maurice TOUSSAINT

NOUVELLE COLLECTION ILLUSTRÉE CALMANN-LÉVY

1. PIERRE LOTI............ Pêcheur d'Islande.
2. ANATOLE FRANCE............ Le Crime de Sylvestre Bonnard
3. LUDOVIC HALÉVY............ La Famille Cardinal.
4. FRANÇOIS COPPÉE............ Le Coupable.
5. JULES RENARD............ Poil de Carotte.
6. RENÉ BAZIN............ Donatienne.
7. A. DUMAS FILS............ La Dame aux Camélias.
8. GEORGES COURTELINE...... Boubouroche.
9. PIERRE VEBER ET WILLY. Une Passade.
10. JULES LEMAITRE............ Les Rois.
11. ANDRÉ THEURIET............ L'Oncle Scipion.
12. ALPHONSE DAUDET............ L'Immortel.
13. PROSPER MÉRIMÉE............ Diane de Turgis.
14. GYP............ Le Mariage de Chiffon.
15. FRANÇOIS COPPÉE............ Toute une Jeunesse.
16. ABEL HERMANT............ Les Grands Bourgeois.
17. HENRI DE RÉGNIER............ Les Vacances d'un jeune homme sage.
18. GEORGES COURTELINE...... Messieurs les Ronds-de-Cuir.
19. OCTAVE FEUILLET............ Le Roman d'un jeune homme pauvre.
20. MARCELLE TINAYRE............ Avant l'Amour.
21. RENÉ BOYLESVE............ Le Parfum des Iles Borromées.
22. ANDRÉ THEURIET............ Amour d'Automne.
23. EDMOND DE GONCOURT...... La Fille Elisa.
24. LÉON FRAPIÉ............ Marcelin Gayard.
25. RENÉ BAZIN............ De toute son âme.
26. ALPHONSE DAUDET............ La Petite Paroisse.
27. ABEL HERMANT............ Confession d'un Enfant d'hier.
28. GEORGE SAND............ Elle et Lui.
29. MARCELLE TINAYRE............ Hellé.
30. GYP............ Joies d'Amour.
31. HENRY MURGER............ Scènes de la Vie de Bohème.
32. GUSTAVE GEFFROY............ L'Apprentie.
33. A. DUMAS FILS............ Affaire Clémenceau.
34. GEORGES COURTELINE...... Le Train de 8 h. 47.
35. ÉMILE ZOLA............ Thérèse Raquin.
36. HENRY MURGER............ Le Pays Latin.
37. VILLIERS DE L'ISLE-ADAM. Contes Cruels.
38. ALFRED CAPUS............ Faux Départ.
39. GEORGE SAND............ Indiana.
40. RENÉ BOYLESVE............ La Becquée.
41. ABEL HERMANT............ Confession d'un homme d'aujourd'hui.
42. JEAN RICHEPIN............ Miarka, la fille à l'Ours
43. ANDRÉ THEURIET............ Charme dangereux.
44. FRANÇOIS COPPÉE............ Henriette.
45. TRISTAN BERNARD............ Amants et voleurs.
46. LÉON FRAPIÉ............ La Maternelle.
47. GEORGES D'ESPARBÈS...... Les Demi-Solde.
48. ALPHONSE DAUDET............ Fromont jeune et Risler a
49. FRANÇOIS COPPÉE............ Les vrais Riches.
50. PIERRE LOTI............ Le Roman d'un spahi.
51. JULES CLARETIE............ Le Prince Zilah.
52. ALPHONSE KARR............ Sous les Tilleuls.
53. GYP............ Le Bonheur de Ginette.
54. ÉMILE ZOLA............ Naïs Micoulin.
55. ABEL HERMANT............ Les Confidences d'une bi
56. ANATOLE FRANCE............ Histoire comique.
57. RUDYARD KIPLING............ La Lumière qui s'éteint.
58. HENRI LAVEDAN............ Le Vieux Marcheur.
59. RENÉ BAZIN............ Le Blé qui lève.
60. EDMOND DE GONCOURT...... La Faustin.
61. HENRI DE RÉGNIER............ Le Passé vivant.
62. ANDRÉ THEURIET............ Boisfleury.
63. J.-H. ROSNY............ La Fauve.
64. OCTAVE FEUILLET............ Histoire d'une Parisienne.
65. HENRI LAVEDAN............ Leur Cœur.
66. ÉMILE ZOLA............ La Conquête de Plassans.
67. PIERRE VEBER............ Les Rentrées.
68. GYP............ Une passionnette.
69. ALPHONSE ALLAIS............ L'Affaire Blaireau.
70. ANDRÉ THEURIET............ Villa Tranquille.
71. H.-G. WELLS............ L'Homme invisible.
72. J.-K. HUYSMANS............ Les Sœurs Vatard.
73. HENRI DE RÉGNIER............ La Peur de l'Amour.
74. GEORGE SAND............ Valentine.
75. LOUIS DE ROBERT............ L'Envers d'une Courtisane.
76. ABEL HERMANT............ La Biche relancée.
77. GABRIELE D'ANNUNZIO...... Episcopo et Cie.
78. GYP............ Tante Joujou.
79. JULES CLARETIE............ Brichanteau Comédien.
80. HENRI LAVEDAN............ Les Beaux Dimanches.
81. ANDRÉ THEURIET............ Cœurs Meurtris.

www.ingramcontent.com/pod-product-compliance
Lightning Source LLC
LaVergne TN
LVHW020324230826
846091LV00003B/765